ハヤカワ文庫NV

〈NV1486〉

暗殺者の献身

〔下〕

マーク・グリーニー

伏見威蕃訳

早川書房

8714

RELENTLESS
by
Mark Greaney

Translated by
Iwan Fushimi
First published 2021 in Japan by
HAYAKAWA PUBLISHING, INC.
This book is published in Japan by
arrangement with
TRIDENT MEDIA GROUP, LLC
through THE ENGLISH AGENCY (JAPAN) LTD.

暗殺者の献身

〔下〕

登場人物

コートランド・ジェントリー……………………グレイマンと呼ばれる暗殺者。ＣＩＡの契約工作員
マシュー（マット）・ハンリー…………………ＣＩＡ作戦本部本部長
ゾーヤ・ザハロワ…………………………………ＣＩＡの契約工作員。元ＳＶＲ（ロシア対外情報庁）将校
ザック・ハイタワー………………………………ＣＩＡの契約工作員
スーザン・ブルーア………………………………ハンリー本部長直属の計画立案担当官。ジェントリーとゾーヤの調教師《ハンドラー》
クリス・トラヴァーズ……………………………ＣＩＡ特殊活動センター地上班のチーム指揮官
ライアン・セジウィク……………………………ドイツ駐在アメリカ大使
ルドルフ（ルディ）・シュパングラー…………シュライク・インターナショナル・グループ社主
アニカ・ディッテンホファー（ミリアム）、リック・エニス、モイセス、ヤニス…………同社員
スルタン・アル＝ハブシー（ターリク）……アラブ首長国連邦信号情報局作戦担当副長官
ラシード・アル＝ハブシー………………………同首相。ドバイの首長。スルタンの父親
ヘイディーズ（キース・ヒューレト）……傭兵チームのリーダー
カムラン・イラヴァーニー………………………大学生。死亡
ハズ・ミールザー…………………………………イランのゴドス軍の不活性工作員
ヴァヒード・ラジャヴィ…………………………同司令官。死亡
アズラ・カヤ………………………………………医師
マクシム・アクーロフ……………………………ロシア・マフィアの殺し屋。元スペツナズ隊員
セミョーン（セム）・ペルヴァーク、インナ・サローキナ、アーニャ・ボリショワ……アクーロフのチームの一員

42

バグダッドの事件のニュースを見て、スルタン・アル＝ハブシーは誇らしげに笑み崩れた。スルタンは、ベルリン中心部のヒロシマ通りにあるアラブ首長国連邦《UAE》大使館の官舎でデスクに向かって座り、自分の計画――すでに実現したこともあれば、これから実現することもある――に思いを馳《は》せた。

さっそく父親に電話しようかと思ったが、年老いた父親にはあと二時間眠っていてもらうことにした。どのみち目が醒《さ》めたら病院にいる側近に教えられ、数日前に息子がこれを予知していたことを知るはずだ。

信号情報局《SIA》長官として、スルタンが今夜のことを実現させた。兄と弟の死に関与した男を暗殺する作戦を、みずから周到に準備した。

スルタンの計画は、アメリカを代理として関わらせるというものだった。きわめて厳重な警護がついているイラン人を、自力で殺すことはできない。スルタンの情報機関はイエメンでも苦戦していた。イランのゴドス軍（イランのイスラム革命防衛隊の国外特殊作戦部門。暗殺やテロ活動も行なっている）司令官のような捉えにくいターゲットを発見し、位置決定して、葬り去る能力はない。

だが、スルタンには自由に使える奥の手があった。スルタンはアメリカの情報機関にとって重要な情報源で、重視されていた。彼らは中東とその重要な当事者に関してスルタンの知識に頼っていた。したがって、スルタンは、自分の情報産物《プロダクツ》（情報を各方面に配布するためにまとめた最終報告書）を、いずれはラジャヴィ将軍の頭に大きな赤いＸが付けられるように仕立てあげることができる。

そして、そのとおりのことをやった。

五カ月かかったが、バグダッドにいるゴドス軍の工作員が、暗号化された文字列を電話で口にして、ＳＩＡがそれを解読した。その男はテヘランの同僚に、〝訪問〟のための準備はすべて整っていると伝えていた。あとはラジャヴィが外国へ行くのにいつも使う飛行機を、文字列で伝えられた夜に追跡すればいいだけだった。

アメリカは以前から、ラジャヴィ暗殺をひとつの可能性として検討していたが、これまではシーア派の怒りをことさらに煽《あお》るのに慎重だった。だが、ＥＵが制裁を緩和し、シリアでイラン人がアメリカ兵を殺すようになると、イランが優勢に立つような新しい潮流を押しとどめる方策はないように思われた。CIAの中東における最大の同盟者、スルタン・アル＝ハブシーのすぐれた助言に耳を傾けたアメリカは、イランの軍事情報機関上層部の心臓に一撃をくわえる必要があると決断した。

そして、今回の無人機による空爆が行なわれた。すべてスルタンの計画どおりに進んだが、ジェントリーというアメリカ人がどういうわけかベネズエラに現われ、きょうまたベルリンにも姿を現わした。ジェントリーがこれについてどこまで知っているのか、いったいこれとどういう関係があるのか、スルタンには皆目《かいもく》わからなかった。

ヘイディーズがきょう、その元軍補助工作員を殺そうとしたが、チームのひとりを失った。スルタンの作戦の辺縁で生じたこの雑音と横槍《よこやり》は、陰謀全体にとって明確な現存する危険になっている。

スルタンはパワースレイヴを稼働させて、このアメリカ人を捜索し、（a）その男のいどころを発見し、（b）その男を抹殺できるようにヘイディーズと生き残りの戦闘員をすばやくそこへ派遣することを願っていた。

さもないと、グレイマンという異名をとるその男が、どれほど大きな災厄をもたらすかわからない。

スルタンは、そのひとつの気がかりを、意識から追い出して、最終目標のことを考えた。

スルタンは、超大国アメリカと邪悪なシーア派政権のイランのあいだに戦争が起きることを望んでいた。

計画のつぎの段階が開始されないと、それは実現しない。

スルタンは、アメリカとヨーロッパ諸国に裏切られたと感じていた。アメリカ人は口が達者で、外交面ではイランにある程度圧力をかけ、イランの核開発をスパイするのに巨額の費用を使っているが、この必要不可欠な重要ターゲット暗殺にアメリカ大統領の承認を得るのは、歯を抜くぐらい厄介《やっかい》だったし、アメリカ政府にシーア派への圧力を段階的に強化する計画がないことを、スルタンは知っていた。

そして、ヨーロッパ諸国は、イランとほぼ同盟を結びかけていることを隠そうともしない。

アメリカもヨーロッパ諸国も、同盟国ではないと、スルタンは気づいた。それどころか、目標の妨《さまた》げになっている。

だから、彼らが副次的被害を受けても、良心のとがめはなんら感じない。

父親がラジャヴィの死を見るまで生きていてよかったと、スルタンは思い、ショーのフィナーレまで生き延びてくれるよう祈った。

ジェントリーは、シュパンダウのアパートメントのバスルームで、床に敷いたタオルと服の上で眠った。鎮痛剤が肩の突き刺すような痛みと、ドイツ情報機関員の鼻を折るのに使った右の額の痛みを和らげていたので、眠ることができた。

バスルームの外に置いた時計付きラジオのスイッチがはいったときに、目が醒めた。午前六時だった。四時間近く眠ったことになり、気分は……よくはないが、悪くもなかった。通りにひとが出はじめていて、外はざわざわしていた。そのとき、薄い壁の外の階段から、足音が聞こえた。

ジェントリーは、頭の横で安っぽいビニールの床に置いたHK・VP9のほうへ手を滑らせ、グリップに指をかけた。

だが、足音はジェントリーの部屋の階を過ぎて遠ざかった。

ラジオはドイチェ・ヴェレに合わせてあり、ニュース速報が数秒後にはじまった。ドイツ語だったが、特派員の言葉のほとんどを聞き取ることができた。

ゴドス軍の憎むべき司令官ヴァヒード・ラジャヴィが、イラクでミサイル攻撃によって殺された。ドイツのメディアは、アメリカかイスラエルによる攻撃だと推理していたが、上半身を起こして目をこすり、刺された肩の末梢神経《まっしょう》を揉《も》んだジェントリーは、なにが起きたかを疑いの余地なく知っていた。

重大なことがまもなく起きると、マット・ハンリーが警告していた。世界がより安全な場所になるとはかぎらないような出来事が起きると。

アメリカがイランの将軍を爆殺して地獄へ送り込んだのだ。ジェントリーはそう確信した。

ラジャヴィはまぎれもない悪党だが、殺したことが地球全体にとってプラスの効果があるかどうかは議論の余地がある。それはイランとその代理がどういう報復を行なうかに左右される。

ドイツのニュースでも、それについて憶測がなされていた。当然、抗議があるだろうし、暴力も予想される。イランのなんらかの軍事対応も考えられる。

つぎのニュースは、ジェントリーにとって意外ではなかったが、ベルリンの住民には強い衝撃をあたえるはずだった。ドイツ政府の情報機関員が、昨夜、街の中心部で殺害された。銃で撃たれたためだった。

被害者に関する情報はほとんどなく、容疑者の特徴も伝えられなかった。それが変わり、やがて自分の人相風体が伝えられるのではないかと、ジェントリーは思った。

ジェントリーは、そばの流しにつかまって立ちあがった。鏡で自分の顔を見た。ドクター・カヤの手当てのおかげで、目の上の痣《あざ》はかすかな鉛色に収まっていた。

昨夜、バスルームの床で横になっていたときに、ジェントリーは今後の行動方針をじっくり考えた。アニカ・ディッテンホファーを探さなければならないのはわかっていた。スーザンとハンリーにそれを要求されている。しかし、ゾーヤを助けるためにここに来たのだ。スーザンが真実を語っているようなら、ゾーヤは一日スイートにこもっているはずだ。スイートは防犯カメラや警備員に護《まも》られていて安全だが、自分なら忍び込めると、ジェントリーは確信していた。

ジェントリーは〈アデラル〉を二〇ミリグラム分、瓶から出して、口にほうり込み、抗菌剤と抗炎症薬もいくつか飲んだ。痛みはあったが、昼間は麻薬性鎮痛剤を飲まないつもりだった。これからのことに対して、きわめて鋭敏でなければならないからだ。

シャワーを浴び、数カ月ぶりに顎鬚《あごひげ》を剃《そ》り落としてから、剃刀《かみそり》を頭髪に当てて、切り落とした。スキンヘッドではなく、黒っぽい髪が残っていたが、見かけはまったく変わった。昨夜、アドロン・ケンピンスキーの近くのカメラに捉えられていたとしても、きょう識別されるおそれはないだろう。

パワースレイヴに捉えられたら、そうはいかないと思った。それがかなり大きな懸念材料だった。

午前七時に、ジェントリーはアパートメントを出た。外見を変えただけだが、それでもまるで生まれ変わったようだった。

ゾーヤ・ザハロワは、ふた部屋の広いスイートで、広いウォークインクロゼットに並べた枕の上で眠った。午前七時に目を醒《さ》まし、顔のすぐそばに置いてあった小さなＳＩＧザウアーＰ３６５をまさぐった。

昨夜の出来事がすべて、一気によみがえった。石碑群のなかを歩き、インナ・サローキナと遭遇し、銃声とガラスの割れる音を聞いた。

ハンリーがヨーロッパでやるよう命じた作戦のことを考えたのは、それから一分以上たってからだった。ＣＩＡが必要とする情報をシュライク・グループから得るのは無理かもしれないと思った。ロシア人にいどころも含めてすべて知られているのだ。

何者が正体をばらしたのか？　昨夜、眠るまで一時間以上、この間に合わせのベッドに横たわって、その質問の答を見つけようとした。エニスか、ミリアムことディッテンホファーにちがいない。ただ、ミリアムとは一度も会っていない。モイセスやヤニスではないと思うが、ちがうとはいい切れない。

携帯電話を見て、夜のあいだにスーザン・ブルーアからのメールが届いていたことに気づいた。UPIニュースのリンクが貼ってあった。

［イラン軍将軍、無人機攻撃で殺害される］

イエメンで起きたのかと思ったが、記事をクリックした。数秒後に、スーザンがこれを送ってきた理由がわかった。

くそ。つまり、アメリカがゴドス軍司令官を殺した。昨夜、インナ・サローキナと遭遇したあとでスーザン・ブルーアと話をしたとき、ロシアの暗殺チームを抑制するために、ベルリン支局の人間を安全な距離を置いて配置すると、スーザンは約束した。それを聞いても、ゾーヤは安心できなかった。マクシム・アクーロフとそのチームは、作戦中に抜かりなく反監視活動を行ない、それに従って適応するはずだ。しかし、昨夜も自分の活動が重要だということを、ゾーヤは知った。

何者かがゴドス軍の敵をベルリンで殺している。それがゴドス軍司令官をアメリカが暗殺する直前に行なわれていたことが、いまわかった。

偶然の一致ではない。

ゾーヤはゆっくりと起きあがった。ストレスが酸のように胃を灼《や》いていた。いまのところ、ホテルにいるあいだは安全だと、ゾーヤは自分にいい聞かせた。それに体を動かせば気を静められる。ゾーヤはクロゼットから出て、バスルームへ行った。階下のジムに行くつもりだった。

廊下の逆方向の端にあるスイート401では、あわただしい動きがあった。セミョーン・ペルヴァークがシャツを脱いでバスルームに立ち、たくましい太い腕で、自分より小柄な真っ裸のマクシム・アクーロフを冷たいシャワーの下で押さえつけ、昨夜の酔いの名残《なごり》から回復させようとしていた。スイートではインナ・サローキナとアーニャ・ボリショワが、服を着て銃を携帯していた。暗殺に必要なもの以外はすべて荷造りして、ドアのそばの〈グッチ〉のスーツケースに詰めてあった。

ふたりはキッチンのテーブルにノートパソコンを三台設置したワークステーションへ行き、二台に画面分割で表示されているさまざまなカメラの画像と、もう一台のリアルタイムのルームサービス予約を確認した。

ゾーヤはクロゼットで眠っていた。昨夜、インナと会ったせいで恐怖にかられ、いつものやりかたを変えるはずなので、ふたりともそれは予測していた。ふたりが腰をおろして、ゾーヤがこれまで毎日注文した朝食のルームサービスを確認していると、クロゼットのドアがあくのが寝室のカメラに映った。ゾーヤがドアのそばのバスルームにはいり、数分後に出てきた。

電話のところへ行って、ルームサービスを頼むはずだと、インナとアーニャは思ったが、ゾーヤは黒いトラックスーツのボトムと、〝ハイデルベルク大学〟と描かれたスウェットシャツを着た。

アーニャがいった。「大学生に変装するつもりかしら？」

インナは答えず、画像をじっと見ていた。

インナとアーニャはつづいて、ターゲットがホルスターに収めた拳銃を、ワンピースの水着、ルームキー、いくつかの品物といっしょにバックパックに入れるのを見た。

ゾーヤがスイートのリビングのドアに向かった。

インナもアーニャも立ちあがった。アーニャがドアの覗《のぞ》き穴から見ようと走り、インナは急いで寝室を抜けてバスルームへ行った。素っ裸で驚いたことにしらふに戻っているアクーロフがそこにいた。もうペルヴァークに押さえられてはいなかった。アクーロフは、自分の脚でシャワーのそばに立っていた。信じられないくらい引き締まっている筋肉質の体は、傷とタトゥーに覆《おお》われていた。

アクーロフが片方の眉をあげてインナを見た。ペルヴァークがタオルをほうり投げ、インナが話をする間、アクーロフは平然とそれを腰に巻いた。

「ザハロワが廊下にいる。出てくのよ」

「なにを着ている？」

「運動する服装。バックパックに水着を入れてる」

「それなら、ジムへ行くんだろう」アクーロフが自信ありげにいってから、流しに置いてあった煙草《たばこ》を取った。

「急いで」インナが命じて、ペルヴァークのほうを見た。「シャツを着て。いまやれる」

インナは寝室を駆け抜けて、リビングにはいり、また腰をおろしてスクリーンを見ていたアーニャのほうに身を乗り出した。

アーニャがいった。「彼女は二階でおりた。スパに行くみたい」

「スパを写しているカメラを切るのに、どれくらいかかる？」

「キーをいくつか押せばいいだけだけど、勧められない」

「どうして？」

「マクシムがそこへ行くあいだにあるカメラも制御しないといけない。この四階でやるほうがずっと簡単よ。襲撃のあいだ、だれもいない廊下の画像を再生できるように、録画してある。ホテルの警備員にはなにも見られない。マクシムが二階に行って、スパかジムで彼女を殺し、ホテルを出るためには、防犯カメラ・システム全体を遮断しないといけない。それをやるのは簡単だけど、なにが起きているのかをごまかすのは無理よ。警察がすぐに来るだろうし、ホテルの防犯カメラが機能していないとわかったら、不自然だと思われるでしょうね」

アクーロフが、タオルを巻いただけの格好で、インナのあとから寝室を出てきた。「最初の計画のままでやろう。運動をしたあと、ターゲットは腹が減るはずだ。部屋に戻ったら食事とコーヒーを注文するだろう」

インナが、もう一度アーニャに目を向けた。「いま部屋に侵入するというのは？　なかで待ち伏せるのよ。ロックは解除できる」

「だめだ」ペルヴァークがいった。「この筋書きは、われわれにとって有利だ。ターゲットがジムにいるあいだ、われわれのノートパソコンと武器以外の荷物をホテルから出すことができる。ターゲットが戻ってきたら攻撃する」

インナは、アクーロフのほうを向いた。「ザハロワが朝食を注文したら、二十分で届けるとルームサービスはいうはずよ。でも、あなたは十五分後に行って。ここのドアをあける直前にカメラを切るから、ワゴンを押していって。自殺に見せかける必要がある。銃を突きつけて抵抗を封じ、バスタブに入れ、手首を切るのがいちばんいい。血が出切ったら、出ていって、〝入室無用〟の札をかけておく。ホテルのスタッフは一日ずっとはいらない」笑みを浮かべた。「そのころには、わたしたちはモスクワにいる」

「ほんもののルームサービスはどうする？」ペルヴァークがきいた。

アーニャがそれに答えた。「ＤＣのときとおなじよ。来る前に電話してキャンセルする。ザハロワの部屋の電話をスプーフィング（個人情報を使ってインターネット上で行なうなりすまし行為）するから、ルームサービスは本人だと思い込む」

インナも含めた全員が納得した。インナはアクーロフに向かっていった。「ルームサービスの制服を着て、準備して」

アクーロフが、皮肉をこめてインナに敬礼し、まわれ右をして、煙草の煙を曳《ひ》きながら寝室にひきかえした。

ゾーヤは広いインドアプールで泳ぐことにした。バックパックをロッカーに入れ、ここに来て広いプールがあるのに気づいたときに買ったワンピースの水着に着替えるあいだ、扉をあけたままにした。小さなＳＩＧザウアーを出し、水着の脚を通す部分に入れて、腹まで押しあげた。すばやく抜くことはできないが、プールにいるあいだに脅威に出遭ったときには銃があったほうがいいと思った。抜きやすくなくても、ないよりはましだ。

だが、いまは大きな危険にさらされている可能性は低いと思っていた。ロシア政府が命じる超法規的殺人のことをすこしは知っていたし、ゾーヤの知るかぎりでは、防犯カメラがいたるところにある五つ星ホテルにマクシム・アクーロフがはいってきて、そんな大胆な暗殺を行なうことなどありえない。

違う。ロシア人が殺《や》るときには、市電からおりたところを、SUVで追ってくるはずだ。

とはいえ、プールに跳び込むとき、拳銃があると気が休まった。

ゾーヤは、競泳なみのターンをやりながら往復し、慎重に呼吸して、エンドルフィンが脳に送り込まれるのを感じた。

運動はつねに緊張をほぐすのに役立つが、けさは、語りぐさになっているマクシム・アクーロフ、とてつもない技倆《ぎりょう》を備えているが正気を失った殺し屋が自分を付け狙っているという事実が頭を離れなかった。

それに、アクーロフがここに来て、自分を見つけた原因は、ひとつしか考えられない。シュライク・グループの上司のだれかが、モスクワに情報を漏らしたのだ。意図的なのかどうかはわからないが、だれも信じないゾーヤの不信は、いまや頂点に達していた。

運動を終えて早く部屋に帰りたかったので、泳ぐのがどんどん速くなった。

ＣＩＡのために情報を得るという計画は、もう成功の見込みが薄くなったと気づいた。ロシアの暗殺チームから逃げる計画に、徹底して注意を集中しなければならなくなったからだ。

43

ゴドス軍の不活性工作員《スリーパー》ハズ・ミールザーは、ベルリン南部のマリエンドルフのヴェストファールヴェーク駅で地下鉄をおりて、灰色の雲が低く垂れこめる空を見あげ、自分はいつ死ぬのだろうと思った。

まだ午前八時だったが、ミールザーは五時から起きていた。テヘランの従兄弟《いとこ》から暗号化されたメールが届き、なんでもいいからニュースを見ろと書いてあった。

二十四歳のミールザーがツイッターをひらくと、ラジャヴィ将軍がまちがいなくアメリカ人とユダヤ人によって殺されたと、最初のツイートにあった。現場の写真があり、かなりむごたらしかった。残骸《ざんがい》のクローズアップ一枚には、灰色になった手首にラジャヴィの派手な腕時計がはまっているちぎれた腕が写っていた。

ミールザーは、それでなくても怒れる若者だった。自分がたちまち逆上するのがわかった。

それに、ときには自分にとって度を過ごした逆上が望ましいこともある。

十六歳のころ、ミールザーはイラン軍で訓練を受け、特殊な適性と独自の知性があることを示して、歩兵部隊を離れ、特殊作戦の世界にはいった。イエメンとシリアとリビアで、ゴドス軍の軍補助工作員戦士として戦った。

ミールザーは、二十一歳の誕生日を直後に控えていた三年前に、テヘランに呼び戻され、ドイツ語を学ぶよう命じられた。何カ月も、昼も夜も勉強した。勉強とともに、ゴドス軍の上級工作員と会い、諜報技術《トレードクラフト》、最新の武器の扱い、テクノロジーを教わった。

二十二歳になったときには、ただの熱狂的な戦士の域を超えていた。ミールザーは高度な訓練を受けた工作員になっていた。それでも、以前とおなじように熱心だった。準備ができたと上官たちが判断すると、住まいと仕事を確保するのに必要な書類をあたえられて、ヨーロッパに送り込まれ、細胞を勧誘するよう命じられた。

そして、それが済むと、待つよう命じられた。

ミールザーは、イランの権益の前衛をつとめることを、スパイであることとおなじくらい誇りに思っていたが、仕事がないと、その役目に幻滅するようになった。トラック運転手の仕事に就き、勧誘した細胞もほとんどが運送会社で働いて、全員がベルリンでいたって退屈ではあるがごくふつうの暮らしを営んでいた。

ミールザーは、役に立ちたかった。殉教したかった。自分が指揮する細胞がなまけたり、弱くなったりして、平凡なドイツ人とおなじ不信心者にならないように、任務がほしかった。

数カ月前から、ミールザー自身も決意に自信がなくなってきた。自分も毎日軟弱になっていくような気がした。

だが、いまはそうではない。激しい衝撃が去ったあと、朝いちばんに、強力な薬物を注射されたような心地を味わった。

これから自分の聖戦《ジハード》を探求することになる。疑いの余地はない。何年も前のことだが、ドイツとEUがイランに対する制裁を緩和する前に、ミールザーはいくつも計画を立てた。あとはテヘランからの命令が届くのを待つだけだった。もはや自分も細胞も、じっとしてドイツの法律に我慢し、活性化される日を待つ必要はなくなった。

そうだ。きょう活性化されるはずだという確信がある。命令さえあればいいだけだ。

ミールザーの計画のひとつは、ベルリン市内のアメリカの権益を攻撃することだった。自分が受ける命令の主眼がその計画になるだろうということに、ラジャヴィ将軍を殺したのがアメリカだということとおなじくらい確信があった。

たしかに、ドイツとEUはイランに対する制裁を緩和したかもしれないが、ミールザーは制裁などどうでもいいと思っていた。政治には無関心だった。自分の仕事をやることを除けば、何事にも関心がなかった。そして、自分の仕事は扇動者《せんどうしゃ》だった。

西側はテロリストと呼ぶだろうが、自分の殉教がここで多数のアメリカ人を殺し、破滅させるような結果をもたらしても、たとえ百万年かけても、ミールザーの民族がこれまで耐えてきたアメリカとその代理の犬による恐怖《テラー》に匹敵するものを引き起こすことはできない。

ミールザーの頭脳はめまぐるしく働いていたが、きょうの任務はずっと訓練を受けてきたことなので、いたって簡単だった。チームとふたたび連絡をとり、急な指示で行動するのに必要な熱情が叩き込まれているのを確認する。追跡されるおそれが大きい電話やメールは使わず、これまでずっとやってきたように、物理的にそれを行なう。ひとりひとりの住まいか仕事場か礼拝所へ行って、責務について念を押し、慢心と安全にひたっている時期は過ぎ去り、全員が選ばれて訓練を受けた理由がついに現実になると告げる。

そのあと、ミールザーとあとのふたりが車に乗り、市外にある武器の隠し場所へ行って、装備のダッフルバッグをいくつか積んで、ベルリンにひきかえす。

ようやくほんものの行動が近づいていると、ハズ・ミールザーは確信した。

それに、心構えもできている。

まもなく午前八時になろうかというころに、糊《のり》がきいている襟《えり》のあるドレスシャツの上にダークグレイのスポーツジャケットを着た男が、ホテル・アドロン・ケンピンスキーの前でタクシーをおりて、サングラスをはずし、運転手がトランクから機内持ち込みサイズのキャスター付きスーツケースをおろすのを待った。男は運転手に料金を払い、リネンのズボンに財布を戻して、長い日除けの下でスーツケースを曳《ひ》いて、ロビーにはいった。フロントのデスクへ行き、礼儀正しいスタッフに前に進むよう手招きされた。

男はダリン・パッチ名義のカナダのパスポートを出し、フロント係と英語ですこし話をして、ブダペストからの便で到着したところで、早い時間なのに部屋をとることができてよかったといった。あとで妻が来るので、四階の部屋にしてほしいし、スイート407には何年か前に新婚旅行のときに泊まったといった。

フロント係が得意げに笑みを浮かべて、スイート407はご用意できますし、すぐにお使いになれますといった。

数分後、男は朝食を終えて部屋に帰る六人家族で混み合っているエレベーターに乗った。父親が四階のボタンを押し、何階ですかと男にきいた。

「わたしも四階です。ありがとう」男がいって、子供たちを見まわした。

子供は四歳から十二歳ぐらいまでだった。スポーツジャケットを着た男は、両親がきょうは博物館に行くという話をしているあいだ、まっすぐ前を向いていた。

エレベーターが四階でとまり、全員がぞろぞろとおりて、右に向かった。男はスーツケースを曳いて、家族のあとから廊下の突き当たりを目指した。

スイート401では、アーニャ・ボリショワが、ドイツのニュースを見て、昨夜ティーアガルテンの端で起きた殺人事件の報道の推移を追っていたインナとアクーロフのほうを向いた。その間にペルヴァークが、二ブロック離れた地下駐車場の車に荷物を運んでいた。

アーニャがいった。「403の家族が戻ってきたけど、それとはべつに男がひとりいる」

インナが急いでアーニャのほうへ行って、カメラに映っている男をじっと見た。「この家族の連れではないわね。自分のキーカードを持っている」

家族連れは廊下の先で、ゾーヤ・ザハロワのスイートの左隣のドアからはいっていった。男はザハロワの右隣のドアのロックにカードを差し込み、なかに姿を消した。

「顔の画像は撮れた？」

「あまり撮れなかった。ただの宿泊客みたい」

インナは、スクリーンに目を凝らしていた。「その男のことを調べて。スイート407よ。名前は？　いつ予約したの？」この新顔にまったく注意を払っていないアクーロフのほうを向いて、インナはいった。「サプレッサーは短いのじゃなくて、長いのを使って。403の家族が朝食から戻ってきたし、407に新しい客がいる」

ソファに座っていたアクーロフが、目をあげた。「おれの銃の準備について指図するのか、インナ？」

アーニャが、ノートパソコンのキーをひとつ叩いた。すぐに予約が表示された。「午前一時四十五分にオンラインで予約してる。ダリン・パッチ、生地はカナダ、オンタリオ州、ウィンザー」ホテルがスキャンしたパスポートの顔写真には、三十七、八か四十代はじめの男が写っていた。髪が短く、顎鬚《あごひげ》を生やし、眼鏡をかけている。平凡なビジネスマンのように見えた。

「オープンソースを調べて」インナが命じ、アーニャがリンクトインを検索した。パッチが見つかり、飲食物のコンサルタントとして載っていた。インスタグラムにもページがあり、レストラン、料理、蒸留酒の写真が多数あった。家族との写真も何枚か混じっていて、キャンプや釣りの写真もあった。

アーニャがいった。「ほんとうにまともな人間か、そうでなかったら偽装を巧妙な防御《バックス》策《トップ》で補強してある」

インナは、しばしそれを考えた。「わかった。たとえまともな人間のように見えても、軽視しないでひとつの脅威と見なす。セミョーンがマクシムのすぐうしろにいて、スイートのドアの内側でうしろを警戒する。アーニャとわたしは、廊下に動きがないかどうか、カメラの画像に注意する」

反論があるだろうと思って、インナはアクーロフのほうを見たが、アクーロフはうなずいて同意し、寝室に戻っていった。

ゾーヤは水泳とジムでの筋トレで元気いっぱいになり、八時二十分にスイートに戻った。シャワーを浴びる前に、ルームサービスに電話して、自分、モイセス、ヤニスのために、たっぷりした朝食とコーヒーを注文した。自分にはチーズオムレツ、男ふたりにはクロワッサン、ゼリー、バターをバスケットふたつ分。それにくわえて、いずれも大きなポット入りのオレンジジュースとアップルジュース、ポット入りのコーヒー。

八時三十五分に、シャワーを浴びに行った。ＳＩＧザウアーを持っていって、石鹸《せっけん》を置く小さな棚に置いた。

暗殺チームにいどころを突き止められたことが確実になる前から、バスルームにはいってシャワーを浴びるときには、銃をつねにそばに置いていた。ぜったいに武器を持っていないときに襲われてはならないという訓練を受けていたし、その考えかたは理想的であっても現実的ではないが、銃を一挺か二挺、かならずそばに置くようにしていた。

スイート４０７のあらたな宿泊客は、ベッドの縁に腰かけ、正面の壁を見据えて、その向こう側に思いを馳《は》せていた。

シャワーの流れる音が聞こえ、ゾーヤ・ザハロワの姿を思い浮かべることができた。それと同時に、愛、情欲、恐怖がふくれあがった。

コート・ジェントリーの心のなかをそういった強力な感情が流れていたが、しばらくは行動しなかった。そこにじっと座り、長くゆっくりと呼吸した。薬物も体内を流れていて、いっそう油断なく、集中し、エネルギーを高めていた。それがいまはありがたかった。

ジェントリーは、偽装を防御策《バックストップ》で補強してあるＣＩＡのパスポートを使ってスイートを予約したが、それは容認できるリスクだと判断していた。ＣＩＡはアメリカ大使館のすぐそばにあるこのホテルの宿泊客を容易に監視できる。それをやらないのはとんでもない怠《たい》慢《まん》だ。しかし、この伝説《レジェンド》（レジェンドは〝偽装〟よりも長期もしくは大がかりな準備がなされ、精査に耐える身許欺瞞。〝バックストップ〟はそれを補強する証明書や隠れ蓑など）は、ほかの人間のためにハンリーがこしらえてから渡したものなので、ジェントリーとの結びつきがばれることはない。

パスポートの写真はジェントリーに似ているが、その顔は顎鬚を生やしているし、いまのジェントリーは顎鬚をきれいに剃《そ》り落としている。だが、ジェントリーの顔写真ではないし、ソーシャルメディアの画像もジェントリーを写したものではなかった。

ジェントリーは、昨夜、ドクター・カヤの手当てを受けているあいだに、ゾーヤと接触しようと迷うことなく決意していた。ゾーヤの身の安全に関してスーザン・ブルーアを信頼することはできないし、ゾーヤがどういう危険にさらされているかについて、スーザンとハンリーが事実を教えるとは思えなかった。ハンリーにとってこの任務がゾーヤの命よりも重要だというのを突き止めたときから、ふたつの目標を達成できるのは自分しかいないと、ジェントリーは決心した。それに、ベネズエラにいた男たちにここまで追跡されたことがわかったとき、ゾーヤの近くにいると彼女をさらなる危険に陥れるかもしれないと思った。

ゾーヤをここから脱出させたい。そのあと、自分はとどまって、ハンリーが望んでいることをやる。

シュライク・グループ、ロシアの手先、CIAやドイツ情報機関の人間に気づかれないように、きょうゾーヤと接触する必要があることもわかっていた。ドアをノックするわけにはいかない。何者かが廊下の防犯カメラの画像を見ているにちがいない。

となると、窓からはいるしかない。ビルの外側を伝い進めば、確実に監視を避けられるが、もっとも安全な方法とはいえない。体を揺すって窓から出て、狭い胴蛇腹《どうじゃばら》を横へ移動し、なんとかしてゾーヤのスイートに入る。スイートにはバルコニーがないが、ジェントリーのスイートとおなじように、天井から床までの大きな両開きの窓がある。窓は内開きで、外側に金属製の手摺《てすり》がある。そこがもっとも侵入しやすい場所だと判断したが、胴蛇腹伝いに最初に侵入できる場所より、だいぶ遠い。スイートの間取りを調べたところ、寝室の窓のほうがずっと近かった。

ゾーヤの五感は完全な警戒態勢のはずだ。スイートにはいってしまえば、それが問題にはならないが、窓の前を横切る瞬間が心配だった。高度の訓練を受けていて、暗殺を予期しているゾーヤが、窓の外の人影を見たら、ガラスごしに胴蛇腹から撃ち落とすかもしれない。

ジェントリーの計画には、ほかにもいくつか欠点があった。もっとも大きな欠点は、四階でこの移動を行なわなければならないことだった。ヨーロッパの建築物では、四階がたいがいふつうの五階の高さにある。ウンター・デン・リンデンからだれかが見あげたら、丸見えなので、注意を惹《ひ》かないように急いでやらなければならないし、運よくひと目につかないことを願うしかない。

それでも、ドイツ情報機関がゾーヤを監視していることがわかっているのに、廊下のカメラの下に立つよりも、窓から隣のスイートに行くほうが、ずっとましだった。

ジェントリーは、シャワーの流れる音を壁ごしに聞き、ベッドを指で叩いた。同僚が午前十時に来るとゾーヤがいったことを、スーザンから聞いている。まだ九時にもなっていない。ここから連れ出す時間はじゅうぶんにある。あとは行動すればいいだけだ。

すぐにベッドから立ちあがり、キャスター付きスーツケースをテーブルに載せて、ジッパーをあけた。数十秒後にはビジネススーツから着替えて、本業《リアル・ビジネス》を開始する準備をした。

44

アーニャ・ボリショワは電話を切り、キッチンのアイランド前に立って紅茶を飲んでいたインナ・サローキナのほうを向いた。「スイート405のルームサービスをキャンセルした」

それを聞いて、マクシム・アクーロフが寝室から出てきた。ルームサービスのプレスがきいた白いジャケットを着て、小ざっぱりとして健康な感じだった。髪はジェルでうしろになでつけ、顔に自信と決意をみなぎらせた笑みを浮かべていた。

薬物が血管を流れているように興奮し、アクーロフは元気いっぱいだった。こういう仕事で恍惚《こうこつ》となることはない――そういう効果を得るためには、大量の薬物を摂取する必要がある――だが、六週間以上もたって訪れた最高の日、最高の一瞬であることに変わりはなかった。

アクーロフは、ナイフを三本持っていた。錘《おもり》付きの投げナイフを制服のジャケットの下で左腰に付け、二本目の投げナイフはその斜《なな》めうしろで腰に付け、鉤《かぎ》刃のもう一本はベルトバックルの裏側に忍ばせていた。ゾーヤ・ザハロワをバスタブに押し込んでから、そのナイフで手首を切り裂くつもりだった。

アクーロフの手には、〈アンシュッツ〉サプレッサーを銃身に取り付けた、ホルスターに入れていないCZサブコンパクト・ピストルがあった。〈アンシュッツ〉は、長く太いドリルビットのような形の特殊な設計のサプレッサーだった。ゾーヤ・ザハロワのような訓練を受けた人間に気づかれないように身につけるのは難しいので、アクーロフはそれをルームサービスのワゴンにかけたリネンの下に入れて、輪郭《りんかく》がわからないようにリネンのぐあいを調整した。それでも簡単に抜けるし、ドアをあけたとたんにターゲットの顔に突きつける。ターゲットは練度が高いだけではなく、昨夜、インナに降伏を持ちかけられて、暗殺チームが来るのを警戒しているはずだから、武器を持っているにちがいない。だが、インナが何度もザハロワの技倆《ぎりょう》を軽視しないように注意したにもかかわらず、ザハロワが銃を突きつけるよりもずっと早く自分がザハロワに銃を突きつけられるはずだということに、アクーロフはなんの疑問も抱いていなかった。

ロシアの暗殺チームは、まさかホテル内で襲撃されることはないとザハロワが思い込んでいることに賭けていた。ふつう、ヨーロッパの首都でロシア連邦軍参謀本部情報総局《GRU》やロシア対外情報庁《SVR》がそういう暗殺を行なうことはないからだ。

だが、DCではうまくいったし、ここでもうまくいくと、アクーロフは安心していた。ペルヴァークもCZを携帯していた。おなじようにサプレッサーを付けていたが、蓋《ふた》のないショルダーホルスターにサプレッサーが下を向くように差し、SIGザウアーP238も腰のうしろに差してジャケットを着て隠した。

久しぶりに、アクーロフが指揮をとった。「二分《ドゥヴァ・ミヌトゥイ》」ミニバーへ行き、〈ジャック・ダニエル〉のミニボトルを出して、ひと口で飲んだ。

アクーロフは、インナにウィンクした。「一杯だけだ。落ち着くために」

インナが顔をそむけて、スクリーンに目を戻し、廊下のカメラ二台の画像を見た。

アクーロフは、閉じたドアの近くにワゴンを押していって、ワゴンをドアの横へ押しやり、覗《のぞ》き穴から見た。ワゴンには朝食がいっぱい積んである。オムレツ、ハムとチーズ入りクロワッサンの皿、ポット入りのコーヒーポット、オレンジジュースが、すべてステンレス製の釣鐘形覆い《クロッシュ》の下にある。これまで二週間、ターゲットが注文したものを中心に、けさの作戦に備えて、アーニャが一時間前に階下のレストランで買っておいた。

アクーロフとペルヴァークは、暗殺を終えたあと、警察やホテルのスタッフに怪しまれないように、すべての食事とワゴンを始末し、カメラの画像も消去しなければならない。

だが、ザハロワが疑り深く蓋を取るよう命じて、覗き穴から確認した場合、食べ物と飲み物がじっさいにあれば、ドアを通るのに役立つはずだった。

ペルヴァークが、ドアのそばでアクーロフのすぐうしろに近づき、リーダーのアクーロフがザハロワのスイートにはいった直後に廊下の突き当たりのほうへ走っていく構えをとった。

インナは、大柄で年上のペルヴァークに大声で指示した。「407のダリン・パッチのことを忘れないで。わたしたちが攻撃を開始する直前に、戦闘可能な年齢の男が隣のスイートにいるのよ。偶然の一致だとしても気に入らない」

ペルヴァークは、インナの注意になにも返事をしなかった。アクーロフの肩に片手を置いて、ぎゅっと握り、頭のなかでカウントダウンした。

インナが、アーニャの肩に手を置き、廊下の防犯カメラの画像を見た。つぎの瞬間にいった。「リアルタイム画像を、録画しておいた画像に切り換えて」

「わかった《ポーニャル》」アーニャがいくつかキーを叩き、廊下のカメラの画像がつかのま乱れてから、ふたたびひと気のない長くて狭い暗い廊下が映し出された。

「切り換えた」アーニャがいった。

アクーロフがドアをあけ、ワゴンを廊下に押し出したが、不意に動きをとめた。

一五メートル前方で、エレベーターがチンという音をたててドアがあくのがわかった。アクーロフはすばやくスイートに戻り、ドアを閉めて、覗き穴から見た。アーニャが、スクリーンで見たものを伝えた。「男がひとりおりた。右に曲がって、廊下の奥のほうに向かってる」

インナはきいた。「顔は見える？」

「ええ、ちょっと待って」アーニャがふりむき、インナの顔を見た。「リック・エニスよ」

「くそ」インナはアクーロフのほうを見た。「ザハロワに連れができた。作戦を一時休止する必要がある」

アクーロフは、それに答えなかった。男が歩いていって、ゾーヤのスイートのほうへ近づいていると聞いても、覗き穴から目を離さなかった。

「一時休止するのよ、マクシム」インナはくりかえした。

ゾーヤはシャワーを浴びたあと、タオルで髪を巻き、もう一枚のタオルで体を拭いた。寝室にはいり、ブラックジーンズ、白いブラ、白いシルクのトップをクロゼットから出した。服を着はじめたとき、ドアにノックがあった。

ルームサービスかもしれなかったが、ゾーヤはどういう場合でも注意を怠《おこた》らない。シャワーのそばにあったせいでまだ濡れているSIGザウアーをつかみ、腰のうしろでウェストバンドに挟んで、リビングを通り、ドアへ行った。シルクのシャツのボタンをいくつか留め、あとはジーンズに突っ込んで前があかないようにしながら、覗き穴から外を見た。びっくりして、まっすぐに立った。

エニスだった。

くそ《デリモー》。

もう一度覗いて、エニスがひとりだというのを確認してから、ゾーヤはドアをあけた。

拳銃はウェストバンドに差したままで、右手をその上で浮かしていた。エニスはロシアの刺客《しかく》ではないが、モスクワに密告したにちがいないと、ゾーヤは思っていた。

エニスが、真剣な目つきでゾーヤを見ながらはいってきたが、言葉はなかった。

「来るといわなかった」ゾーヤはいった。

「そうかね？」エニスは明らかに動揺していた。「そうかね？　きみだってきのうの晩のことをいわなかっただろう？」

「きのうの晩？　わたしを銃殺できるように、いっしょにモスクワに戻るチャンスを一度だけくれるといったロシアの暗殺チームのこと？　だれがわたしのことをばらしたの、エニス？」

エニスが、驚いて首をかしげた。「ロシア人が？　この街にいるのか？　きみのことを知っているのか？」

ゾーヤはうなずいた。「とぼけないで。きのう、じっさいにあったことよ」首をかしげ、うしろの拳銃から手を遠ざけた。「いったいなにがいいたいの？」

「ミリアムが三十分前に電話してきた。連邦憲法擁護庁《BfV》がきのうわたしときみを食事のあとで尾行したと、彼女の伝手《つて》がいったそうだ。きみはわたしにいったのとはちがって、部屋には戻らず、散歩に行った。きみを尾行した情報機関員は殺された。わたしを尾行していた情報機関員は襲われて怪我《けが》をした」エニスはなおもいった。「きみもわたしも焼却《バーント》された（情報機関に信頼できないとして排除されること）。街を出ろとミリアムにいわれた」

なにはさておいてもただちにベルリンを脱出したいとゾーヤは思っていたが、任務をつづけるよう精いっぱい努力しなければいけないこともわかっていた。なにが起きようとしているかを突き止めるために、ベルリンでのシュライク・グループの対イラン活動のまっただなかにいる必要がある。

エニスがいった。「いっしょに行こう。ふたりのほうが安全だ。三十分後の列車に乗れるように、急いで荷物をまとめてくれ」

くそ《デリモー》。ゾーヤは心のなかでもう一度つぶやいた。作戦全体が、まわりで崩壊しかけている。

45

スイート401では、アーニャがゾーヤの部屋の隠しカメラの画像を見ていた。「喧嘩《けんか》してるみたい。なにかのことでいい争ってる」

インナは、喧嘩の理由を推理した。「エニスは、セミョーンが殺した男のことを知ったのよ。きのうの夜、ザハロワが監視探知ルート《SDR》をとった理由をエニスは知りたい。ザハロワは、わたしたちが来たのはエニスのせいだと思って怒っている」アクーロフのほうを向き、もう一度いった。「一時休止。あの男がいなくなるまで待って」

だが、アクーロフは首をふった。「いや《ニェット》。おれたちはやる」

インナは自分の耳を疑った。「どうかしたんじゃないの？　命令はわかっているはずよ。自殺に見せかけ――」

「自殺？　ああ《ダー》。そうなる」芝居がかったしぐさで、三人のほうをふりかえった。「きわめて悲しい出来事の末に。同僚ふたりが早朝にねんごろな関係になる。会社のだれも知らない秘密の情事だ。そのふたりが喧嘩をする。浮気、嫉妬《しっと》、ほかの相手と別れていっしょになるのを拒否したとか、理由はなんでも考えられる。喧嘩が激しくなって、感情的になった彼女が銃を抜き、彼に向ける。撃つ気はなかったが、銃をふりまわすと強くなったように思った」

アーニャとペルヴァークは魅入られたように見つめていた。インナもじっと見ていたが、明らかに納得していなかった。

「拳銃が暴発し、エニス氏は殺される。ザハロワは自分がしでかしたことに呆然《ぼうぜん》とするが、最後に決意する。哀れな女は自分に銃口を向ける」

インナ・サローキナは、驚いて目をしばたたいた。「自殺じゃなくて、殺人と自殺にするのね？」

アクーロフがうなずき、顔いっぱいに笑みをひろげて、ペルヴァークにウィンクし、肩を叩いて、ドアをあけた。

「それならうまくいくかもしれない」インナがそういったときには、アクーロフはすでに食事を満載したワゴンを押して廊下に出ていた。

スイート405では、エニスがドアのすぐ内側に立ち、ゾーヤはウンター・デン・リンデンを望むあけた窓に背を向けて、リビングのまんなかに立っていた。「わたしはベルリンに残る。シュライクのためにやる仕事がある。それに、きのうのラジャヴィ将軍爆殺で、西側にいるイランの工作員はいっそう大きな脅威になる」

「われわれは正体を見破られたんだ。とにかく、ドイツ側には知られた。しかし、きみはドイツだけじゃなくてロシアにも正体がばれた。もうここで仕事には戻れない。きみはシュライク・グループにとってきわめて不都合な人間になった。クビになったんだ。わたしもクビになった。ふたりともつぎの列車でベルリンを離れないといけない」

ゾーヤは首をふった。「あなたはどこへでも好きなところへ行けばいい。わたしは――」

「これはきみが思っているよりもでかいことなんだ。きみが知っているよりもずっと危険なんだ」

「いったいなんの話？」

エニスは話をすべきかどうか考えているようだったが、やがて口をひらいた。「きのうのバグダッドでの無人機攻撃」

「それがどうしたの？」

「イランが報復するだろうと考えられている。しかし、イランははめられたのだと、わたしがいったらきみは、どう思う？」

「よくわからないんだけど」

「ここ六カ月、シュライクはベルリン大使館にいるイラン情報部員の足跡をでっちあげてきた。ヨーロッパのゴドス軍工作員と結びついているように見える足跡を。しかし、そういう結びつきは存在しない」

「どういうこと？」

「ミリアムは、ゴドス軍工作員を見つけて、その行動パターンを探り、監視させていた。しかし、わたしの……わたしのチームは、ミリアムから情報をもらって、ベルリンにいる不活性細胞や大使館の情報担当者に罪をかぶせる物的証拠をひそかに仕掛けた。ありもしない金銭授受の記録をこしらえ、システム内のファイルを改竄《かいざん》した。この半年間のほんとうの目標は、イラン大使館と不活性工作員のつながりを築くことだった。ゴドス軍の手先を国外追放し、EUの対イラン制裁を強化させるために罠に落とそうとしているのだと、わたしは思っていたが、いまはちがう。イラン政府が命じた攻撃ではなくても、あらゆるテロ攻撃とイラン政府を結びつけるためのでっちあげだった」

ゾーヤはゆっくりうなずいた。「シュライク・グループか、そのクライアントは、これが起きることを知っていた」

エニスがうなずいた。「そのとおり。われわれがヨーロッパ中で暴いた細胞は、不活性工作員だった。ゴドス軍とつながりがあったが、ほとんど関係を否認できる。ここの集団が議事堂に爆弾を仕掛けたとしても、イランはその細胞は組織を離叛していると主張できる。関与を否認できる。しかし、シュライクは、その細胞はイラン大使館からじかに進撃命令、資金資材を受けていると、ドイツが確信するように仕向けることができる……要するに……でたらめだ」

ドアにノックがあり、ふたりはエニスのすぐうしろのドアのほうを向いた。ゾーヤはそのままの位置で、うしろに手をのばし、拳銃に手をかけた。

エニスは、覗《のぞ》き穴から見もしないで、パニックを起こし、ゾーヤのほうを向いた。「BfVだ。わたしはSDRをやろうとしたが、ここで見つかったにちがいない――」

ゾーヤはいった。「ルームサービスを頼んだのよ。モイセスとヤニスの分も。だけど、確認しないと」

エニスが覗き穴から見て、安心して溜息をついた。「よかった」

だが、ゾーヤは拳銃を抜いて、うしろで持ち、自分で確認しようとしてドアに近づいた。半分まで行ったとき、エニスがロックに手をのばした。

「待って。わたしが見る」ゾーヤはいったが、エニスは耳を貸さないでドアをあけた。

アクーロフがドアを肩で押し、エニスが床に倒れ込んだ。アクーロフは、サプレッサー付きの拳銃を目の高さにあげて、ゾーヤ・ザハロワにまっすぐ狙いをつけた。男好きのするロシア女のゾーヤも、同時に拳銃を構えて、アクーロフに狙いをつけた。

ふたりとも撃たなかった。

アクーロフはターゲットを狙いすましていて、いとも簡単に撃ち殺すことができたが、ゾーヤが被弾すると反射的に引き金を引くおそれがあった。膠着《こうちゃく》状態だったが、死にたがっているアクーロフが撃とうかと思ったために、それが崩れそうだった。

だが、アクーロフは引き金を絞らなかった。命じられているようなあと腐れのない殺しにはならないからだ。

エニスが、アクーロフの拳銃に手が届くところで立ちあがった。だが、アクーロフは心配していなかった。相手が動こうとしたら、キッチンに向けて左に進めるように身構えた。

「どうなってるんだ？」恐怖がにじむ声で、エニスがいった。

アクーロフは黙っていた。本来のターゲットに銃口を向けたままで二歩下がり、両手保持《ツー・ハンデッド・グリップ》していたCZを片手保持《ワン・ハンデッド・グリップ》に持ち直し、左手をうしろにのばして、ドアのロックを解除した。ペルヴァークがスイートに跳び込んできて、サプレッサー付きの拳銃をあちこちに向けてから、エニスに狙いをつけた。拳銃をしっかり握ったままで、ルームサービスのワゴンを廊下からなかに引き込み、ザハロワの前でリビングのソファのそばまで押していった。それから、戻ってドアを閉め、目を丸くしているエニスの額にぴたりと狙いをつけたまま、片手でチェーンをかけた。

　ペルヴァークは、ゾーヤを見て、すばやく狙いをそちらに向けた。

　アクーロフがにやりと笑い、自信に満ちた落ち着いた声でいった。「あんたのその美しい顔が検死官にも見分けられないくらい醜くなる前に、おれたちふたりを撃つつもりか？」

　ゾーヤは、拳銃を下に向けて、ワゴンに近いリビングの床にほうり出した。それから両手を挙げた。

「たいへん結構」つづいてロシア語の単語をふたつ、アクーロフが口にした。

「そいつを撃ち殺せ《プリストレリ・イェヴォー》」

　つぎになにが起きるか、ゾーヤは悟った。「やめて《ニェット》」

　セミョーン・ペルヴァークが、リーダーの命令に従って、またエニスに狙いを戻し、二メートル以下の距離から右こめかみを撃ち抜いた。エニスの首が片方にガクンと曲がり、うしろの壁紙に血が飛び散り、ソファの上に仰向《あおむ》けに倒れてから、床に転げ落ちた。

銃弾が飛び出すときに大きなドスッという音が響いたが、隣のスイートに聞こえても、銃声だとはわからないだろうと、アクーロフは思った。

それでも、イヤホンを通じて、401にいてノートパソコンでカメラの画像を監視しているふたりに連絡した。「現況は？」

インナが応答した。「廊下に敵影なし。スイート403と407のドアは閉まったままよ」

「わかった《ボーニャル》」アクーロフは、女に注意を戻した。

「さて、シレーナ。これからおまえを始末する」

ゾーヤは、エニスの死体を見おろしてから、壁をゆっくり流れ落ちている脳の切れ端を見あげた。それからようやく、ルームサービスの制服を着ている刺客《しかく》に注意を戻した。ロをひらいたとき、強いて落ち着いた声を出そうとした。ロシア語で、ゾーヤはいった。

「あんたが……マクシムね」

「そうだ《ダー》」アクーロフが答えた。「そして、おまえは裏切り者だ」

「それで安眠できるのなら、そう自分にいい聞かせればいいわ」

「何事も、おれをゆっくり眠らせてくれないのだ、別嬪《べっぴん》さん。うしろを向け」

ゾーヤは、床から天井まであるあけ放った窓に背を向けていた。バルコニーがあるような雰囲気にするために、窓の外側一メートル半の高さまで鉄の窓手摺《まどてすり》があった。

だが、ゾーヤはそちらを向かなかった。

ゾーヤはいった。「馬鹿でかいサプレッサー付きのちっちゃな拳銃を持っているのね。それを使えるような交戦規則だったら、ドアを通ると同時にわたしの額を撃っていたはずよ。これを自殺に見せかけたいんでしょう？」

「頭のいい女だ」

「それで、死体がもうひとつあるのを、どう説明するの？」ゾーヤは、アクーロフの右に体を丸めて倒れているエニスのほうを手で示した。

アクーロフはいった。「おれが説明する必要はない。へたな説明は、おまえとエニス氏の遺族に任せる。正直いって、そういう立場にはなりたくない」

ゾーヤは、ゆっくりと息を吸ってから、顎《あご》を突き出した。「そう見せかけるのに、わたしの助けはいらないはずよ」拳銃を睨《にら》みつけた。「よかったわね」

自信ありげな態度は、完全に見せかけだった。怯《おび》えていたし、なんの手立てもなかった。だが、なにかのきっかけが見つかるまで、時間を稼《かせ》ぐつもりだった。それに、話をしているあいだ、アクーロフは殺さないだろう。だから、チャンスが訪れるまで、話しつづけるつもりだった。

だが、つぎの瞬間には、膠着《こうちゃく》状態が終わりそうになった。

アクーロフが、キッチンの近くに立っていた仲間に向かっていた。「名案が浮かんだ。女を窓から投げ落とせ」

「くそ《デリモー》」ゾーヤはいった。

46

コート・ジェントリーは、ブーツをはいた左右の足を交互に前に出しながら、一歩ずつ進んでいった。時間がかかったが、ようやくゾーヤのスイートの寝室まで行って、その窓枠を通り過ぎ、また狭い胴蛇腹《どうじゃばら》の上に戻った。広いリビングの窓は、五メートルほど先にあり、自分のスイートを出てからの進みぐあいから判断して、あと三十秒間、五階分の高さのここで姿をさらけ出していることになりそうだった。

リビングは窓が内開きだし、ジェントリーはビルの正面の温かい石に顔を押しつけているので、まだなかの現況がわからなかった。

血中を流れるアンフェタミンが、高さ一八メートルの狭い胴蛇腹を進んでいるせいで分泌されているアドレナリンの作用を強め、そこで感じている無力感が心の奥で不安をかきたてていた。

ジェントリーはさらに強く壁に押しつけて頬に擦《す》り傷をこしらえ、会計士にでもなればよかったとあらためて悔《くや》んだ。

そして、リビングの窓に向けて、一歩ずつ進んでいった。

セミョーン・ペルヴァークは、拳銃を腋《わき》の下のホルスターに入れて、ジャケットで覆《おお》ってから、前進し、ターゲットに迫った。アクーロフの拳銃の前を横切らないように気をつけた。一瞬でも隙があれば、ゾーヤが床に落とした拳銃に跳びつこうとするはずだとわかっていたので、どんなチャンスもあたえてはいけないと思った。ペルヴァークは、食事のワゴンの横をまわって、ゾーヤに左側から近づき、右腕をうしろでねじあげて乱暴に向きを変えさせた。

ゾーヤが抵抗し、押さえ込むのにペルヴァークは渾身《こんしん》の力をこめた。

「この女は力が強い」ペルヴァークは、アクーロフにいった。

「おまえのほうが強くなかったら、おまえを窓から落とす」アクーロフが答えた。

ペルヴァークは、通りから五階分の高さの窓に向けて、ゾーヤをうしろから押しはじめた。

「やめて《ニェット》」ゾーヤが悲鳴をあげた。また叫ぼうとしたが、ペルヴァークの大きな手が顔と口を覆った。声が出ないように押さえたときに、ゾーヤは鼻血を出した。口をしっかりふさぐと、ペルヴァークは反対の手でゾーヤを押した。

ゾーヤは一歩ごとに激しく抵抗したが、しだいに足がかりを失い、素足でオリエンタルラグの上を押されて、木のフローリングも過ぎて、窓に近づいていった。うしろでマクシム・アクーロフがしゃべっているのが聞こえた。あいかわらず落ち着いた声で、満足げだった。「気になるならいうが、こんな記事になるだろうな。愛人を殺したあと、おまえは銃口を口に突っ込むことができなかったので、代わりに短い飛行《フライト》をやることにした」

ゾーヤは窓まで押されていって窓手摺に太腿《ふともも》が強く当たった。空いた手で鋼鉄の横棒を握り締め、口を強く押さえられながら叫び、首をふって必死でふり離そうとした。

そのために首を左に向けてから、もっと強く右にまわした。

そのとき、一メートルも離れていないところで、狭い胴蛇腹に黒いTシャツとジーンズを着た男が立っていた。

ゾーヤは目をぱちくりさせた。

コート・ジェントリーが、自分が見ている光景に衝撃を受けて、目をかっと見ひらいていた。壁に体を押しつけていた。なめらかな壁にはなんの手がかりもなく、むき出しの顔と短い髪から汗が滴《したた》っているのを、ゾーヤは見た。ゾーヤはまた叫ぼうとしたが、顔をまたしっかりと押さえられた。ジェントリーには見えないところにいる敵がふたたびぐいぐい押して、ゾーヤを墜落死させようとしていた。だが、鉄の窓手摺にゾーヤが体を密着させて、横棒をぎゅっと握っているため、男はゾーヤを窓手摺の上に押しあげるために、口を押さえている手を離さなければならない。それをゾーヤは見抜いていた。
それがゾーヤに必要なチャンスだった。問題は、それまでがんばれるかどうかだった。

セミョーン・ペルヴァークは、両手で女の背中を押しあげるために、びっくりするくらい力が強い女の口から片手を離したが、女の動きに意表を突かれた。女がかがんで体をまわして逃れたので、ペルヴァークの押しはほとんどかわされた。女が矢のように一歩進んで、リビングに戻った。ペルヴァークが女の左腕をつかみ、シルクのシャツの袖《そで》がちぎれた。ペルヴァークが女をルームサービスのワゴンに叩きつけ、食事、飲み物、ナイフ、フォーク、皿、料理の覆いが四方に飛び散った。ふたりともワゴンの上に倒れ込んだあと、ソファの上に倒れ、床に落ちて、コーヒーテーブルにぶつかってひっくりかえした。

ふたりは、スイートのドアの前に位置していたアクーロフの三メートル前方にいた。

ゾーヤは蹴ったりパンチを浴びせたりしたが、ペルヴァークはそれをすべてしのいで、食事がちらばり、死体が転がっているところで、ゾーヤにのしかかって押さえつけた。

インナの声が、アクーロフのイヤホンから聞こえた。「大きな音をたてているわよ！」

アクーロフが、ペルヴァークに向かってどなった。「窓はもういい。頭を撃つ」そして、すばやくテレビのほうへ行き、つけて、ボリュームを最大にした。

ゾーヤとペルヴァークが、なおも床で格闘していた。ゾーヤは鼻血であちこちを汚しながら、膝《ひざ》蹴り、肘《ひじ》打ち、拳《こぶし》で攻撃したが、五十三歳の大男のペルヴァークにかすり傷を負わせるのが精いっぱいだった。アクーロフの戦略的頭脳は、ゾーヤが撃ち殺す前にエニスが襲いかかったように見せかけるために、あの鼻血をエニスの手になすりつけなければならないと指図していた。

思いがけない展開になったにもかかわらず、アクーロフは任務そのものについては心配していなかった。しかし、インナのいうとおりだった。これだけ大きな音をたてていると、隠密裏に脱出するのは、よくいってもかなり難しい。

急いでとインナがいっているのが、イヤホンから聞こえた。隠しカメラで見ていて、大失敗になりそうだと考えているにちがいない。案の定ザハロワは手強《てごわ》いターゲットだったし、わたしの注意に耳を貸さなかったと、インナがくどくどいうのを聞かされるはめになるのを、早くもアクーロフは怖れていた。

もう我慢できないと思った。アクーロフは前進して、死体とコーヒーテーブルをよけて、こめかみか顎《あご》に銃口を押しつけてこれをやり終えるために、ペルヴァークが女を押さえつけるのを手伝おうとした。

アクーロフの拳銃はサプレッサーがあまりにも大きいので、ホルスターに収まらない。そこで、うしろの床に置き、ペルヴァークが上半身と腕を押さえつけやすいように、女の胴体に体重をかけた。アクーロフの手助けで、ペルヴァークは女の動きを封じることができた。前腕を口に叩きつけて、叫び声が出ないようにするとともに、右膝で女の左腕を押さえていた。ペルヴァークは、筋肉がたくましい女の頭の横に左手で拳銃を突きつけようとしたが、女は右手でそれを必死で押しのけようとした。

アクーロフが、ペルヴァークをどなりつけた。「さっさとやれ！」

アクーロフは、手が届く唯一の部分、女の太腿を殴った。

もう一度拳をふりあげて殴ろうとしたが、拳をふり下ろす前に、イヤホンからインナの逆上した声が聞こえた。

「脅威！　銃！」

アクーロフはとまどった。ザハロワの両手は見えていて、銃は持っていない。「どこだ？」アクーロフは語気鋭くきいた。

「窓に男がいる！」

アクーロフは、膝立ちになった。「なんだと《シトー》？」

ジェントリーは、窓手摺を跳び越えながら拳銃を抜いた。一秒の数分の一で、全体の状況を見てとった。正面にひとりいて、視界の外——ソファの向こうにある食事のワゴンの横——から、もみ合う音が聞こえている。ゾーヤの姿は見えなかったので、リビングの中央の床で、命懸けの戦いをやっているのだろうと判断した。

ジェントリーは拳銃を構えたが、自分が銃口を向けている薄い壁の向こうにエレベーターで会った六人家族がいることを、強く意識していた。ソファの向こう側で立ちあがった男は、ルームサービスのジャケットを着ていた。男は片手をウェストバンドに突っ込み、銃を抜こうとしているように見えた。

ジェントリーはすばやく男にVP9の狙いをつけたが、引き金を引く前に、男がすさまじい速さで体をまわして逃れた。

ジェントリーは撃たず、照準器で男を追おうとした。撃ってはずしたくはなかった。男の体のまんなかに命中させたとしても、弾丸が体と壁を貫通して、向こう側にいるだれかに当たらないともかぎらない。

体をまわした男が向き直り、腕がこちらに向けて鞭《むち》のようにしなるのをジェントリーは見た。なにかを下手投げで飛ばしたのだと察して、ジェントリーはすばやく右に身を投げた。黒い投げナイフが空気をかきまわして、顔の三〇センチ左をビュンと通過し、うしろの壁に突き刺さった。ジェントリーは跳躍しながら、急いでターゲットに照準を戻した。キッチンのアイランドに着地し、右に転がって、流しのそばでかがみ撃ちの姿勢をとり、非戦闘員が向こう側にいる壁が弾丸で穴だらけにならないように高みから撃って、とてつもなく敏捷《びんしょう》な敵を斃《たお》そうとした。

だが、ジェントリーが銃をターゲットに向けたとたんに、なにかが宙を跳んでいるのが見えた。それがすでにジェントリーに向けて飛翔《ひしょう》していて、防御態勢になる前に右腕の二頭筋に鋭い痛みを感じた。ジェントリーは拳銃を落とし、それがリビングのまんなかへ飛んでいった。

ジェントリーが下に目を向けると、肘の数センチ上を投げナイフで切られていた。腕から大理石の天板に、血がどくどく流れ落ちていた。ナイフは刺さっていなかったが、どこへ行ったのか、見当もつかなかった。

ジェントリーが視線をあげると、投げナイフで腕を切り裂いた男は、身を低くしてソファの蔭にはいっていた。べつの武器を使おうとしているのかもしれない。その右では、もっと年配のがっしりした男が、ワゴンのうしろから立ちあがっていた。そいつはすでに銃を握っていた。

ゾーヤ・ザハロワは、ようやくチャンスを見いだした。そして、わずかながら勝ち目があるのは、ジェントリーが登場したからにほかならなかった。

ゾーヤは、格闘で疲れ果てていた。力と体格では、とうてい敵にかなわなかった。その男に仰向《あおむ》けにされ、アクーロフに下半身を押さえられていた。だが、数秒前にアクーロフが立ちあがって、体をまわし、すさまじい勢いでしならせた。ゾーヤの左腕を膝で押さえて、銃口を頭に近づけていた男も、その動きを察し、ソファの上から見た。その瞬間、男はゾーヤのことをすっかり忘れ、あわててターゲットに銃を向けようとした。

ゾーヤはその隙に周囲の床に手をのばし、命を懸けて助けに来てくれた男を敵が撃つ前に、殴りつけるのに使えるようなものを探した。

アーニャを応援に行かせるとインナがいうのがイヤホンから聞こえたが、戦いはほぼ終わったと確信していたので、マクシム・アクーロフは応答しなかった。敵はキッチンのアイランドの上にいる。このいかれた野郎を撃ち、それから右でペルヴァークの下敷きになっているザハロワを撃とうと思って、床から拳銃を拾いあげた。

騒々しい血みどろの争いのあと、スイートには三人の死体が残される。黒いTシャツを着た新手の男の手に拳銃を握らせれば、そいつが宿泊客とその同僚を殺した刺客《しかく》だと、官憲は判断するだろう。

アクーロフは、ターゲットに狙いをつけたが、発砲する前に、アイランドの上の男が、驚くべき速さのバックロールでキッチンに跳びおり、アイランドの向こう側に見えなくなった。

それでもペルヴァークが撃ったが、遅すぎて当たらなかっただろうと、アクーロフにはわかっていた。

ゾーヤは、上に乗っている男がジェントリーを撃つのをとめられなかったが、一発目が放たれたとき、うしろに五、六〇センチ体を滑らせて、ステンレス製の釣鐘形覆い《クロッシュ》をつかんだ。床に仰向けになったままで精いっぱい力をこめてそれをほうり投げ、拳銃を持っている男の腕にぶつけた。二発目の銃声が聞こえたが、弾丸は大きくそれた。

つぎにゾーヤは腹這《はらば》いになり、必死でそこから遠ざかった。さきほど床に落とした拳銃がソファの向こうのどこかに転がっているはずなので、そこへ行くまで、あるいはジェントリーがロシア人ふたりを片づけるまで、いろいろなものを投げて注意をそらさなければならない。

　ゾーヤは、部屋の隅にたどり着き、フロアランプを倒してから、ワゴンから滑り落ちたラップを巻いてある料理がいっぱい載っている皿に左手を巻きつけた。フリスビーの要領で、ソファの前にいる男ふたりに投げつけると、回転しながら飛ぶ皿から、料理が飛び散った。

　つぎの投射物《プロジェクタイル》を見つけるのに必死だったので、当たったかどうかは見届けなかった。

47

ジェントリーは、リビングの隅にいるゾーヤを見た。六メートル離れたそこで、料理の皿を持ちあげ、ふたりの男に向けて投げている。男のひとりはいま、リビングのまんなかに立っていた。ゾーヤの攻撃はさほど効果的ではなかったが、態勢を立て直すあいだ注意をそらすためだと察したジェントリーは、それを利用することにした。

アクーロフは、キッチンのアイランドをまわって謎の男の背中を照準器に捉えればいいだけだったが、そちらに一歩進んだときに料理の皿がまわりながら飛んできて、顔のすぐそばでうなりをあげた。アクーロフはそれを払いのけ、つぎの投射物を叩き落とした。ザハロワが投げたそれは金属製のコーヒーポットだった。

振り向くと、右肩ごしにザハロワが見えたが、アクーロフは銃口をキッチンに向けたままにした。あの男は非常にすばやい。武器を持っていないザハロワを撃つためにいま狙いをそらすのは、きわめて危険だと、アクーロフにはわかっていた。頭に皿をぶつけられるかもしれないが、アイランドの右側にまわって、ザハロワを助けようとしている男に五、六発撃ち込むほうが先決だ。

アクーロフはさっとアイランドをまわり、その裏側に銃口を向けたが、敵の姿はなかった。血痕《けっこん》が角をまわってつづいていた。

負傷した男は、リビングに這《は》い戻ったにちがいない。

ペルヴァークは、本来のターゲット、汚れて床で血を流している女に銃の狙いを戻そうとしていた。照準を合わせかけたとき、女が素足で跳躍し、広葉樹材《ハードウッド》の床に身を投げてから、前転した。ペルヴァークの放った弾丸は上にそれ、前転が終わったとき、女は攻撃できる距離に近づいていた。女が掌《てのひら》をペルヴァークの顎《あご》に叩きつけ、半歩うしろによろめかせてから、拳銃を握っている手をつかんだ。

ゾーヤはペルヴァークに腰投げをかけて拳銃をもぎ取ろうとしたが、優勢だったのは一瞬だけだった。ペルヴァークに後頭部を押され、顔から床に倒れて、大きな窓のほうへ吹っ飛ばされた。だが、倒れるときにペルヴァークの拳銃をはたき落した。拳銃はソファの横を飛んでいって、大きな音とともにワゴンのそばの床に落ちた。

ジェントリーは、アイランドのドアとは逆の側でひざまずいていたが、ずっとそこにはいられないとわかっていた。ルームサービスのジャケットを着た男が、いまもキッチンの左側から近づいているはずだ。勝機を逸する前に戦いを再開するには、武装しなければならない。

角からリビングのほうを覗《のぞ》くと、大男がゾーヤともみ合ったときに、拳銃を落とし、それがソファの横を飛ぶのが見えた。拳銃とジェントリーとの距離は五メートルもなかったが、そこまで行くあいだ、その大男ともうひとりの小柄な男から丸見えになる。

だが、そのときべつのものが見えた。ワゴンの端の下で、小さな黒い拳銃が、床に転がっていた。

ロシア人が英語でいうのが、キッチンの側から聞こえた。ジェントリーがかがんでいるところから、数歩しか離れていない。

「哀れで勇敢なヒーローさんよ！　おまえは死体で見つかったあと、冷血な殺人犯として記憶されるだろうな」

それと同時に、大男がジェントリーを見て、ジェントリーも大男を見た。大男が腰のうしろに手をまわした。銃かナイフを抜こうとしているのだ。

前とうしろに武器を持った殺し屋がいても、拳銃を取りにいくしかないと、ジェントリーは悟った。勝ち目は薄かったが、行動しなかったら勝ち目はない。

ジェントリーは、前方に身を投げて、アイランド寄りに落ちていた拳銃のほうへ横転した。アドレナリンの効果があっても、肩と腕がすさまじい痛みに抗議した。

二度目の横転でジェントリーはそのCZセミオートマティック・ピストルをつかみ、卵料理とトーストの上でもう一度横転した。ルームサービスのワゴンにぶつかり、それを窓のほうへ勢いよく押し出した。ソファのそばで小さなセミオートマティック・ピストルを構えている大男に向けて銃を構えると同時に、落ちていた二挺目の拳銃を蹴って、ゾーヤが壁ぎわで座撃ちの姿勢をとろうとしているほうへ滑らせた。

「Z《ジー》!」

ゾーヤがジェントリーのほうを向き、わかっていることを目で伝えた。

ジェントリーは立ちあがり、アイランドの向こうにいるターゲットを狙うために、リビングに向けていた拳銃の向きを一八〇度変えた。

その武装したターゲットを狙えるように、ジェントリーはもうひとりの武装した男に背中を向けた。ゾーヤを完全に信頼し、正面の脅威に対処するあいだに、背後の脅威を彼女が始末してくれることに命を賭けた。

セミョーン・ペルヴァークは、腰のうしろから小さなSIGザウアーP238を抜き、リビングの三メートル離れたところにいる男に向けた。ペルヴァークはふたつのターゲットのどちらかを選ばなければならなかったが、経験豊富な戦術的頭脳はそれをいとも簡単に決めた。ザハロワが武器を持っていないことはわかっている――食器や食べ物をあちこちに撒《ま》き散らしているだけだ――だから、横転を終えたばかりの男に注意を集中した。男はこちらではなくアクーロフに注意を向けていたので、その後頭部を撃つのはいとも簡単だった。ペルヴァークは狙いをつけた。

馬鹿なやつだ、と思った。

ところが、ペルヴァークが引き金を引く前に、サプレッサーを付けていない銃のとてつもなく大きな銃声が聞こえた。同時に首の横に衝撃があり、ペルヴァークは膝《ひざ》をついた。顎のすぐ下の喉《のど》から、ぞっとするくらい大量の血がほとばしって、ソファ全体にかかった。ペルヴァークは銃を落として、傷口を押さえた。左に転がり、さきほど自分が殺した男の上でとまった。

ゾーヤ・ザハロワに撃たれたのだとペルヴァークは気づいたが、彼女がどこで銃を見つけたのか知ることはできないと思いながら死んだ。

ジェントリーはようやく拳銃を構えてターゲットに狙いをつけた。ゾーヤが銃を持っていることを知った白いジャケットの男が、そちらに銃を向けたところを捉えた。男はキッチンの壁に背を向け、その斜《なな》め左前方約二メートルにあいた窓があった。

ジェントリーは、声を張りあげた。「銃を捨てろ、くそ野郎！」

その刺客《しかく》が拳銃を構えたが、二対一では勝ち目がないと悟ったようだった。

男が銃口をおろし、ジェントリーはすばやく、ゾーヤと男とのあいだに進んだ。うしろでリビングの隅にいるゾーヤを自分の体でかばうとともに、ゾーヤが障害物なしに撃てないようにしていた。

ジェントリーは、ゾーヤに叫んだ。「撃つな！　撃つな！」

「どうしてよ？」ゾーヤは、年配の大男との格闘で体力を使い果たし、息を切らしていた。

「壁を貫通するおそれがある」隣のスイートに六人家族がいるのだ。「そいつが脅威になったら、おれが撃つ」

生き残りの刺客が、顔にかかっていた髪を空いている手でうしろになでつけた。床に銃を落とし、目をあげて、正面の武装した敵ふたりに笑みを向けた。

ゾーヤがどなった。「どいて！　どっちみちわたしがそいつを撃つ！」

「だめだ」ジェントリーはいった。「おれたちはこいつを捕まえた。どこへも逃げられない」

「そうかな」男が息を切らして、英語でいった。「どこかへ……逃げられる……かな？」

一瞬、生き残った三人の荒い息だけが聞こえていたが、ルームサービスの白いジャケットを着た男は、ゾーヤとジェントリーに笑顔を向けたまま、あいた窓のほうを向いて突進した。

男はまったく音をたてず、手摺《てすり》を越えて頭から跳び出した。

ゾーヤの四階のスイートは、地上から五階分の高さにある。

「なに……どういうこと？」ゾーヤがつぶやいた。

ジェントリーは疲れ切って、卵と血が飛び散っているところに座り込んだ。そして、拳銃をおろした。「あんなのは予想していなかった」

ゾーヤは、廊下との境のドアに狙いをつけたままで、ジェントリーのそばに行った。

「ほかにも仲間がどこかにいるはずよ」

ジェントリーは、腹立たしげに溜息をついて、血まみれの右腕で拳銃を構えたが、よろけて左の肘《ひじ》をついた。急激に疲労に襲われ、気を失うのではないかと心配になった。「くそ」

インナ・サローキナは、廊下の先のスイートで起きたことを隠しカメラで見て、愕然《がくぜん》としていた。アクーロフがホテルから跳びおりた。インナは、その乱闘に突入しかけていたアーニャにイヤホンで命じた。

「待って！　こっちに戻ってきて」

「いまドアの前よ。これから――」

「セムとマクシムが死んだ。敵ふたりがドアに銃を向けている。戻って」

インナはイヤホンを取り、ノートパソコン二台の蓋《ふた》をバタンと閉めて、部屋に残してあった、バックパックふたつに入れた。

インナは、廊下をひきかえしてきたアーニャとドアの前で会って、バックパックをひとつ渡した。アーニャがグラチ・セミオートマティック・ピストルをそれに入れ、ふたりは近くの階段へ行った。避難する客に混じって逃げるために、途中でインナが火災報知機を鳴らした。

ゾーヤはジェントリーのほうへ這《は》っていって、ドアに向けてSIGを構えていないほうの手で抱き締めた。「どこか悪いの？　怪我《けが》しているの？」ジェントリーがへばっているのを明らかに察していた。

「いや……そんなにひどくない……きみは？」

ゾーヤは自分の体を見おろした。鼻血が白いブラウスを汚し、瓶が割れて飛び散ったゼリー、コーヒー、ジュースが体から滴《したた》り、両腕が卵料理のかけらに覆《おお》われていた。だが、怪我はしていないようだった。ゾーヤはいった。「急いでここを出ないといけない」

ジェントリーは、男が跳びおりた窓を見てからいった。「いちばん早い逃げ道が、いちばんいい逃げ道だとはかぎらない」

ゾーヤはジェントリーに手を貸して立たせ、腕から血が流れているのに気づいた。「そこをくぐって。安全なところへ行ったら包帯を巻くから」

ゾーヤが黒いタートルネックに着替え、だいじな持ち物をバッグに入れるまで、一分とかからなかった。そのあいだにジェントリーはよろけながらバスルームへ行き、ハンドタオルをゾーヤのバスローブの帯を使って傷に巻きつけた。すぐにふたりは用心深く廊下に出た。廊下にはすでにおおぜいの客がいた。銃声を聞いて出てきたのだろうが、混乱に乗じてホテルから出る時間を稼《かせ》げることを、ジェントリーとゾーヤはあてにしていた。

ジェントリーが自分のスイートからバックパックを取ってきて、ふたりは宿泊客の群れに混じった。階段は廊下の突き当たりだったので、ふたりはエレベーターに乗り、五階からおりてきた数人といっしょになった。各階でとまり、火災報知器に従って避難する客が乗ってきて満員になった。

ロビーを通るとき、ジェントリーは出血をとめるために左手でタオルを押さえた。階段のドアがあくのを、ゾーヤは見た。宿泊客が何人か出てきて、窮屈そうに進んでいる群れのまんなかにインナ・サローキナともっと若い女がいるのを、ゾーヤは見つけた。ふたりとも手にはなにも持っていなかったが、バックパックを肩にかけていた。

インナとゾーヤが、人だかりをあいだに挟んで目を合わせ、立ちどまって睨《にら》み合った。

ゾーヤは、ジェントリーの腕をつかんだ。「一時の方向。ブルーのトップ」

ジェントリーは、ゾーヤの視線を追った。「わかった」

「やつらの仲間よ。隣の女も。連れ立っているように見える」

ジェントリーはいった。「どうすることもできないな」

そのとおりだというのを、ゾーヤもしぶしぶ認めた。まわりに百人くらいいるところで、銃撃戦をはじめるつもりはなかった。

ふたりは、アドロン・ケンピンスキーの西側のドアから出た。ゾーヤが肩ごしに、広いロビーの向こうを見ていた。インナがひとの流れといっしょに進んで、東側から晴れた朝のなかに出ていくのが、ちらりと見えた。

48

ジェントリーとゾーヤは、アドロンを出てから三十分後に、シュパンダウの隠れ家に着いた。ジェントリーは、ビルの裏にある雑草が生えているアスファルト舗装の駐車場にバイクをとめた。ふたりはバイクをおりて、ジェントリーが上の部屋に案内した。

階段を昇るだけで、ジェントリーは息を切らしていた。戦闘でかなり体力を使い、薬物のおかげでどうにか動いていたが、完全に消耗していた。

階段の上で、ゾーヤがそれに気づいた。「どこか悪いの？」

ジェントリーは、額を厚く覆《おお》っていた汗をぬぐった。すぐにまた汗が噴き出した。ジェントリーは、部屋の鍵を出した。「なかで話そう」

ほどなくゾーヤはなにもないアパートメントのまんなかに立ち、殺風景な周囲を見まわした。「なかなかいい暮らしね」

「アドロン・ケンピンスキーの高級スイートは借りられなかった」

「たったいま、ひと部屋空いたみたいよ」ゾーヤはジェントリーに近づき、片腕を取って、傷口をくっている血まみれのハンドタオルを見た。「掃除に手間取りそうだけど」タオルをはずし、傷口を調べた。「すっぱり切れている。パンク直しの道具はある？」

「キッチンにある」

ふたりいっしょに狭いキッチンへ行き、カウンターに置いてあった大量の外傷手当て用品のバッグをゾーヤがあけた。そのあいだにジェントリーは冷蔵庫をあけて、ボトルドウォーターを二本出した。

傷に包帯を巻くのに必要なものを用意しながら、ゾーヤはいった。「さっきスイートで、撃つなといったわね。壁を貫通するおそれがあるって」

「子供四人が、隣のスイートにはいっていくのを見た。それから一時間もたっていなかった。まだいるかどうか、わからなかったが、巻き添えにしたくなかった。きみだっておなじだろう」

「でも、結局どうでもよくなった。アクーロフが正気じゃないというのは聞いていたけど、空を飛べるとは知らなかった」

ゾーヤが二の腕に包帯を巻きはじめると、ジェントリーはつかのま彼女の顔を見た。

「アクーロフ。マクシム・アクーロフか？」

ゾーヤはうなずいた。「あれがアクーロフよ」

「ほんとうに?」ジェントリーはいった。「何年も前から名前は聞いていた」

「ええ、アクーロフはロシアの……あなたみたいな人間よ」

「正直いって、そんなに凄《すご》いとは思わなかった」

「最高のときを見ていないからよ」

「そのほうがありがたい。最悪の状態の刺客《しかく》のほうが好きだ」

ゾーヤが包帯を巻き終えた。ジェントリーが望んでいるよりもすこしきつかった。ジェントリーはバスルームへ行き、トイレットペーパーを一ロール持ってきて、ゾーヤの顔で乾いている鼻血を拭いた。

「ウォトカはある?」ゾーヤがきいた。

「ない」

「どうして?」

「まだ午前十時じゃないか、ゾーヤ」

ゾーヤが笑い、ジェントリーも笑ってからいった。「あそこで……ひとりにハムサンドイッチを投げなかったか?」

「なんでも手当たり次第に投げた。ハムとチーズ入りクロワッサンだったと思う。つまり、あいつらはドジな刺客だっただけじゃなくて、わたしの朝食の注文をまちがえていた」

「オムレツが飛ぶのも見えた。ロシアではスパイ学校であんなことを教えるのか？」

ゾーヤがあきれて目を剝《む》いた。「お皿の上の料理じゃなくて、お皿を投げていたのよ」

「なんでもいいが」ジェントリーは、ゾーヤの顔を見た。「会えてうれしい」

ふたりはがらんとしたリビングに戻った。

ゾーヤは、小さな籐《とう》のソファに座った。「あなたはいつも、ものすごく変な場所で現われるのね」

「そういうところで、きみにばったり会うんだ」

「ばったり会うんじゃない。わたしを跟《つ》けていたのよ」

「おれを見たのか？」

「いいえ」ゾーヤは正直にいった。「あなたは姿を見られたくないときに見られないようにできる。でも、わたしの居場所をブルーアが教えたんだと思う」

「そうだ」

ジェントリーは、ゾーヤの隣に腰をおろした。体の具合が悪く、怪我《けが》をしていても、近づいて、体をくっつけ、キスをしたかった。だが、ゾーヤの態度や表情がよく読めなかったので、五、六〇センチ離れていた。

「元気だった？」ジェントリーはきいた。

「あなたに撃たれたあとのこと？」たしかに数カ月前に、ジェントリーはスコットランドでゾーヤの腰を撃った。ゾーヤがジェントリーを撃とうとしていたスーザン・ブルーアを撃った直後のことだった。

ジェントリーは、かなり控え目にそのことをいった。「ああ……あれはひどかった」額を拭いた。汗が床に滴《したた》った。

ゾーヤがすこし穏やかな口調になった。「だいぶ……だいぶ具合が悪そうね。病気なの？」

「感染症にかかっている。ときどきひどくなる。二日ぐらいで治る」

信じていないような目つきでジェントリーを眺めてから、ゾーヤはいった。「メリーランドのテンプルトン3に行ったほうがいい。あそこで治してくれる。そのあと、ハンリーが病院のベッドからあなたをひきずり出して、狼の群れのなかに戻す」

ジェントリーは、疲れた笑い声を押し殺した。「ハンリーのやりそうなことだな」そこでつけくわえた。「きみの友だちは気の毒だった」

「どの友だち？」

「エニスだよ」

ゾーヤが、とまどった顔でジェントリーを見た。「友だちじゃなかった。シュライクのわたしの連絡担当よ」

「わかった」ジェントリーがいったので、ゾーヤは首をかしげた。

「なに？」

「いや、きのうの夜、ディナーで、あいつときみは仲良くしていたようだった」

ゾーヤは、長いほつれ毛を耳のうしろにかきあげた。「わたしは彼の部下だった」

「わかった」

「そうだったのよ」

ジェントリーはうなずき、水をごくごく飲んでから、顔をそむけた。

ジェントリーが黙っていたので、ゾーヤはいった。「エニスはわたしにとって、シュライクのヒエラルキーを上にたどる唯一のルートだった。それに、わたしにいわせれば、噂話が好きな間抜けだった」

ジェントリーは黙っていた。

ゾーヤが、また首をかしげ、淡い笑みをひろげた。「あなた……妬《や》いてるの？」

ジェントリーは顔をそむけたが、笑い声を漏らした。「ああ、そうなんだ」皮肉をこめようとしたが、うまくいかなかった。

「ものすごく笑える」ゾーヤは笑みを浮かべていったが、すぐに笑みが消えた。

ジェントリーがゾーヤ・ザハロワと会うときはいつも、深い愛情と不信の両方が漂う。これまでの出会いでは、ジェントリーが時間をかけて不信を払拭《ふっしょく》してきたが、それがますます難しくなるのが心配だった。

ゾーヤを撃ったのは不信に輪をかけたが、ふたりの亀裂はそれだけではなかった。ゾーヤがいった。「わたしたちはだめよ。あなたとわたしは」

「わかっている」ジェントリーはいったが、ゾーヤがそういうのを聞いて悲しくなった。

「でも」ゾーヤがつけくわえた。「あそこでわたしの命を救ってくれた。何度もそういうことがあった」

ホテルのスイートでの常軌を逸した戦いのことをジェントリーは思い出し、頭のなかですばやく戦闘後報告をまとめあげた。「いや、大男を撃ったのはきみだし、ちびのほうは窓から跳び出した。おれは牽制《けんせい》くらいしかできなかった」

「そうね。あなたはわたしの歩く特殊閃光音響弾《フラッシュバン》よ」ゾーヤはまたジェントリーに笑みを向けて、怪我をしていないほうの腕を握った。「わたしもあなたと会えてうれしい」

ジェントリーの右腕は痛み、左肩の激痛も燃えあがっていて、疲労困憊《こんぱい》し、熱が出ていたが、ひととの交流のささやかな瞬間が持てたことで、数カ月ぶりに幸せな気分になった。

前にふたりが情愛のこもったひとときを分かち合ってから、もうだいぶたっている。もちろん、これがなにを意味するか、ジェントリーにはわかっていた。彼女に恋しているのだ。それが自分の破滅の原因になるのではないかと、いまも心配していた。

ジェントリーは、そういった思いをふり払うために首をふった。ジェントリーの頭のなかをなにが駆けめぐっているのだろうと不思議がっているのか、ゾーヤがおかしな目つきを向けた。だが、ゾーヤが口をひらく前に、ジェントリーは仕事の話をはじめた。「とにかく。きみははずれた。この作戦は終わった」

「ああ……最低。これからはわたしに指図するつもり？」

「ちがう。ただ——」

ゾーヤは首をふった。「終わっていない。まだまだよ」

「なにがいいたいんだ？　正体がばれたんだぞ」

「シュライクではばれたけど、まだベルリンを離れるわけにはいかない。なにか重大なことが起きようとしている」

「そうだな。ロシアの刺客に撃たれそうだ」

「あなたがうしろを護《まも》ってくれれば、そうはならない」

ジェントリーは首をふった。理性的ではない議論だ。「おれを殺そうとしてベルリンを駆けずりまわっているやつらがいるんだ、ゾーヤ。どちらかが殺されるまでいっしょにいるのは、ものすごく愚かしい」

「それじゃ……ベルリンを出るの？」

ジェントリーは、何度かゆっくりと息を吸った。「いや、ハンリーはおれに――」

「わかった」ゾーヤがさえぎった。「わたしはひとりでやれないけど、あなたはできるというわけね」

どういえばいいのか、ジェントリーにはわからなかった。ゾーヤの身の安全をはかりたいのだが、コントロールしようとしているのだとゾーヤは解釈している。自分とは水準がちがうといわれているのだと思っている。ジェントリーは話題を変えた。「重大なことが起きようとしているというのは、どういう意味だ？」

ゾーヤは話題を変えたくないと思っている。ジェントリーにも彼女の表情でそれがわかった。だが、ややあってゾーヤはいった。「クライアントとの契約がまもなく終わると、エニスがいっていた。対イラン制裁を復活させるのに必要な情報を、ドイツが手に入れると」

それに対して、ジェントリーは肩をすくめた。「そうか、結構だね。それじゃ、シュライクは正義の側なのか。だったら、どうしてそこに潜り込む必要があるんだ？」

ゾーヤは首をふった。「でも、それがすべてではないのよ。シュライク・グループのやっていることには裏がある。今後のゴドス軍によるなんらかのテロ攻撃をイラン大使館と結びつけようと画策している。けさ、死ぬ前にエニスがわたしにそういった」

ジェントリーはうなずいた。「ハンリーと話をしないといけない」

「だめよ。わたしたちふたりで、ハンリーと話をする必要がある。それから、ベルリンのゴドス軍の細胞を指揮しているハズ・ミールザーを見つける」

だが、ジェントリーは乗らなかった。「きみがここにいるのをロシア人は知っているし、殺し屋はおれたちが殺したふたりだけだったとしても、アドロンのロビーできみが見たふたりもいるし、陽が暮れるまでにこの街に何人もやってくるだろう。おれのいうことが正しいのは、わかっているはずだ。きみはＣＩＡ《エージェンシー》の役に立たなくなっている。ここにいたら任務をぶち壊しかねない」

ゾーヤが両手で頭を抱えたので、理解しているのだとジェントリーにはわかった。

ジェントリーはいった。「おれが作戦を引き継ぐ」

「なにか計画はあるの？」ゾーヤがきいた。

ジェントリーは、肩をすくめた。「たいしてない。ミールザーというやつを探す」

「アニカ・ディッテンホファーがミールザーの作戦を監視していると、エニスがいった。

遠隔で。会話を聞けるように、電話を盗聴している」

ジェントリーはうなずいた。決意が固まっていた。「それなら、計画はある。アニカ・ディッテンホファーを見つけ、揺さぶりをかけて、ハンリーがシュライクについて知る必要がある情報を吐かせ、ミールザーのいどころを聞き出す」

「それで、ミールザーをどうするの？」

「ハムサンドイッチを投げつけはしない。それは断言できる」

ゾーヤが、あきれて目を剝《む》いた。

ジェントリーはいった。「殺す。それから、きのうのやつらにまたいどころを突き止められる前に、さっさとここから逃げ出す」

ゾーヤはいった。「右腕を負傷して、左肩がボロボロになっている弱った男にとっては、かなりたいへんな作戦ね」

「信頼してくれてありがとう」

ゾーヤは、淡い笑みを浮かべた。「あなたには現場での支援が必要よ。わたしでなくても、ハンリーに頼んでベルリン支局と連携したら」

気はたしかかというように、ジェントリーはゾーヤを見た。「そんなことをやるわけがない。ベルリン支局の人間は、シュライク・グループに面が割れている」

ゾーヤが、ジェントリーのほうを向いた。「どういうこと?」

「パワースレイヴ」

がらんとした部屋が、数秒のあいだ静まり返った。「それがなにか、わたしが知っていないといけないことなのね?」

「なんてこった」ジェントリーは事情を理解した。「ブルーアとハンリーがきみに教えなかったのは、ベルリンで諜報網の支援なしに活動することになるのを、知られたくなかったからだ」ゾーヤが肩をすくめたので、ジェントリーはいった。「パワースレイヴは、NSAから盗まれたツールだ。アメリカの情報機関関係者の個人情報を網羅している生体認証データベースで、カメラの画像を使って身許確認できるプログラムと連結している。現場のスパイと工作員を暴露するマスターキーのようなものだ。NSAのクラーク・ドラモンドという男が開発した。ドラモンドはその後、ディッテンホファーに直属して働き、ベルリンのシュライク・グループがもう一年近く前からそれを稼働して運用している」

ゾーヤは天井を仰いだ。「なにも知らなかった。モスクワに発見されたら支援を準備するといわれた。そして、モスクワに見つかったとブルーアにいうと、じっとしていろといわれた」

ジェントリーは首をかしげた。「ここでモスクワに見つかったことを、ブルーアにいったのか？　ブルーアはおれには、そういうことはなにもいわなかった」

ゾーヤは、壁に頭をもたせかけて、目を閉じた。「ブルーアはそういう女よ。そのとおりよ。きょうのようなことがなくても、わたしはシュライク・グループに対する資産《アセット》としての価値を失った」

「きみがいたら、おれにとっては、危険が減るどころか大きくなる。ロシア人はおれを狙ってはいない」いい直した。「まあ、おれはきみほど執念深く狙われていない」

ゾーヤは反論しなかったが、質問した。「ハイタワーはどうしたの？　どうしてここでわたしたちを手伝っていないの？」

「カラカスの監獄にいるからだ」

それを聞いて、ゾーヤはびっくりした。「そこでなにをやっているのよ？」

「たいしたことはやっていないだろうな。内務司法省諜報局《SEBIN》に捕らえられているから」

「エル・エリコイデ刑務所？」

「どうして知っているんだ？」

「ベネズエラのことはすこし知っている。一度……そこで……あることをやったの」

肩をすくめた。「一度か二度」

きかないほうがいいと、ジェントリーにはわかっていた。ゾーヤもいわないだろうし、知りたくなかった。

つぎの言葉を聞いて、ジェントリーは驚いた。「彼を出すことができたら、あなたには助けになるわね」

ジェントリーはうなずいた。「ああ、たしかにここでは支援がほしい。イランのことでなにかが起きそうだから、なおさらそうだ。しかし、どうしてきみにそんなことが……」

「何人か知っている人間がいるの」ゾーヤがかすかな笑みを浮かべた。「というより、わたしが何者か知っている人間がいるほうが重要ね。マットに電話して、許可してもらえるかどうかきくわ」

ジェントリーは、頑固に首をふった。「相手がマットだと、許可を求めるよりも、あとで許してもらうほうがいい場合がある」

ゾーヤが考え込むようすでうなずいた。「たしかにそうね。二日くらい姿を消すわ。キプロスのCIA《エージェンシー》の口座を使える。たいした額じゃないけど、向こうへ行ってハイタワーを出すくらいのお金は手にはいる」

ジェントリーはいった。「おれはアンティグアのエージェンシーの口座を使える。銀行コードと口座番号を教える」つけくわえた。「でも、いちばん重要なのは、きみがいまここを離れることだ」

ふたりは連絡情報を交換し、ジェントリーは銀行の情報を伝えた。ほんとうはCIAの口座ではなかったが、フリーランスの暗殺者だった歳月にちょっとした財産をこしらえていたので、ゾーヤが必要な資源をすべて手に入れられるようにしたかった。

それが済むと、ふたりはおたがいに手を貸して立ちあがった。顔を向き合わせて立つと、はじめてゾーヤが真顔になった。

「なんだ?」心配になって、ジェントリーはきいた。

ゾーヤは答えず、ジェントリーの首のうしろをつかんで、口に激しくキスをした。ジェントリーがキスで応じ、ふたりは朝の静けさに包まれて長いあいだ身を寄せていた。

ようやく、ゾーヤが半歩さがった。

ジェントリーは、なにをいえばいいのかわからなかった。ゾーヤといっしょにいると、そう感じることが多い。

ゾーヤが、さっきいったことをくりかえした。「わたしたちはだめよ」

ジェントリーは、わかっているというようにうなずいた。だが、わかっていなかった。女というものには、戸惑わされる。

ゾーヤはいった。「でも……あなたがやることはすべて、コート、大きな善意から発している。あなたは完全じゃない。まちがうこともある。ときどき、とんでもないまちがいを犯して、なにもかもめちゃめちゃにする。だけど、根っから善人だった死んだ兄はべつとして、わたしはそういうひとには一度も会ったことがなかった」

ジェントリーは、自分はそんなに偉い人間ではないと思ったが、ゾーヤがそういってくれたのがありがたかった。ふたりはまた抱き合い、ジェントリーは新しい傷をゾーヤにぎゅっと握られないように気をつけた。

ジェントリーは、やさしい気持ちをふり払って、また仕事に戻った。「ここを離れるんだ。ザックのところへ行けたら、こっちに来させてくれ。だめでも心配するな。おれはこれまで独りでやってきた。それから、電話は捨てろ。ハンリーのことを忘れるな。あいつがアメリカのために最善のことをやるのは信じていいが、真実を話していると信用してはいけない。どんなことでもだ。あいつはおれたちみたいな人間を操って、とんでもないことをやらせる。きみは正気の沙汰じゃない仕事から逃げ出したほうがいいと思う」

「自分のことは棚にあげてそういうのね」ちょっと笑い声をあげて、ゾーヤがいった。

「ああ」ジェントリーは答え、手をふって自分の体を示した。「まったくだ」ジェントリーは負傷し、体の具合が悪く、温め直した死人のようだった。

「いいたいことはよくわかった」ゾーヤはいい、もう一度ジェントリーにキスをして、ドアに向かった。

49

ゾーヤが狭いアパートメントを出ていくとすぐに、ジェントリーは電話をかけた。ワシントンDCでは午前五時だが、気にしなかった。

ハンリーが電話に出て、明らかにすっかり目を醒《さ》ましていた。「おまえか？」

ジェントリーはいった。「ヴァイオレイター、認証A《アルファ》、X《エクスレイ》、M《マイク》――」

「もういい、おまえだとわかっている。また近くで銃撃戦があったと、大使館から報告が届いている。なにがあった？」

「ロシア人がアンセムを殺《や》ろうとした。彼女は無事だが、シュライクの連絡相手が死に、アンセムは使えなくなった」

「くそ」ハンリーがいい、もう一度もっと本気で「くそーっ！」といった。

「ああ」

「アンセムはいまどこにいる？」

「ここを離れる飛行機に乗っている。どこへ行くのかいわなかったし、おれもきかなかった。追跡されないように彼女は電話を捨てた」ジェントリーは、ゾーヤがしばらくハンリーのレーダーに捉えられないようにしておきたかった。ゾーヤの安全のためと、ザック・ハイタワーを自由の身にして働けるようにするためだ。

シュライク・グループはゴドス軍の工作員とイラン大使館が連携していると見せかけようとしているというゾーヤの推理を、ジェントリーはハンリーに伝えた。

ハンリーが大きな溜息をついた。「おれたちのつぎの手は？　ベルリン支局はパワースレイヴのために使い物にならない」

ジェントリーは答えた。「アニカ・ディッテンホファーを見つけて、ミールザーのいどころの手がかりを得る」

「どうやってしゃべらせる――」

「しゃべるまで五秒待ち、それから骨を折りはじめる」

「ヴァイオレイター、おまえはそんなことができるような健康状態じゃ――」

「おれは元気だ。すこし治療を受けている」

それを聞いてハンリーがためらったが、すぐにいった。「許可する。なんでもやらなきゃならないことをやれ」

「完全に了解しました、ボス。ところで、お祝いをいったほうがいいんでしょうね」

「なんのために？」

「ラジャヴィ将軍。けさ、やつの額に弾頭をぶち込んだ。おみごとでした」

「ああ。だが、いつもの無人機攻撃のようなわけにはいかない。重大な影響があるのがわかっていた。大統領がやつを殺したがっていたから、おれはやつを殺したが、われわれは長いあいだその代償を払うことになるだろう」

「それじゃ、正しい決断だったんですかね？」ジェントリーはきいた。

ハンリーがやり返した。「おまえだってライフルの照準にやつを捉えていたら、殺したはずだ」

「そうですが、おれはいつも頭が切れるとはかぎらない」

「おまえのいいたいことはわかる。じっさい、裏庭でミツバチの巣を蹴とばしたようなものだ。毎年、夏には一度か二度、刺されていたかもしれないが、そんなに害はなかったんだ」

ジェントリーはいった。「ああ、しかし今回は、巣を壊しただけじゃなくて、バラバラに壊した。おれたちは裏庭に立って、ミツバチが激怒するんじゃないかと思っている」

「いやはや、激怒するだろうな」ハンリーは答えた。「だからこそ、おまえの仕事が重要なんだ。ゾーヤがいなくなったいま、シュライクがなにをしでかすか見当もつかない」

ジェントリーはためらってからいった。「このことすべてについて、おれに話していないことがあるんでしょう、マット」

短い間があった。「いつでもそうじゃないか」

「なんてこった、この期《ご》に及んで体裁をつくろおうとするんですか？」

「おまえみたいな利口《りこう》なやつを相手にそんなことができるか。仕事に必要なことはすべて話している。ディッテンホファーを見つけろ」

ジェントリーはハンリーとの電話を切り、携帯電話をポケットに入れて、その動きのせいでたじろいだ。右腕を使うと、二頭筋がすさまじく痛かった。けさ切り裂かれるまで、その筋肉を頻繁《ひんぱん》に使うことに気づいていなかった。

クロイツベルクにあるアニカ・ディッテンホファーの自宅の住所は知っていたが、ゾーヤを尾行していたドイツ情報機関員が昨夜殺されたうえに、けさはエニスが殺されたから、そこにいるとは思えなかった。

シュライク・グループの本社にいるとも思えなかった。ジェントリーはポツダムの本社にも行ってみたが、厳重に戸締まりがなされていた。駐車場に車はなく、ビル内の照明も消えていた。

彼女を見つけるには、べつの角度から探す必要があると、ジェントリーは気づいた。クラーク・ドラモンドは、ミリアムことアニカ・ディッテンホファーに会うのはいつもアレクサンダー広場のチュニジア・コーヒーショップ〈ベン・ラヒム〉だといっていた。情報部員が工作員とおなじ場所で会うのはよくあることだが、べつの工作員ともそこで会うはずだと思い込むのはまちがいだと、ジェントリーにはわかっていた。それに、ミリアムはきわめてすぐれた技倆《ぎりょう》の諜報員だとドラモンドはいっていたから、私生活でよく行くような場所で秘密の会合を持つような馬鹿なまねはしないだろう。それに、〈ベン・ラヒム〉が行きつけの店だったとしても、そこで会っていた相手の身許が暴かれたいま、ふたたびそこに行くとは思えない。

だが、ドラモンドから聞いた断片的な情報から、ジェントリーはひとつの計画を思いついた。前夜にインターネットで検索して、評判のいい地中海風のコーヒーショップを四カ所見つけていた。いずれも〈ベン・ラヒム〉の三キロメートル以内にある。〈ベン・ラヒム〉はきわめてめずらしいコーヒーを出すので、ミリアムは地中海風か中東風のコーヒーが好きなのだろうと、ジェントリーは考えた。ドラモンドの身許が暴かれたために、そういうコーヒーショップの一軒を避けるようになったとしても、作戦上の秘密保全のために耽溺《たんでき》しているコーヒーを飲むのをやめる必要はないと、ミリアムは考えるかもしれない。

はかない手がかりではあったが、ジェントリーは勘に従って行動していた。それに、ほかにはなにも手がかりがなかった。ジェントリーは〈アデラル〉一錠と麻薬系鎮痛剤二錠を飲み、バックパックを肩にかけて、階段を下り、バイクのところへ行った。


午後四時から五時にかけてジェントリーは、ドラモンドがミリアムと会ったチュニジア風カフェとよく似ているカフェ四軒すべてをまわった。一軒ごとに飲み物を注文し、植物の近くか、こまごまとした品物が飾ってある壁ぎわの席に座って、目立たないように気をつけながら、ベルリン支局に用意してもらった小型ワイヤレスカメラを仕掛けた。一台仕掛けるごとに、携帯電話のアプリで動画が録画されていることを確認し、スクリーンをスワイプしてカメラの向きを左、右、上、下に調整した。

カメラを仕掛けた最後の店は、〈カフェ・ラトリオ〉という地中海風コーヒーショップ&デリで、〈ベン・ラヒム〉から歩いてほんの数分の距離にある。読むものを探すふりをしながら、ジェントリーは装飾用の小さな本棚の上のほうにカメラを仕掛けた。それから座ってトルコ・コーヒーを飲み終え、隠れ家を目指した。

午後六時、シェーネフェルト空港で、ヴァージニア州在住のアメリカ人、ステファニー・アーサー名義のパスポートを使って、ひとりの女がイベリア航空便に乗り、南米まで十三時間のフライトを開始した。

到着までにやることがたくさんあるが、自分が提供できない支援をジェントリーが必要としていることを、ゾーヤは知っていた。

ジェントリーには大きな借りがある。ふたりのあいだにはまだ悪感情が残っていたが、ゾーヤはジェントリーに恩返ししなければならないと思っていた。

キース・ヒューレット、コールサイン〝ヘイディーズ〟は、ベルリンのゲズントブルンネン駅で、ラッシュアワーに帰宅する通勤者のよどみない流れのなかでターゲットを尾行していた。

きょうヘイディーズが追っている男は、四十代半ば過ぎで、黒いタートルネックを着て、革の書類カバンを肩にかつぎ、ワイヤリムの眼鏡《めがね》をかけていた。ヘイディーズには、中東の大学教授のように見えた。

ヘイディーズが知っているのは、その男の外見と、ノイエンハーゲン行きの列車で自宅に帰るのに、駅の前でどの路線の市電からおりるかということだけだった。

それに、男を殺すのがチームの仕事だということも知っていた。

ターゲットが列車に乗った。アポロ（ローマ神話の太陽神）、マーズ、ソールはすでに乗っていて、最後にヘイディーズが乗った。

自宅まで男を尾行して、そこか自宅近くの通りで殺《や》るという計画だった。

だが、ターゲットが座席から立って、隣の車両寄りのトイレに行ったとき、計画が変わった。

マーズの声が、ヘイディーズのイヤホンから聞こえた。「チャンスみたいだ」

「了解した」ヘイディーズは応答した。「いちばん近いのは？」

「ボスとソール」

「わかった。便所から出てきたところを、おれたちが襲う。首の骨を折って、線路に転げ落とす。跳びおりて轢《ひ》かれたと思われるだろう」

ふたりはトイレの外に位置し、ふたりとも自転車のチェーンでこしらえたナックルを出した。ふたりはそれを手に巻きつけ、トイレのドアがあくと、ワイヤリムの眼鏡をかけた男に襲いかかって、側頭部を何度も殴りつけた。

結局、首の骨を折る必要はなかった。十秒以内に男は鈍器による外傷のために死んだ。

ふたりは男の死体を抱えあげて、列車のドアをあけ、岩の散らばる浅い谷に投げ落とした。

任務が完了し、ふたりは席に戻ろうとしたが、ソールがヘイディーズの腕をつかんだ。「まずい、ボス」ドアがあいたままのトイレを顎《あご》で示した。「血が」

ヘイディーズが鍵を閉めたトイレのなかで、トイレットペーパーを使い、あちこちに水をふりかけて、血を拭きとるのに、十分かかった。スポーツジャケットも脱いで、裏地を裂き、それも拭くのに使った。

列車がつぎの駅にとまると、ヘイディーズはトイレを出て、最初にドアからプラットホームにおりた。小雨が降りはじめていたが、ヘイディーズとチームの面々は人混みとともに雨のなかを歩いた。ヘイディーズのうしろの部下たちが、だれもリーダーを跟《つ》けていないことを確認した。

タクシーに乗って隠れ家に向かうときには、危険を脱したし、またターゲットを消去できたと全員が確信していた。

きのうはひとり殺し、チームのひとりを失った。きょうは一勝したが、コート・ジェントリーをふたたび銃の照準器に捉えるまでは満足できないと、ヘイディーズにはわかっていた。

つぎはぜったいに撃つと、ヘイディーズは誓った。

50

インナ・サローキナがロシアの暗殺チームが借りたメルセデスの助手席に乗っているときに、電話が鳴った。発信者を見ると、マクシム・アクーロフのプリペイド携帯電話の番号だった。

またた。

もう午後十時に近い。ふたりはさっきまで、アドロン・ケンピンスキーから数ブロック離れた地下駐車場で一日ずっと車のなかにいた。パリ広場前のホテルでたいへんな事件が起きたあと、道路で車両検問が行なわれるのではないかと心配したからだ。ふたりは疲れ果て、神経をすり減らしていたが、衛星携帯電話の電波が届かないので、モスクワに遭難信号を送ることができなかった。

電話をかけなければならないと、インナにはわかっていた。だが、その前に、アーニャが運転するあいだ尾行がいないことをたしかめられるように、警戒を強める必要があると、自分にいい聞かせた。

電話に出るのはあとでいい。マクシムとセミョーンが二度死ぬことはないのだ。

すでに雨が降りはじめ、街の南を目指すうちに空がどんどん暗くなった。

一分後、また電話が鳴った。

アーニャがいった。「どうして出ないの？」

インナは携帯電話の電源を切った。「だれかが死体から見つけて最後にかけた番号にかけてきたのよ。この番号しか記録になかったのかもしれない。ルームサービスの服を着て、ホテルのスイートで外国人をふたり殺して、逃げようとして跳びおりた馬鹿な男の親戚か友だちを見つけるためにね。セミョーンが加害者じゃなくて被害者だと見られればだけど」

「官憲がそう解釈すれば、わたしたちにはなんの危険もないわね？」

インナは首をふった。「そうはならない。警察はウンター・デン・リンデンの殺人には共犯者がいたことをすぐさま見抜いて、捜索を開始するでしょうね。火災報知機を鳴らして時間を稼《かせ》いだけど、カメラの画像を何人も使って調べたら、わたしたちの身許はばれる」

アーニャがメルセデスをポッダマー通りから右に折れて、ポツダムの街の南にあるテンプリネル湖畔の隠れ家の狭い私設車道に入れた。そこは森に囲まれた地域で、湖岸に点々と家があり、インナが望むほど辺鄙《へんぴ》ではなかった。だが、ベルリン全域へ行きやすいことと、必要とあれば逃げ道がいくつもある田舎《いなか》であることを天秤にかけて、アーニャがうまく見つけたということは、認めざるをえなかった。

寝室が四部屋ある家に十時三十分に到着し、すぐにノートパソコンを設置した。

アーニャがいった。「この連絡を入れないわけにはいかないわよ」

インナがうなずき、鼻を鳴らした。「なにをいえばいいのよ？」

「起きたことでしょうね」

「わかった」インナは携帯電話をポケットに入れ、湖が見える裏のデッキに面したガラス窓の近くにある小さなバーへ行った。「モスクワに救難信号を送るけど、その前にマクシムを称《たた》えて一杯飲みましょう。あの馬鹿は自殺し、セムを死なせ、ターゲットを抹殺するのに失敗したけど、わたしたちを死なせはしなかった」アーニャが神経にこたえているような笑い声を漏らし、情報担当官のインナといっしょに生ぬるいウォトカのストレートで乾杯した。

「きょうのあの男」アーニャがいった。「だれだかわからないけど、ものすごかった。栄光の日々のマクシムでも苦戦したかもしれない。でも、マクシムの栄光の日々は遠い昔のことね」

「彼の日々はすべて過去よ」インナが重々しくいって、二杯目を自分で注いだ。

インナが小さなショットグラスを口に近づけたとき、アーニャと同時に玄関近くの物音を聞いた。ふたりがすぐさま拳銃を出して、音のほうに向けたとき、ドアがあいた。

ふたりとも引き金に指をかけていたが、雨と闇のなかから人影がはいってきたときに息を呑んだ。

インナは激しく目をしばたたいた。そうすることで、目に映るものがリセットされ、理性が納得するべつのなにかに変わるような気がしたからだ。

だが、目を大きくあけてもう一度見ても、映像は変わらなかった。

黒いレインコート、黒いズボン、ずぶ濡れのドレスシューズといういでたちで、マクシム・アクーロフがふたりの前に立っていた。アクーロフが自分の脚で部屋にはいってきた。左手に安物のバーボンウィスキーを持っている。

瓶を見て、アクーロフのようすを見れば、すでに何口か飲んでいることは明らかだった。

女ふたりはわけがわからず、目を丸くして見つめていたが、やがて銃を下に向けた。あなたもわたしが見ているものを見ているの？　というように、ふたりは顔を見合わせた。

アクーロフが部屋にはいってからドアを閉め、ロックした。

それからいった。「ふたりとも、聞きたいことが山ほどあるみたいだな」

ふたりが口をきかなかったので、アクーロフのほうからアーニャにきいた。「あいつは何者だ？」

激しい衝撃が消えなかったが、アーニャはいった。「わたしたちに……わかっているのは……隣のスイートの客だろうということだけよ」ノートパソコンのスクリーンを見た。「ダリン・パッチ、カナダ人。防御策《バックストップ》で補強された伝説《レジェンド》の偽名だと思う」

「あいつは突然、部屋に現われた。ホテルのカメラに映らないで、どうやってスイートにはいったんだ？」

インナがいった。「考えられることはひとつだけ。自分のスイートの窓から出て、ザハロワのスイートの窓からはいったのよ」

アーニャは、まだ信じられないようだった。「かなり……離れているわ」

「詳しく話せ」アクーロフがいった。

「いいえ、マクシム」インナはいった。「あなたが詳しく話すのよ。どうして生きているの？」

アクーロフが、ノートパソコンのそばの椅子へゆっくり歩いていった。アーニャが椅子を引き出し、座るのに手を貸した。

ようやくアクーロフがいった。「なにもかもひどかった。女はおまえたちがいったように闘士だったが、おれたちは押さえつけた。おれが望んでいたよりも取っ散らかったが、エニスがいたから、争った跡が残るのは心配してなかった。

するとあの男がどこからともなく現われた。一瞬戦い、おれはそいつを負傷させたが、相手は逃げるのがうまかった。あいつは……あの男は……これまでおれはああいうやつを相手にしたことはなかった。動きに無駄がなく、現実離れした速さで、効率的な判断を下す」アクーロフは、女ふたりを見た。「五、六メートルの距離から投げたおれのナイフのうち一本をかわした。一本目はほとんど完璧によけた。あんなのはこれまでの一生で見たことがない」

アーニャもインナもいらいらしていたが、インナのほうが促した。「落ちたときにどうやって生き延びたのか教えて」

「おれは窓から跳び出した。死ぬのは気にならなかった。敵の手にかかって死ぬのが嫌だっただけだ。宙を飛んだのを憶えている。風が耳もとでうなった。ようやく安らかになれると思ったが、そいつが何者で、どうやっておれの最後の任務を失敗させたのかわからなかったから、心穏やかではなかった。おれはようやく感じた」

「なにを感じたの？」

「生きる意志だ。ゾーヤ・ザハロワを殺すだけのためにも生きたかった」

アクーロフがふたたび言葉を切った。昨夜、正気に戻すためにやったように、酩酊《めいてい》から醒《さ》めさせ、なにがあったのかしゃべらせるために、インナは近づいて横面を平手打ちしようとした。

だが、その前にアクーロフは肩をすくめた。「そのときぶつかった」

「ぶつかった……なにに？」アーニャがきいた。

「旗竿《はたざお》だ。どれくらい下だったのかわからないが、痛かった。おれの重みで旗竿が折れたが、旗をつかんだ。すぐに旗が裂けた。それからまた落ちていった。きりもみしながら」

酔いの靄《もや》のなかで近い記憶をよみがえらせようとして、アクーロフは遠くを見つめた。

「メインエントランスの庇《ひさし》の上に落ちた。大きな赤い柔らかい布地で、もちろんおれの重みと落ちる勢いでまっぷたつに裂けた」

アーニャが首をかしげた。「庇を突き破ってから……なににぶつかったの？」

「ベルマンが荷物のカートを押してホテルにはいるところだった。おれはその上に落ちた。旗竿と旗で落ちる速度が鈍り、庇がほとんど勢いを吸収した。あとは〈ルイ・ヴィトン〉のスーツケースの山が面倒をみてくれた」

インナはまだ信じられない思いだった。「一八メートルか、二〇メートルあったにちがいない」

アクーロフがいった。「おれは専門家じゃないが、二五メートルっていう感じだった」

「怪我《けが》しなかったの？」

馬鹿なことをいうなというように、アクーロフが目を剝《む》いた。「怪我したに決まってるだろう」濡れたレインコートを苦労しながら脱ぎ、シャツの前をあけて、女ふたりの前で脱いだ。上半身はタトゥーに覆《おお》われていたが、右腕をあげると、ぞっとするような痣《あざ》や擦過傷《さっかしょう》が見えた。右脇腹も赤と紫の斑点《はんてん》だらけだった。「だが、どこも折れてないと思う。しらふになったら、ちがうとわかるかもしれない。だれかに助け起こされ、そいつが医者を呼びにいったが、おれはよろけながらそこを離れた。このコートを買い、バーへ行って、公園で寝てから、酒屋へ行き、ここに来た」アクーロフは溜息をついた。「たいへんな一日だったぜ」

アクーロフは、バーボンのキャップをねじってあけ、口に近づけてから、インナの顔を見た。「許可してくれるよな」

インナが、馬鹿にするように鼻を鳴らし、顔をそむけた。「いまさらどうでもいいわ」

アクーロフの話にまだこだわっていた。「あなたは最高に運がいい頭のいかれた男よ」

「運がいい？」アクーロフは小さくフンと笑ってから、ごくごくラッパ飲みをした。

「氷を取ってくる」アーニャがキッチンへ行った。

「ふたつくらいでいい。薄めたくないからな」

インナが、叱りつけるようにいった。「氷はあなたの傷に当てるのよ。ウィスキー用じゃない！」

アクーロフはそれには答えず、窓から湖を眺めた。「セミョーンは気の毒だったが、おれが男と戦っているあいだ、あいつがそこにいなかったら、ザハロワはおれを撃っていたはずだ。あわれなセミョーンは、おれの命を救ってくれた」

そんな分析はなんの役にも立たないとインナは思ったが、口には出さなかった。

アクーロフがウィスキーを飲むあいだ、ふたりの女はリーダーが生きてここにいるという事実を呑み込もうとしていた。

インナは、常軌を逸している出来事すべてを頭からふり払い、携帯電話を出してモスクワにかけようとしたが、その前にアクーロフがまるでひとりごとのようにいった。

「あの正体不明の男。何者か知らないが、ひとつ欠点がある。付け込みやすい弱みがある」

「どういう弱み？」インナがきいた。

「善良ということだ」アクーロフは、レインコートから煙草《たばこ》のパックを出して、一本に火をつけた。「あいつはザハロワを救うために全力を尽くした。そのあと、おれを照準器に捉えたとき、やつはザハロワとおれのあいだに割ってはいった」煙草を吸いつけて、煙を吐き出した。「あいつがどこから来たのか知らない。何者か知らない。だが、自分の命よりもザハロワを大事に思っていることはまちがいない」

「銃撃戦のさなかの行動で、愛を見分けられるの？」氷を入れたポリ袋を渡しながら、アーニャがきいた。アクーロフはそれを右腕と脇腹のあいだに挟み、腕で体に押しつけた。

自分に向けて投げられた質問のことを考えながら、アクーロフは冷たさに顔をしかめた。

「そうだ《ダー》。見分けたと思う。あいつはザハロワを愛してる。そうとも。それが感じられた」

インナは、アクーロフの話に飽き飽きしていた。「隠密脱出できるように、モスクワに連絡するわ」

アクーロフが、またウィスキーをラッパ飲みした。「だめだ《ニェット》、おれはやる」

「本気で――」

「おれはやるぞ！」アクーロフは立ちあがり、アーニャを指さした。「男がスイートにはいるときの画像があるだろう？」

「ええ。自動的にノートパソコンに保存された」

「画像をモスクワへ送り、ＳＶＲ、ＦＳＢ（ロシア連邦保安庁）、ＧＲＵのデータベースと照合させろ。やつの身許を確認するために、あらゆることをやれ」

「わかりました」アーニャがそういって、ノートパソコンのほうを向いた。

だが、インナはいった。「どうして？　セムが死んだのよ。わたしたちは失敗した。捕らえられたり殺されたりする前に、ここから脱出することだけ考えればいい」

アクーロフが、かすかに足をひきずりながら、裏のデッキに向かった。裏口で自分の携帯電話を出してから、ふたりの女のほうを向いた。「おれの好きなようにさせてくれ。その顔に名前をつけろ。その名前に履歴をつけろ」裏口から出ていった。

アーニャはすでに作業に取りかかっていた。アクーロフが生き延びたことにまだ呆然《ぼうぜん》としていたインナは、ソファに腰をおろした。

ハズ・ミールザーは、一日ずっと、いまだかつてなかったくらい腹を立て、決意を固めていたが、プリペイド携帯電話で話を終えてから数秒後には、さらに怒っていた。

攻撃一時休止《スタンドダウン》。

それが上官からの命令だった。そう、彼らはミールザーとおなじくらい激怒していて、アッラーに対して悪態をついたが、ヨーロッパで暴力的な報復を行なうことはできなかった。現時点では。制裁緩和は重要だから放棄できないと、彼らはミールザーにいった。

二十四歳のミールザーは、はらわたが煮えくりかえりそうだった。行動したかった。どうしても行動しなければならない。西側がイランの軍情報機関のトップを抹殺したのに、自分が毎日やっているように運送会社に仕事に行くだけでなにもしなかったら、ドイツに来てからの歳月のすべて、イエメン、リビア、シリアでシーア派の版図を拡大するために戦った歳月のすべてが、ただの笑い話、無駄な人生になる。

きょう、一時休止命令が伝えられる前に、ミールザーはベルリンにいる細胞九人と話をした。ラジャヴィ将軍爆殺のことで、全員がアメリカに対して激しい怒りを感じていて、テヘランからの命令がどんなものだろうと実行することに同意した。だが、本気でそう思っていないものがいることを、ミールザーは察した。ふたりは制裁緩和のことを口にして、この細胞がベルリンではなく運よくワシントンDCに配置されていたのであれば、数時間以内に敵国を麻痺《まひ》させるような報復攻撃を行なっていたはずだといった。

「しかし、ベルリンは、きょうだい」ひとりがいい、もうひとりもおなじ考えを口にした。「戦うには都合が悪い場所だ。目立たないようにして、国に尽くすチャンスが訪れるのを待つべきだ」

そういう弱い子羊のような話をした男ふたりを、ミールザーはベレッタで撃ち殺したかった。

ミールザーは午前一時にベッドに行ったが、眠れなかった。肉体が心とおなじように、必要なことを強力に伝えようとしていた。ミールザーは拳《こぶし》を固め、歯を食いしばり、血が全身を駆けめぐっていた。

上官の命令を無視しろという考えが浮かび、最初はそれを打ち消した。二度目も打ち消した。だが、三度目にはその可能性をつかのま意識に残した。ミールザーは、アメリカ大使館に対する大胆な襲撃計画を立案していた。軽火器があり、それを使って戦う聖戦《ムジャーヒ》士《ディーン》が九人いる。もっとも何人かは戦闘員よりもトラックに荷物を積んだり、フォークリフトを運転したりするほうが得意だった。

一時中止命令を無視して強行すれば、その行動に対してテヘランはミールザーと細胞九人に死刑判決を下すにちがいない。だが、ミールザーにとってそれは行動を控える要因にはならなかった。ミールザーは馬鹿ではなかった。十人でアメリカ大使館を占拠して長時間護《まも》り切ることはできない。銃撃を浴びてロビーで全滅するにちがいない。

しかし、その前にアメリカに一撃をあたえることができる。その一撃でアメリカはよろめくだろう。

ミールザーはめまぐるしく頭を働かせ、その一撃は世界中のシーア派がヴァシード・ラジャヴィ将軍の死に復讐するために武器を取るきっかけになると予想した。

その晩、ミールザーは結論を出さなかったが、どのみち聖戦《ジハード》ははじまるのだと自分にい い聞かせて、ようやく目を閉じ、眠りに落ちて、栄光の夢を見ることができた。

51

ジェントリーは夜明け前に目を醒《さ》ましてから腕の包帯を換えたが、昨夜晩《おそ》くにドクター・カヤがかなりきちんと巻いていたので、それがすこし残念だった。とはいえ、血がすこし染み出していたので、好き嫌いをいわず一日に二度、消毒する必要があるとわかっていた。

これ以上、感染症を増やしたくない。

若いドクターのアパートメントへ行ったのは、午後十時過ぎだった。そこで輸血を受けた。ジェントリーがまた外出して怪我《けが》をしたことにすくなからず怒っているようすで、アズラはあらたな傷の手当てをした。

包帯をはじめて見たときに、アズラはいった。「男のひとが巻いたのだとわかる」

「どうして?」

「プロフェッショナルらしくやってあるけど、荒っぽい。もっと女性らしく巻いたほうがいいのよ」

その傷に包帯を巻いたのはゾーヤだった。ジェントリーはこっそり笑みを浮かべた。

アズラは、ニュースになっている事件のことを、ひとこともいわなかった。ベルリン中心街で何人も殺されたのだから、大々的に報道されたはずだし、傷の手当てをしてもらうために夜間、訪れた荒っぽい男が関わっているのを察しているにちがいない。それでも、ひとこともいわなかった。

アズラにはすまないと思ったが、ジェントリーはだいぶ気分がよくなってそこを出て、隠れ家へ行き、倒れ込むようにして数時間眠った。

そしていま、夜明け前にシュパンダウのビスマルク通りにある三階のアパートメントの床に座り、ノートパソコンを目の前に置いて、コーヒーショップ四カ所のカメラの画像を分割画面で見ていた。すでに十二時間分録画していた。バッテリーは二十四時間もつように充電されているが、切れたら交換しなければならない。

アニカ・ディッテンホファーに似ている女がカフェにはいるたびに、ジェントリーはキーを叩いて、四カ所のカメラの動画を同時に一時停止した。そして、そのたびに横に置いた写真の女とはちがうとわかると、ふたたび再生して動画を見た。

退屈で時間がかかる作業だが、注意を集中しつづけなければならない。

やがて、午前八時過ぎに、アニカ・ディッテンホファーの特徴とほぼ似ている女が、〈カフェ・ラトリオ〉にはいるのが見えた。女が座ってノートパソコンの蓋《ふた》をあけるまで、はっきりした画像が得られなかった。そこではじめてアプリを使ってズームし、顔の画像をくっきりさせてから、もっと仔細《しさい》に確認した。

ドラモンドがプリントアウトしたものと、スーザン・ブルーアが送ってきた写真の両方で、ジェントリーはその女を識別した。

彼女はゾーヤのことをすこし思い出させた。年齢もおなじくらいだし、女らしいふっくらした顔と目力《めぢから》の強い知的な目という組み合わせもおなじだった。ただ、アニカのほうがずっと髪が長く、カールしていたし、ゾーヤの目が茶色なのに対し、アクアマリンだった。

ジェントリーは、頭をふってはっきりさせようとした。もっとよく見ると、ゾーヤとはあまり似ていなかった。

スクリーンに映っている女は、つねに仕事一点張りだという目つきだった。女はノートパソコンのキーを叩き、陶器のコーヒーカップがそばにあり、馬鹿でかいショルダーバッグがテーブルの横の椅子に置いてある。

正体がばれた同僚と頻繁《ひんぱん》に会っていたカフェとおなじようなカフェに行って、はっきり識別されてしまうのは、大目に見ても優秀な課報技術《トレードクラフト》だとはいえない。それでジェントリーにはいくつかのことがわかった。ドラモンドはこの女の能力を買いかぶっていたのかもしれないし、彼女は仕事で防諜上の脅威をあまり経験したことがないのかもしれない。だが、ドラモンドはNSAとCIAに勤務した経験があり、工作員の能力を見抜けるはずだった。となると、ミリアムことアニカ・ディッテンホファーは、ドラモンドが彼女のことをばらす前に死んだと確信し、ベルリンで自分のいかなる情報ターゲットからの脅威にもさらされていないと思っているのだ。

ミリアムが席を立つ前に〈カフェ・ラトリオ〉に行けることを願い、ジェントリーは急いでアパートメントを出て、階段を駆けおり、バイクのところへ行った。

きのうの午前中、ステファニー・アーサーが泊まっていたスイートでリック・エニスの死体が発見されたときから、アニカ・ディッテンホファーとルドルフ・シュパングラーは、十数回、話し合っていた。アニカは躍起《やっき》になって警察からもっと詳しい情報を得ようとしていたし、シュパングラーは完全な危機モードをとっていた。

当初からふたりとも、ロシアの暗殺チームがザハロワを襲撃し、エニスはまずいときにまずい場所にいたという不運に見舞われただけだと考えていた。

だが、その理論にはひとつ欠陥があった。ゾーヤ・ザハロワのいまのいどころがわからないことだ。元SVR将校のゾーヤは殺されずにロシアに連れ戻されたのではないかと、シュパングラーは推理していた。つまり、暗殺ではなく拉致《らち》だったのだと。

それを裏付けるような証拠がいくつかあった。作戦のあいだ、ホテルの防犯カメラ・ネットワークが機能していなかった。隠密裏に侵入するのではないとしたら、ロシアがそんな手間をかけるはずはないと思えた。

アニカの考えはちがっていた。ザハロワがエニスを殺したような気がした。ただ、理由はわからなかった。

ふたりが話をするたびに、シュライク・インターナショナル・グループ社主のシュパングラーはアニカに、会社の任務に集中するよう促した。あらたなターゲット指定リストをアニカに渡し、けさ彼女が電話したときも、最初の質問はその進展についてだった。

「名前を教えたVEJA（イラン・イスラム共和国情報省）の男だが、きみはどこで——」

「ルディ」

「なんだ？」シュパングラーが、不安げにきいた。

「めずらしく、いい報《しら》せがあるのよ。ハズ・ミールザーがイランの軍情報機関から、攻撃を一時休止するよう厳しく命じられた。ミールザーがどんな行動を起こしても、イラン側は関与を否定するでしょうね。ヨーロッパ諸国を怒らせるようなことを考えただけでも刺《し》客《かく》を送り込むと、彼らはミールザーを脅した」

「テヘランからの通信を傍受したのか？」

「そうよ。ミールザーは不満だったけど、テヘランは明確な言葉で命じた。ヨーロッパで攻撃を行なってはならないと」

シュパングラーはいった。「たしかにいい報せだ。前にもいったが、アニカ、このことからきわめていい結果が生まれる」

アニカはそれを疑っていた。小さな笑い声を漏らした。「いまのところ、わたしたちの仕事からなんの成果もあがっていない。イランが報復しないことがわかっただけよ」

「わたしのクライアントは、われわれの情報を受け取って分析している。ゴドス軍の工作員はすべて、まもなく逮捕されるだろう」

「わかった。それじゃ、わたしの作戦は切りあげないことにする。モイセス、ヤニス、わたしは、きょうミールザーを見張る。動きを追う。きのうミールザーが細胞ふたりのところへ突然行ったことを、おしゃべり《チャター》からつかんだ。ミールザーが怒って手厳しいことをいったと、ふたりがおたがいに愚痴《ぐち》をこぼしていた。まもなく作戦にゴーサインが出されると、ミールザーはいい張ったそうよ。一時休止命令が出る前だったけど、どうやらミールザーは暴走しそうな感じね。ひきつづき監視するわ」

シュパングラーがいった。「正体を見破られないようにしろ。きのうエニスとザハロワに起きたことからして、われわれも用心する必要がある」

「あなたもね、ルディ」

アニカ・ディッテンホファーは電話を切り、空《から》のコーヒーマグをカウンターへ持っていって、〈カフェ・ラトリオ〉を出た。ハズ・ミールザーがきょう細胞と会うかどうかをたしかめるために、監視車両のモイセスとヤニスのところへ早く行きたかった。

だが、まずは短い監視探知ルート《SDR》をとったほうがいいと、自分をいましめた。いつもなら気にしない。イランはシュライク・グループのことも、その対イラン作戦のことも知らない。しかし、きのうエニスが殺され、ザハロワが行方不明になったから、自分も安全策を強化しなければならないと思った。二十分か三十分、不規則な動きをすれば、尾行者を見つけられるはずだ。そこで、ただちにＳＤＲを開始した。

コート・ジェントリーは、アニカ・ディッテンホファーがカフェを出るのを見て、尾行をはじめた。コーヒーショップの選択でしくじったことだけで彼女の技倆《ぎりょう》を見くびってはいけないと、用心していた。

それに、用心してよかったと思った。アニカが移動しながら周囲の状況を見ているのに、ジェントリーは気がついた。うしろも二度たしかめた。身についている反射的な動作らしいので、心配するにはおよばなかったが、うっかりすると見つかるおそれがあることもわかっていた。

だが、ジェントリーは目立たない男《グレイマン》だった。歩行者の小さな群れを挟んで、気づかれないように歩き、アニカが角に達したときには斜《なな》めうしろに移動して、バス停の広告の蔭にはいった。ターゲットを一瞬視界に捉えるだけで、つねにターゲットと自分のあいだになにかがあるようにした。前方に隘路《あいろ》があるときには、そこを避けるために、通りを渡って一ブロック横に移動した。

五分ぶらぶら歩いてから、アニカは市電に乗った。ジェントリーはうしろから乗り、アニカの姿が見えなくなったが、停車場ごとに彼女がおりるかどうかをたしかめた。

アニカが三度おりて、市電を乗り換え、反対方向に歩きはじめた。

アニカはSDRを三十分ほどつづけた。有能な動きで、たしかに訓練を受けていることがわかった。ただ、自分の能力に過剰な自信を抱いているか、すくなくとも自分の作戦に対する脅威はたいしたことがないと思っているようだった。

アニカが雑然としたノイケルンにあるフリッツ・ロイター・アレーで市電をおりて、関心を向けているような人間があとをついてくるかどうかたしかめるために、うしろをちらりと見た。ジェントリーは、アニカがそれをやって、危険がないと納得するのを見届けてから、ドアが閉まる直前に最後尾の車両から跳びおりた。アニカはもう六〇メートル以上遠ざかっていたが、ジェントリーは、彼女を見失わないようにしつつ、彼女がふりむいたときに死角になるような場所を探すために、左右を見まわしながら、さりげない態度で歩きつづけた。

それから十分近くかかったが、アニカがようやく目的の場所に着き、ギーロヴェル通りにとまっていた小さな引っ越し用トラックの後部に乗った。そのブロックは、四方にまったくおなじ三階建てのアパートメントビルが並んでいた。アニカは技術要員とともにビルのいずれかにいるだれかを監視するために来たのだろうと、ジェントリーは推理した。

ジェントリーはバックパックに手を入れて、ひとつの装置を出し、電源を入れた。歩道を歩いて、引っ越し用トラックにどんどん近づいていった。

ジェントリーの顔には、考えにふけっているような表情が浮かんでいた。毎日この時刻にこの道を通っているような感じで、ぶらぶら歩き、周囲の人間や物にまったく興味を示していないようだった。

ジェントリーは、明るく見通しがきくところで盗聴装置や追跡装置を仕掛ける名人になっていた。引っ越し用トラックのうしろで歩道からそれ、サイドミラーに映る直前に、歩度をゆるめないでしゃがみ、リアバンパーの内側下部に磁石付きGPS追跡装置をくっつけた。

そのまま狭い通りを横断し、アパートメントビルのあいだの歩行者専用道路を目指した。数秒後には安全なところに達し、数分後には近くのカフェにはいってコーヒーを注文していた。

ターゲットを見通し線に収める場所ではなかったが、そこはアニカの位置ともっとも近い市電の停留所やもっとも近い地下鉄駅との中間だった。トラックに追跡装置を仕掛けたので、アニカが公共交通機関を使う場合でもすぐに対応できるし、トラックでここを離れたとしても、追跡をつづけられる。

いまアニカが見えればそのほうがいいが、ほんとうは彼女の監視活動を見守ることには興味がなかった。アニカを捕らえて訊問したいと考えていた。トラックに跳び込んで、仲間に銃を突きつけ、連れ出すことも考えたが、それでは遠くへ行けないというのが現実だった。いまは手近に車がない。アニカが独りでここを離れるまで待つのが最善策だと判断した。そして、拉致《らち》する機会を見つけて、暗く静かなところへ連れていく。

ザックがここにいてくれたらと、思わずにはいられなかった。狡猾《こうかつ》な捕虜を訊問して情報を聞き出すことにかけて、ザックの右に出るものはどこにもいない。

52

カラカスの中心部にあるエル・エリコイデは、ベネズエラ政府が刑務所よりもショッピングモールのほうが重要だと考えていた時代に、ショッピングモールとして設計された。その時代はとっくに過ぎ去ったので、総面積一〇万平方メートルに及ぶピラミッドのような丸みを帯びた三角錐《さんかくすい》の巨大な建物は、拘禁と訊問のための施設に改造された。

ベネズエラには政治犯が多数いて、その数は日増しに増えている。

うだるような暑さの朝、一台の車がヌエバ・グラナダ通り側の入口に乗りつけ、〈コーチ〉の大きなハンドバッグを持ったセクシーなブロンドがおりた。女はエル・エリコイデの周辺防御柵に歩いていって、下手《へた》なスペイン語で警衛に話しかけた。それでも名前——偽名ではあるが——を聞き取ることはできて、その日の訪問者のリストに載っているのが確認された。

警衛は女にX線スキャナーを通らせ、ハンドバッグはベルトコンベアに載せて、べつにスキャンした。

ゲートの奥でべつの警衛たちがハンドバッグをテーブルに置き、ざっとボディチェックを受けた女がそこへ歩いていった。

ハンドバッグの中身は入念に調べられ、携帯電話が出されて小さなロッカーにしまわれ、パスポートとビザがしばし吟味《ぎんみ》された。ハンドバッグから大きなマニラフォルダーが出された。なにかが詰まっていたので、警衛がクリップをはずしてあけた。

二十ユーロ札が、百枚ずつの束になってはいっていた。

警衛は女をちらりと見たが、すぐにクリップをかけてフォルダーをハンドバッグに戻した。

賄賂《わいろ》は一日中、このセキュリティ・チェックポイントを通過している。

ゾーヤ・ザハロワは、タチヤーナ・パンコーワという偽名を使い、エル・エリコイデに迎え入れられた。SVRに勤務していたとき、長年のあいだに何度か来たことがあったし、貸しがある人間がいまもベネズエラの情報機関に何人かいる。

とにかく、借りがあると相手が思っていることを願っていた。

ロシアの海外情報部で働いていなくても、影響力がまだ残っているかどうか、まもなくわかるはずだった。SVRを離れたあと数カ月、この偽名が注意人物と見なされていないことに、ゾーヤは賭けていた。

現在もSVR将校だというふりをするつもりはなかった――それを押し通せるはずはない――だが、元SVR将校として、昔の貸しを返してもらうために来た。

それには、現金が詰まっているマニラフォルダーが役に立つ。

ゾーヤは、施設本体に案内された。エレベーターに故障中という表示があったので、ホールを階段に向かい、付き添い数人とともに四階のオフィスへ行った。

ビル全体の共用部分はショッピングモールの造りだったが、ゾーヤがはいった待合室はありきたりの発展途上国の政府施設の雰囲気だった。なにもかも金属とプレスボードでできている。ファイルキャビネットは、一九八〇年代以降、埃《ほこり》を払っていないようだし、ベネズエラ大統領とゾーヤには見分けられない将軍の写真が大きな安物の額縁入りで飾られているだけで、鏡板張りの壁になんの装飾もなかった。

おなじような安手のオフィスのドアを付き添いがあけ、ゾーヤははいっていった。付き添いがうしろでドアを閉め、ゾーヤは一瞬、独りで立っていた。洗面所から水を流す音が聞こえ、そのあと、ありがたいことに手を洗っているようだった。すぐに腹の出た中年の男が、脇の小さなドアからはいってきた。ベネズエラ陸軍の軍服を着て、大佐の階級章を付けていた。

英語で大佐がいった。「エクトル・サレルノ大佐です」ふたりは握手を交わしたが、ゾーヤは相手の態度にすこしも温かみを感じなかった。

「タチヤーナです」偽名だと大佐は見抜いているはずなので、ゾーヤは苗字《みょうじ》をいわなかった。

「タチヤーナ」サレルノがくりかえした。それから、うんざりしていて、興味がなさそうな口調でいった。「あなたにあらゆる配慮を尽くすよういわれた」

ゾーヤはそっけなくうなずいた。さっさと片づけようと思った。この男は女の指示に従わなければならないのが明らかに気に入らないらしい。ゾーヤのほうも、相手の気持ちなどどうでもよかった。

サレルノがいった。「囚人をひとり釈放して、あなたに預けるようにともいわれた」デスクへ行き、書類を探すふりをした。はじめて見るふりをして囚人の名前をサレルノが読みあげるまで、ゾーヤは辛抱強く待った。「ザカリー・ハイタワー。アメリカ人」前日にゾーヤの伝手《つて》が賄賂を出すと持ちかけて連絡してからずっと、サレルノはそのことだけを考えていたにちがいない。

やはりなにげないふうで、サレルノがきいた。「その囚人にどういう興味があるのかな？」

「興味はないわ。わたしは使い走りとして来たのよ。自分の仕事をやるだけ。あなたとおなじよ、サレルノ大佐」

年配の大佐は、その言葉を聞いて、囚人を渡さないですむかどうか考えているようだった。じつは金をすこしでも多くむしり取る手管の一環だと、ゾーヤにはわかっていた。

こういう手順を、ゾーヤは一度か二度、やったことがあった。

ゾーヤはいった。「囚人の状態はどう？」

「健康状態が心配なのか？」

「自分の脚で歩くことができて、必要とあれば口をきくことができれば、それでいいわ」

サレルノがにやりと笑った。「わたしがやっているのは健康スパじゃない」

ゾーヤは黙っていた。

「元気だと聞いている。来てからまだ何日もたっていない。一カ月たったら、まあ……そうはいかないだろう」薄笑いを浮かべた。

ゾーヤは、ハンドバッグをあけて、厚いフォルダーを金属製のデスクに置いた。「いまの状態でもらい受ける。ハイタワーの拘禁及び取り扱い手数料として、この気前のいい提案にあなたはよろこぶはずよ」

サレルノは、最初はフォルダーに手を出さず、ゾーヤにウィンクした。「ループルは受け取れない」

「それなら、ユーロを持ってきてよかった。五万ユーロよ」

侮辱的な提案だとでもいうように、サレルノが渋い顔をした。「十万」いい返した。

躊躇《ちゆうちよ》せず、ゾーヤはいった。「四万五千」

「なんだと？」

「四万。わたしは他人の任務を引き受けている。あなたの答がイエスでもノーでもかまわない」

「待て。待ってくれ！　わかった。五万に戻してくれれば同意する」

ゾーヤは首をふった。「四万。いますぐに彼を連れていく。あなたはお金を受け取る。彼を連れていけなかったら、あなたはお金を受け取れない」ふたりはしばし睨《にら》み合い、やがてサレルノが目をそらして、フォルダーを見て、ひらいた。

金を勘定すると、ちょうど四万ユーロだった。「どうしてわかった――」

ゾーヤはさえぎった。「正午にモスクワ行きの飛行機に乗せたい。出所口で出迎えられるわね？　警備将校に通行を伝えてくれれば、わたしは車で直接トンネルを通る」

サレルノが、驚いて片方の眉をあげた。「われわれのシステムを知っているんだな。施設のレイアウトも。興味深い。前にも来たことがあるようだな」

「それに、また来るでしょうね、大佐。それまで、あなたとビジネスができてよかった」

ゾーヤはまたサレルノと握手をした。やはり温かみのない態度だったが、母国に釈放を要求されてもいないようなアメリカ人のおかげで大金を稼《かせ》いだのはうれしいようだった。

エル・エリコイデに到着してから四十五分後、ゾーヤはトヨタ・カムリのあけたリアドアの前に立ち、長く暗いトンネルを見おろしていた。警衛が何人か、まわりに立っていた。サレルノはオフィスから出なかったが、部下ひとりにゾーヤの車を駐車場からまわすように命じ、べつのふたりがゾーヤに付き添って、迷路のような廊下と階段を通り、ここに連れてきた。

数分待たされただけで、重い鉄のドアがあくガラガラという音が聞こえ、トンネルの奥のどこかで鎖がぶつかる音がした。すぐにザックの姿が見えた。警衛ふたりに挟まれて、足をひきずるように歩いていた。ライトブルーのつなぎを着て、ブロンドの髪がくしゃくしゃだったが、力強くすたすたと歩いているのがわかった。

ザックが近づくにつれて、目を伏せ、ほとんど表情を消していることに、ゾーヤは気づいた。それに、ゾーヤの顔を見ようとしなかった。

トヨタまで来ると、ザックの足枷《あしかせ》がはずされ、ゾーヤのほうに押し出された。それでもなお、ザックは地面を見つめていた。

ゾーヤは、ザックの顔の前で指を鳴らした。ザックが目をあげたが、ゾーヤだと気づいたふうはなかった。

「ちょっと!」ゾーヤはいった。「しゃべれないの?」

数秒置いて、ザックがいった。「おれをしゃべらせることはできないぞ」

そのときようやくゾーヤはどういうことか悟った。ゾーヤはブロンドの鬘《かつら》をかぶり、目を大きく見せ、もっと年がいっているように見えるメイクアップをほどこしていた。ザックには見分けがつかないのだ。

ゾーヤはザックの頬を思い切り平手打ちした。ザックは仰天したが、口をひらかなかった。

警衛のひとりが、囚人は〝気が触れている〟というようなことをいった。ゾーヤはザックを助手席に乗せた。

数分後、ふたりが乗るカムリは、ひろびろとした道路を走っていた。刑務所のゲートは出たが、沈黙がつづいていた。

「おれをしゃべらせることはできないぞ」ザックがもう一度いった。

ゾーヤはザックのほうを向いた。ロシアなまりではない英語でいった。「それはきょう最高のニュースよ。いつもは、あなたを黙らせられないんだから」

ザックが首をかしげ、一瞬にしてはっきりした目つきになった。「アンセムか？　たまげたな」

「どういたしまして」

「ここであんたに会うとは思わなかった」ザックがいった。ゾーヤは黙って運転をつづけた。「さっきはどうして殴ったんだ？　すごく痛かったぞ」

「そういう役柄だったからよ」

長い間を置いて、ザックが笑い出した。「ちがう。ただで殴れるからだ。そうだろう？」

「しゃべらせようとしてもだめよ」

混雑した車の流れのなかを走りつづけた。ザックが陽光に目を細めた。久しぶりに日の目を見たからだ。

「どういうふうにこれをやったんだ？」

「SVRにいたとき、短い期間、カラカスと連携した。人脈ができた。伝手《つて》のひとりがいま内務司法省諜報局《SEBIN》を指揮している。その男に連絡したのよ。彼はわたしがまだロシアの非合法作戦に契約で関わっていると思ったらしい。じっさい、そういうことにしておいた。それに、賄賂も渡した。SEBINのその伝手は、刑務所長を脅しつけたけど、順調に進めるために、わたしは刑務所長にも賄賂を渡した」

「そんな金をどこで手に入れたんだ？」

ゾーヤは、ザックのほうを向いた。「ハンリーの懐《ふところ》から出たお金よ」

「おれをトラブルに巻き込むのか？」

「たったいまトラブルから助け出したのよ。忘れた？」

「ハンリーはどれだけ払わなきゃならなかったんだ？」

「十万ユーロ」

「そんなに？　あのケチな男が？」

「じつは、ハンリーは一セントも賄賂を持ちかけていない。わたしがハンリーの知らないところでそのお金を使った」

「だろうな。ああ、あんたに借りができた」ザックはシートをリクライニングさせ、目を閉じた。「早くここを離れたい。ビールを手に、ポーチに寝そべって、足をテーブルに載せ、何日かゆっくりしよう」

「だめ。それは無理。ベルリンへ行くのよ。いますぐに」

ザックが、シートをゆっくりもとに戻した。「ベルリンでなにが起きてるんだ?」

「ジェントリーがてんてこ舞いしているのよ」

「やつが現場に? 仕事からはずれてると思ってた」

「そうすべきだけど、ちがうの」

ザックには、ゾーヤのいいたいことがわかっていた。「ハンリーのやつ」

ラッシュアワーの渋滞のなか、トヨタは空港に向けて走っていた。

53

湖畔の隠れ家にいたロシア人三人は、何時間も前に目を醒《さ》まして、紅茶を飲み、ニュースを丹念に見ていた。インナが全員の朝食をこしらえた。昨夜のアクーロフの遭難信号発信後、モスクワから連絡がないことから気をそらすためでもあった。アーニャはノートパソコンに向かい、十二時間前にモスクワに送った顔の画像の調査結果が返ってくるのを待っていた。

アクーロフはといえば、苦痛を味わっていた——左右の脇腹、腕、腰がずきずき痛んだ。体の部分はすべて動かすことができ、動かしづらいところはあっても、骨は折れていないと思っていた。だが、濃い紫色の痣《あざ》が上半身のかなりの部分を覆《おお》い、痛みはすぐには消えそうになかった。

きょうのアクーロフは、いつものように不機嫌で陰気だった。湖水を見おろす裏のデッキでじっと座り、煙草《たばこ》を吸い、湖を眺めていた。昨夜、隠れ家にはいったときに持っていたウィスキーはキッチンのカウンターに置いてあり、まだ手をつけていないが、じきに飲みはじめるだろうと、インナは予想していた。

午前十時十五分に、インナはデッキに出るドアをあけた。「どうして応答がないの？」

アクーロフが、黙って肩をすくめた。

「もう、十……十二時間たっている。せめて脱出計画くらいできているはずよ」

「だれも連絡してこないからって、おれにどうしろというんだ？」

「もう一度電話して。そうでなかったら、わたしが電話する」

リーダーのアクーロフは、部下のインナのほうを向いた。「だめだ」

「なにを待っているの？」

「だいじょうぶだ。おれたちはだいじょうぶだ。心配いらない」

「セミョーンにそういったら、マクシム」

アクーロフはインナを睨《にら》みつけたが、いい返す前に、アーニャがリビングのソファからぱっと立ちあがり、裏のドアをあけた。「ふたりとも、こっちへ来て！」

アクーロフとインナはなかにはいり、愕然《がくぜん》としているアーニャのほうを見た。アーニャはチームのなかでもっとも物静かでおとなしい。こんな命令口調ははじめてだった。

「なんなの？」インナはきいた。

アーニャは目を丸くしてスクリーンを見ていた。「くそ！《デリモー》」もうすこし静かにいった。「信……信じられない」

「おい、おれたちはここにいる。説明しないのか？」アクーロフがコーヒーテーブルの灰皿で煙草を揉《も》み消した。

アーニャはふたりから視線をそらして、湖畔の家の窓から外を見て、ノートパソコンに目を戻した。

「連絡が……」声がすこしふるえていた。「あったの。本部から。シレーナのスイートにいた男のことよ。その顔がヒットした」

インナはすぐさま腰をおろした。アーニャの表情から、重要な話になるのだと悟った。いっぽう、アクーロフは痛めていないほうの腕でウィスキーを取り、歯でキャップをはずして、床に吐き捨てた。

飲む前に、アクーロフは聞いた。「で、そいつはだれなんだ？」

「二年前に撮影されたのとおなじ男。サンクトペテルブルク近くで。グリゴーリー・シドレンコの屋敷のなかにいた」

「マフィアのボスの？」インナがいった。「二年前？　シドレンコが死ぬ前、それともあと？」

アーニャがまた口ごもった。

アクーロフは、ウィスキーをがぶ飲みした。未詳の男の正体を教えろといったばかりなのに、関心があるのかどうか、インナにはわからなかった。

アーニャが質問に答えなかったので、インナはもう一度きいた。「アーニャ。屋敷内でその男が撮影されたのは、グリゴーリー・シドレンコが暗殺される前？　それともあとなの？」

アーニャの視線がスクリーンからそれて、インナに向けられた。「それは……暗殺の最中だった」

アクーロフの目が鋭くなり、ウィスキーを持った手を下げた。「シドレンコを殺したのは、たしか……」

言葉がとぎれた。

インナが、アーニャとおなじように重々しい声でいった。「そう。アーニャはきのうあなたが闘ってた人物はグレイマンだったといっているのよ」

アクーロフが、ソファのひとつにゆっくりと腰をおろし、おなじようにゆっくりと、ウィスキーの瓶を口もとにあげて、一気に呷《あお》った。瓶をおろしたとき、手にしたそれを見てから、インナに目を戻した。「そいつは現実じゃない。グレイマンは幻想だ」

「セミョーンの死が幻想だというの？　こんな男はいままで見たことがなかったと、あなたもいったじゃないの」

アーニャが、ノートパソコンの前に戻っていた。「名前はコートランド・ジェントリー。アメリカ人。フリーランスの刺客《しかく》」

インナが、うわの空でひとつの言葉を口にした。「キエフ」

アーニャがいった。「キエフ。キエフはグレイマンじゃなかった。十人か二十人のアメリカのデルタ・フォースかなにか——」

インナは首をふった。「独りだった。グレイマンだった。当時は信じられなかったけど、いまはそう信じている」

アクーロフの喉《のど》をバーボンがおりていく音がするだけで、しばらく沈黙が漂っていた。

インナは、アクーロフのほうを向いた。「あなたの手からその瓶を撃ち落とさないといけない」

アクーロフが、瓶を口から離した。「こんなことはまったく信じられない」

インナはいった。「マクシム、シレーナはだれかと協力していると、わたしはあなたにいった。彼女は手強《てごわ》い敵だともいった。そのときはわからなかったけど、どちらもわたしが指摘したとおりだった」

アクーロフが黙っていたので、インナは立ちあがった。「本部に電話するわ。本部はべつのチームを派遣するでしょうね。二チームか、あるいは五チームを。彼らが片をつける。わたしたちはそういうことができる状態じゃ――」

マクシム・アクーロフが、部屋の向かいに乱暴に瓶を投げた。瓶が石の暖炉に当たり、粉々《こなごな》に砕けて、茶色い液体が三メートル離れたところまで四方に飛び散った。

「だれにも電話するな！　おれたちは現況をコントロールしてる」

インナは、一瞬目を閉じた。「どんなふうにコントロールしているというの？」

「アーニャ」アクーロフがいった。「散歩に行け」

二度いわれるまでもなく、アーニャは拳銃をブラウスの下でジーンズに挟み、携帯電話をテーブルから取って、湖畔の家を出ると、長い私設車道へ歩いていった。

アーニャのうしろでドアが閉まると、インナはいった。「わたしは電話する。そうせざるをえない。せめてセミョーンの代わりが必要よ。それに、遅かれ早かれ、セミョーンとブラトヴァの結びつきが発覚する。ホテルとティーアガルテンの殺人とも結びつけられる。どういうことになるか、本部は知っておく必要がある」

「おれが本部に電話する」アクーロフがいった。

インナは首をかしげた。「あらためて電話する、ということね。きのうの夜に電話したはずでしょう」

アクーロフが肩をすくめ、窓の外を見た。

「電話しなかったのね？」

また肩をすくめて、アクーロフがいった。「ベルリンを離れるかどうか決める前に、おれが戦った男の身許を確認したかった」

インナは目を閉じた。「きのうあなたが打ち負かされた男。その男にあす殺されるために、ここにいたい。そうでしょう？」

「ちがう。おれは任務《ニエット》をあたえられた。おれにとって重要なのは任務だけだ」

「その任務がグレイマンに結びついているからでしょう」

アクーロフがイ ンナに詰め寄り、熱く臭い息が彼女の顔にかかるくらい近づいた。「おれはいまモスクワに電話する。この世を去った親愛なる同僚の代わりをつとめたいというつもりだ。任務を続行し、完全に戦える状態だともいう」

「どうして？　どうして彼のことをそんなに気にするの？　どうして彼女のことをそんなに気にするの？」

「インナ、おまえにはわからないのか？」

「なにが？」

「これはおれが夢見ていた最期だ。ヤセネヴォのどうでもいい連中を怒らせた馬鹿な元SVRの女を殺すことなんか、どうでもいい。そんなことは気にしていない。だが、いまは？　おれには生きる目的ができた」

「まいったわね」インナはいった。「しらふのときでも、あなたがいうことはつじつまが合わない。これは生きる目的なのに、望んでいた最期でもあるわけ？」

「おれはシレーナを殺し、世界でもっとも畏敬されている刺客を殺し、頂点で逝《い》く」

どういうことかわかったと、インナは思った。「逝く？」

「脳みそに一発撃ち込む。最後に殺したもっとも偉大な獲物の上に自分の脳みそをぶちまける」

インナは溜息をついた。モスクワの第十四精神科病院に行く護送車に乗ったほうがいいといいたかった。だが、アクーロフに反論できる場合とできない場合があることを、インナは心得ていた。このことでいい争っても勝ち目はない。アクーロフを正常な状態に戻すように気をつけるしかない。

「彼と戦えるの？　そんな状態で？」蚯蚓《みみず》腫れに覆われたアクーロフの上半身を、インナは示した。

「おれがやつに負わせた怪我《けが》のほうが、これよりもひどい。相手が何者かわかったから、仕事を片づける準備ができる」アクーロフが立ちあがり、体を動かしたために顔をしかめた。

「アーニャが戻ってきたら、ザハロワの現在位置を突き止めてもらう必要がある。おれたちはザハロワを見つけ、ジェントリーを見つけて、ふたりとも打ち負かす。それまでに報告を入れ、きのうの怪我から回復し、準備する」

アクーロフが、携帯電話を出した。アクーロフが決定を下したので、インナは従うしかなかった。

だが、アクーロフのせいで死ぬはめになるだろうと、インナはいっそう確信を強めた。

54

ハズ・ミールザーは、ギーロヴェル通り41の狭いアパートメントでベッドに腰をおろし、精いっぱい呼吸を整えて落ち着こうとした。ようやく、すぐ前でシーツに突っ込んであったプリペイド携帯電話を取り、不活性工作員細胞《スリーパー》が持っている携帯電話と通信するのに使っている、秘密メッセージをエンドツーエンド暗号化（送信者と受信者のみがデータを見られるようにする秘匿性の高い暗号化方式）するアプリ〝スリーマ〟のアイコンをタップした。

ミールザーは、秘密通信に堅固な手段を使っていたが、アニカ・ディッテンホファーが数カ月前に、関与を否定できる資産《アセット》を使って彼を尾行していたことに気づいていなかった。ノイケルンのアパートメントからかなり遠い東ヴィンスフィルテルにある中国人経営の小さな電子製品販売店でミールザーがプリペイド携帯電話を買ったことが、尾行によってわかっていた。

そのあと、作戦の費用についてシュパングラーとのいい争いに勝ったあと、アニカは携帯電話を百台買い、特殊な改造をほどこした。新品のその携帯電話をシュリンクパックで包装し、街のどこにでも売っている市販品と見分けがつかないようにした。

それから、その中国人の店に運ばれるDHLの荷物に、その百台をまぎれ込ませた。シュライク・グループが改造した携帯電話には、追跡装置と、携帯電話の番号を傍受している人間が送信者と受信者の両方の話を聞けるように、音声ピックアップが仕込んであった。どのキーを押したかを記録するソフトウェアもインストールされ、送られたメールも読むことができる。

その作戦は大成功を収めた。改造携帯電話を配置してから一カ月とたたないうちに、ミールザーの配下がその店に行って、プリペイド携帯電話を八台買った。

二週間以内に、ハズ・ミールザーの配下九人のうち四人が、改造携帯電話を使いはじめた。いまではミールザー本人は、そのうちの一台を使っていて、アニカは細胞の情報を思う存分、手に入れられるようになった。ミールザーはときどき、電磁場を遮断するために携帯電話をファラデー箱《ケージ》に入れることがあり、そういうときには追跡できなくなるが、電話を使うためには箱から出さなければならないので、電話をしたりメールを送受信するときにまた探知できる。

アニカの作業に啓発されて、ヨーロッパの三カ国の不活性工作員細胞が持っている電話について、同様の作戦がべつのシュライクの情報担当によって行なわれた。このふたつの新機軸の作戦で、シュライクはヨーロッパのゴドス軍不活性工作員について、ドイツやアメリカに大差をつけ、ずっと重大な情報を得ていた。

もちろん、ハズ・ミールザーがそれを知っているはずはなかった。ドイツに来てから、二年余りしかたっていない。それに、到着したときよりもずっと監視がゆるくなったと本人は思っていた。きょうもベッドに腰かけて煙草《たばこ》を吸い、だれかに話を聞かれることなど心配せずに、〝スリーマ〟を使って電話をかけた相手が出るのを待っていた。

ミールザーが〝スリーマ〟を使って電話をかけると同時に、アニカ、モイセス、ヤニスは、三ブロック離れたところにとめた引っ越し用バンの車内で背すじをのばし、急いでヘッドホンをかけた。

呼び出し音が何回か鳴ってから、相手が出た。「もしもし」

「バーバクか？」

「そうだ」

「やあ、同胞《きょうだい》」ミールザーはいった。「おれだ。きょうゴーサインが出た」

長い間があった。「なんだって？　一時休止になったんじゃないのか」

「新しい命令だ」

また長い沈黙。「タ……ターゲットはなんだ?」

「大使館だ。パリ広場の。午後五時。その時刻に海兵隊の警衛が交替するし、大使館員がおおぜい退勤する」

数秒のあいだ、ミールザーの耳には相手の呼吸しか聞こえなかった。ようやく相手がいった。「ぜったいに無理だ、ハズ」

「おれたちは鉄条網の上に身を投げて、あとのものがおれたちの上を乗り越える」

間を置いて、返事があった。「どういう意味だ?」

「攻撃中におれたちはまちがいなく死ぬといってるんだ、きょうだい。嘘はつかない。だが、おれたちの行動に、西側は驚愕するだろう」

「さあ……わからない」

ミールザーは、ベッドから立ちあがり、部屋のなかを歩きまわった。「なにがわからないんだ? テヘランからの命令に従うかどうかわからないといいたいのか? 上官の命令に従うかどうかわからないというのか? なにがわからないんだ?」

電話が切れた。「バーバク? バーバク? 臆病者!」ミールザーはぶつぶついい、ボタンをタップして通話を切った。

つぎの配下に電話をかけた。

ミールザーの通話をすべてヤニスが通訳して伝えると、アニカはバンから出て、薄汚い通りをミールザーのアパートメントとは逆の南に向けて突っ走った。そっちに市電の停留所がある。アニカは自分の携帯電話を出して、やけ気味の速い足どりで進みながら、自分のエンドツーエンド暗号化アプリを立ちあげた。

シュパングラーに電話をかけた。この精鋭の社員から、一時間に何度も電話がかかってくることに、シュパングラーはすっかり慣れていた。

アニカは小声でいった。「ハズ・ミールザーは、攻撃一時休止《スタンドダウン》を命じられていた」

「きみがそういった」

「そうよ《ヤー》。でも、彼は進めるつもりよ。アメリカ大使館攻撃を計画している」

「いつ？」

「午後五時。例によって、配下を招集するのに苦労しているようだけど、ミールザーは狂信者よ。必要とあれば単独でやるでしょう」

シュパングラーがいった。「わかった」すこし考えていた。

「なにかいってよ！　考えることなんかないでしょう。アメリカに知らせないといけない」

「いや。われわれのクライアントに知らせる。クライアントが必要な手順を踏むだろう」

「そんな時間はないわ」

「アニカ。ダーリン、わたしを信じろ。クライアントはベルリンに来ている。もうじきわたしは彼と話をする」

アニカは歩くのをやめて、タイ式マッサージ・パーラーと安いコーヒーショップの前で立ちどまった。「どうしてベルリンに来ているの？」

「わたしと会うためだ」

「ラジャヴィ暗殺の前から会う予定だったの？」

「そうだ。おととい、いわれた」

アニカはあえいだ。「わたしたちのクライアントは、ラジャヴィが攻撃されるのを知っていたのよ。まちがいない」

「ちがう《ナイン》、アニカ。われわれの契約はまもなく満了する。クライアントは最後のまとめのために来る。それだけだ」

シュパングラーの言葉を聞いていなかったような感じで、アニカがつづけた。「でも、クライアントはアメリカ人ではなく、イスラエル人なんでしょう？」

「それは知らない」

「嘘よ、ルディ。数時間後に起きるテロ攻撃について、わたしたちは即動可能情報をつかんだ。しかも、わたしたちが監視している細胞がそれを実行するのよ」

「わたしたちのクライアントが、その攻撃を阻止するだろう。いいか、わたしはこれからその会議に出かける。ランチのあとで電話する」シュパングラーが電話を切ったが、その前にアニカは周囲の物音を聞きつけた。車のドアが閉まるような音につづいて、街路のそのほかの物音が耳に届いた。

アニカは電話を切り、しばらく携帯電話を持ったまま歩いてから、行動方針を決めた。すぐにまたべつの電話をかけた。

ジェントリーは、カフェの汚れた窓ごしにアニカ・ディッテンホファーが見えたのでびっくりしたが、すぐにコーヒーカップに視線を落として、頭のなかで秒を数えた。十秒数えたところで、立ちあがり、ドアに向かった。店を出たときには、ターゲットは五〇メートルほど前方にいた。

監視用バンにアニカがいた時間はわりあい短く、三十分たらずだったが、それになにか意味があるのかどうか、ジェントリーにはわからなかったし、どうでもいいと思っていた。

彼女を拉致《らち》できる静かな場所があればいいと思っていたが、いまそれは望めないので、ただあとを跟《つ》けた。

アニカが携帯電話を耳に当てたままでフリッツ・ロイター・アレーに向かったので、市電の停留所に戻るのだろうとジェントリーは思った。だが、アニカがタクシーを拾おうとしているのが見えた。一台が通過したが、すぐにまたアニカはタクシーを探した。くそ。ジェントリーは向きを変えて、自分が使える交通手段を必死で探した。


アニカ・ディッテンホファーは、相手が出ることを願いながら、携帯電話を耳に当てていた。アニカはシュパングラーの運転手のヴォルフガング・ヴィルケに電話をかけていた。電話をかけられるような知り合いだったが、ソーシャル・エンジニアリング（相手の虚栄心や欲望や好奇心など、精神的な隙に付け込んで重要な情報を得る手法）の効果があるほど親しくはなかったので、急いで知りたいことを聞き出せるかどうかはわからなかった。

ドイツ人のつねで、ヴィルケが苗字《みょうじ》を名乗った。「ヴィルケ」

「ハロー、ミリアム」

「おはよう《グーテン・モルゲン》、ヴィルケ。ミリアムよ」

「お邪魔して申しわけないけど、ヘル・シュパングラーをおろしたところでしょう。彼に渡さなければならないものがあるんだけど、話をしたときにいうのを忘れたの。電話に出ないのは、もう会議の場所にはいったからだと思う。どこにいるか教えてくれれば、あなたに届けるわ」

ヴィルケは、アニカの要求を疑っていないようだった。「リージェントの〈シャルロッテ&フリッツ〉にいるよ。おれはホテルの正面にいる。シュパングラーさんはランチに三十分くらいかけるだろう。それまでにここに来られるかな?」

何日か前に、アニカはシュパングラーと、リージェントのその店で朝食をともにしたばかりだった。

「間に合うように行くつもりだけど、間に合わなかったらあとで彼に届けるわ」

三度目でようやく、アニカはタクシーを拾うことができ、シャルロッテン通りのリージェント・ホテルまで行くよう運転手に指示した。

これでようやくクライアントに会うことができると、アニカは心のなかでつぶやいた。

この二年間、ずっとその人物の指示に従ってきたのだ。

シュパングラーは嫌がるだろうとわかっていたが、いまとなってはどうでもいいとアニカは思った。

55

スルタン・アル＝ハブシーは、ボディガード五人の群れのまんなかを歩いて、午後一時にリージェント・ホテルにはいっていった。ボディガードは全員、警護班に見られないように、ボスとおなじような品のいいスーツを着ていた。しかし、大きな丸テーブルが三つある奥の隅へ行くあいだ、全員が警戒怠《おこた》りなくあたりに目を配りつづけていた。

そこにルドルフ・シュパングラーと警護班四人が立っていた。シュパングラーがテーブルをまわって出てきて、ターリクという名で知っている男と握手をした。

「ベルリンにようこそ、ターリク」

「ありがとう、ルディ。座って話をしようか」

ふたりは大きなテーブルに向かって腰をおろした。「またミリアムと話をしたところだ。彼女はだいぶ心配している。ミールザーがアメリカ大使館を攻撃すると思っている。きょう。午後五時に」

「そんなことが起きないようにする」

「それなら、官憲に知らせればいいのではないか？　ミールザーを阻止するために。よければ、わたしたちから伝えてもいい」

「その必要はない。警戒をつづけてくれ。そのうちにわかる」

「わたしたちはいつだって警戒している。きのう、アメリカがバグダッドで無人機攻撃を行なったからなおさらだ。われわれはゴドス軍の工作員多数の身許を突き止めた。ＶＥＪＡの諜報員の身許も。ドイツの情報機関に渡せる即動可能情報だ。イランにかなり打撃をあたえられる」

「まだやるな、ルディ。重要なことが起きて、そのあと、すべてが明るみに出る」

シュパングラーは身を乗り出した。「あんたがカムラン・イラヴァーニーを殺させたのか？」

「だれなのか、わたしは知らない」

「学生、ハッカー、反政府活動家。あんたはわたしたちに、そいつを尾行しろと命じた。二日前にそいつが殺された」

ターリクが肩をすくめた。「そいつはずいぶん剣呑《けんのん》な暮らしをしていたようだな」

肯定でも否定でもなかったが、シュパングラーは馬鹿ではなかった。シュライクが提供する情報を使って、ターリクが何人も殺していると確信していた。だが、ターリクには妥当な否認権《プロージブル・デイナイアビリティ》（もっともらしく関与を否定できること）があるし、殺された男たちに本気で感情移入するような心理的根拠などなかった。

ターリクが、指を一本立てた。「ラジャヴィ将軍暗殺後、イランが報復するのは時間の問題だ」

シュパングラーは首をふった。「ヨーロッパにいるわたしの工作員は、イランが許可した報復に関する情報は、まったく聞いていない」

ターリクがいった。「数日以内に、イランに痛烈な打撃をあたえる必要があることを示す情報が、すべて出そろうだろう。ヨーロッパ諸国は制裁を再開し、イランの政権はいまだかつてなかったほど強く締めつけられ、わたしたちの苦難もけっして無駄ではなかったことが証明される」

わたしたちの苦難？　シュパングラーは腹のなかで思った。ターリクがそんな苦難を味わったとは思えなかった。だが、シュパングラーはいった。「それはすべてベルリンで起きているのか？」

ターリクがにんまりと笑い、自信をあらわにした。「気をつけろ、友よ。世界をシーア派の拡大から護《まも》るというこの問題に取り組んでいるのは、ベルリンのあなたの会社だけではない。あなたの仕事は重要だが、パズルのひとつのピースでしかないし、そのパズルはあなたの前に示されていない」さらにつづけた。「とはいえ、わたしの前にそのパズルは示されているし、シュライク・グループの二年におよぶ熱心な作業はじゅうぶんに利用されると申しあげておこう。」

シュパングラーは、じっと聞き入っていた。ターリクがどういう話をしようが、この事案の中心はまちがいなくベルリンだと確信していた。そうでなかったら、ターリクがここに来るはずがない。

「いずれわかる」ターリクがいった。「わたしたちの大義はようやく認められるだろう、友よ」

シュパングラーは首をかしげた。「わたしたちの大義？ ターリク、わたしには大義などない。あなたの大義だ。それにあなたはわたしのクライアントだ」

ターリクの自信は揺るがなかったが、この会話のあいだ保たれていた明るさが陰った。「わたしたちはいっしょにこれをやっている。最後まで。これからの日々、あなたは非常に大きな緊張に耐えることになる。もっと大きなことを求められる。あなたが怖れるような物事が明らかになる」

「わたしが怖れる？」

「やらなければならないことから、あなたは距離を置こうとするだろう。それは当然だ。しかし、忘れるな、ルディ。あなたはこれまでの人生で、二度、破滅した。自分の国の人間によってゴミ箱に投げ込まれ、使い物にならなくなっていたのを、わたしが拾いあげて元どおりにした。いまの自分を見るがいい」ターリクは、シュパングラーを指さした。「そのままそこにいられる」だが、その言葉を考え直して、空を指さした。「いや、もっと高いところへ行ける。ずっと高いところへ。あなたが熱望している情報コミュニティにおける尊敬を勝ち取れる。世界中で称賛される。自分を生まれ変わった人間だと見なせばいい。成功した企業経営者であると同時に、スパイの親玉だと。さまざまなことをくぐり抜けてきたあなたが、そんなふうに偉大になりかけていることに、この世のだれも気づいていないのだ」

そういったことすべてを、ルドルフ・シュパングラーは望んでいた。人生の後半、シュパングラーは、三十代のはじめに失ったものを土台に生きてきた。だが、人生で初めて、自分の熱望を達成するためにやらなければならない物事に怖れを感じていると気づいた。

コート・ジェントリーは、ライムグリーンの一九九八年型フォルクスワーゲン・ルポのリアシートに座っていた。2ドアのコンパクトカーの車内は、そこでだれかが寝泊まりしているようなにおいがしていた。

　さきほどジェントリーは、そのハッチバックにバックパックをほうり込んでいた若者ふたりを呼びとめて、指示どおりに車を走らせれば現金五百ユーロを出すと持ちかけた。

　ふたりが、こいつは間抜けかというような目を向けたが、ジェントリーが現金をちらつかせると、なにかの罠かもしれないと思って、まわりを見た。

　そこでジェントリーは、運転する男の胸ポケットに金を押し込み、これで機嫌が変わったかときいた。ふたりが笑みで応じ、ルポの狭いリアシートに乗るようジェントリーを手招きした。

　車に乗ると、運転席の男がいった。「よし。どこへ行くんだ？　ロンドンだなんていうなよ」

　もうひとりが笑った。

「すぐ前にタクシーがいる。あれを尾行してもらいたい」

なにもかもジョークだとでもいうように、助手席の男が笑ったが、運転手がエンジンをかけ、ライムグリーンのボロ車が、道路にガタゴトと跳び出した。

「どういうことなんだ？」数秒黙っていたあとで、助手席の男がきいた。「あんた、私立探偵かなにかか?」

「そうだ。アメリカで保険金詐欺があった。車はちょうど相棒が使っているんだ。あの女は治療のためにドイツに来たといっているが、ほんとうに病院へ行くかどうか見届けたい」

その場ででっちあげた話だったが、ジェントリーはこういうことが得意だし、若者ふたりもそれ以上きかなかった。

近くの農業大学の学生だと、ふたりがいった。呼びとめられたとき、ランチに行こうとしていたのだという。女はベルリンを出ないから、間に合うように授業に戻れるといって、ジェントリーはふたりを安心させた。


二十分後、リージェント・ベルリンの裏手にルポがとまった。アニカ・ディッテンホファーがレストランの入口でタクシーをおりてはいっていくまで、距離を置いてそこにいた。ジェントリーは、新しい友だちふたりにさようなら《アウフ・ヴィーダーゼーエン》といった。五百ユーロを一気に使うために、ふたりがきょうの授業をサボるにちがいないと思いながら車からおりて、ホテルの従業員用出入口に向けて、まっすぐ歩いていった。調理場でモップをかけている男のうしろにこっそり近づき、そばを通りながら洗濯物の籠《かご》からコックのジャケットを取り出して、乾物《かんぶつ》置場にはいり、すばやくそれを着た。

ホテルには何軒もレストランがあって、コックもおおぜいいるはずだから、怪しまれる気遣いはないと判断した。

一分後、従業員用の区画にある暗い廊下を足早に歩き、まもなく〈シャルロッテ&フリッツ〉の調理場にはいった。ランチタイムだったので、アニカがだれかと会うために来たかどうかを、まずたしかめようと思った。

アニカ・ディッテンホファーは、一時二十分に〈シャルロッテ&フリッツ〉の店内を進んでいった。行き先がはっきりしていると傍目《はため》にもわかるような足どりで、ルドルフ・シュパングラーがいるはずの隅のテーブルを目指した。

シュパングラーには連れがいた。

シュパングラーのイスラエル人警護班の四人は、ボスの近くの大きなテーブルを囲んでいた。ほかにもたくましい男が数人、アニカとシュパングラーのあいだに固まっていた。その男たちは中東人で、やはり近くに席を占め、アニカが近づくとじろじろ見た。男たちにさえぎられないようにさらに近づくと、中東人らしい中年の男が、シュパングラーと同席しているのが目に留まった。

ミリアムという名で知っている女が近づいても、シュパングラーの警護班は立ちあがらなかった。だが、中東人のボディガードのひとりが立ちあがり、片手をのばしてアニカを制止した。

アニカは足をとめて、その男の肩ごしに、話に夢中になっているシュパングラーのほうを見た。シュパングラーが連れから目をあげるまで数秒かかったが、そのときにアニカはシュパングラーの視線を捉えた。

シュパングラーが不安げな顔をしているのがわかったが、自分が来る前からそうだったのか、それとも来たために困惑しているのか、アニカにはわからなかった。

シュパングラーは、巧みに気を取り直していった。「ああ、びっくりした。アニカ」同席している男のほうを見ていった。「部下なんだ。紹介しようか?」

かすかないらだちを見せてターリクがうなずき、ボディガードにアニカを通すよう命じながら立ちあがった。

イスラエルで育ったアニカは、その男はイスラエル人ではないと確信した。それでも、ヘブライ語でいった。「やっとお目にかかれて光栄です」

男がアニカの手を握り、英語でいった。「あなたはミリアムですね」

「あなたはわたしたちのクライアントですね」

男が笑みを浮かべたが、アニカは男の目が冷たいことだけを感じていた。

「あなたがすばらしい仕事をしていることを、ルドルフから聞いています。わたしたちの仕事上の関係は、まもなく終わります。あなたの努力すべてに感謝したいと思います」

「わたしたちの努力が活《い》かされることを願っています」

男がうなずいた。「ゴドス軍の細胞が、わたしたちの友人アメリカに対する行動を準備しているそうですね。わたしたちがこれを微妙なやりかたで処理しているのを心配しておられるのはわかりますが。攻撃が起きないようにすると約束します」

「アメリカに知らせたのですか？」

「彼らには準備ができています」

アニカはうなずき、シュパングラーの顔をちらりと見たが、シュパングラーは視線を返しただけだった。アニカはいった。「ハズ・ミールザーの住所をわたしたちはつかんでいます。いまも。彼が大使館へ行くまで待つ必要はないでしょう」

名乗らなかった男が、それを聞いてうなずいた。「その住所を教えてください。アメリカの人脈にそれを伝えます」


コート・ジェントリーは、〈シャルロッテ&フリッツ〉の調理場でオレンジジュースのピッチャーを手に取り、バーに持っていくふりをしてダイニングルームに出ていった。レストランで働いているウェイターは全員が黒いジャケットを着て、ネクタイを締めていた。ジェントリーは平のコックの白いジャケットを着ていたが、あちこちのテーブルを見てディッテンホファーを探すあいだ、その格好で押し通せることを願っていた。

ジェントリーの小さなデジタルカメラは、まだズボンの前ポケットに入れたままだったが、すでに電源を入れて録画を開始していた。あまり時間がないとわかっていたし、目的ありげに歩きつづけないと、怪しまれてしまうとわかっていた。

すこし困惑しているものの手が離せない状態のバーテンダーから離れたところにピッチャーを置くと、ジェントリーは向きを変えて、店内をちがう方向へ進んでいった。奥の隅にアニカとテーブルのそばで立っている男ふたりが見えたが、ジェントリーはそちらに向かわなかった。調理場のほうへ戻り、ウェイターふたりのそばを通った。ふたりとも料理を急いで運びながら、ジェントリーのほうをちらりと見た。ジェントリーはカメラを出して、八倍のズームに設定した。店内をもう一度通るのは危険が大きかったが、アニカ・ディッテンホファーのランチの相手を撮影したかったので、危険を冒す価値はあると判断した。

ジェントリーは、三人目のウェイターのあとからダイニングルームに戻り、プラスティック容器から畳《たた》んだナプキンと銀器を取り、奥の角に向かって進んだ。指のあいだにカメラを挟み、レンズだけを出して、アニカから一〇メートルほど離れたテーブルにナプキンと銀器をセットした。二ヵ所のテーブルにいる警護班がこちらを見つめているにちがいないので、右にいるアニカと連れのほうに目を向けなかった。テーブルのセットに集中しているふりをしたまま、そこを離れて、片手を脇におろした。カメラがジェントリーのうしろでゆっくりと左右に向けられていた。

役に立つ動画が撮れたという確信はなかったが、これ以上撮影をつづけるのは無理だとわかっていたので、調理場にひきかえして、ジャケットを脱ぎ、暗い廊下を従業員用出入口に向かった。

アニカは、名乗らないクライアントにギーロヴェル通りのミールザーのアパートメントの住所を教えた。クライアントが携帯電話のメモ帳にそれを書き込み、シュパングラーに向かっていった。「何本か電話をかけたほうがよさそうだ、ルディ。すぐにまた連絡する」

ふたりは握手を交わし、クライアントはアニカに自己紹介もせずに立ち去った。

シュパングラーとふたりきりになると、アニカはいった。「会議は終わったの？　二十分前に着いたばかりでしょう」

「明らかに、きみがここに来たのが、彼は気に入らなかったようだ。わたしもだ。座れ」

ふたりは座った。「前触れもなしに来たらまずいことくらい、わかっていたはずだ」

アニカは、それには答えなかった。「彼はサウジ人、あるいはオマーン人かもしれない。アラブ首長国連邦《UAE》、カタール、クウェートの人間かもしれない。とにかくイスラエル人じゃない。あなたもずっとそれを知っていたのね」

シュパングラーは、肩をすくめた。「ずっとじゃない。しかし、すこし前からわかっていた。どうでもいい。イランに対抗するのが彼の任務だし、わたしたちの支援に気前よく金を出してくれる。これがすべて終わり、シュライク・インターナショナルが首都での攻撃を阻止するのに貢献したことをドイツが知ったら、きみも自分の働きを誇りに思うだろう」

アニカはそっと首をふり、遠くを見る目つきになった。「いまとなっては、あなたがそう信じているとは思えない。わたしたちはものすごく邪悪な何事かの片棒を担《かつ》いでいる。ものすごく危険なことの。でも、あなたは自分の評判や業績はひとの命よりもずっと重要だと思っている」首の筋肉を曲げのばしながらいった。「あなたは変わってしまったわ、ルディ」

シュパングラーは、溜息をついた。オレンジジュースをゆっくり飲んだ。シュパングラーがこれほど怒り、神経をすり減らしているのを、アニカは見たことがなかった。ようやくシュパングラーがいった。「エニスが死に、グレートヒェンが死に、ほかにも何人か死んだ。きみにはとてもつらい時期だっただろう。きみのような立場に置かれたら、だれだってそう感じる。このクライアントとの仕事はもう終わった。休暇をとれ。ここを離れろ。気を楽にしろ。一週間か、あるいは一カ月か、必要なだけ休め。それだけのことをやってくれた」

アニカ・ディッテンホファーは、立ちあがった。「すごい名案ね」といって、向きを変え、出口に向かった。

56

ジェントリーは、シュパンダウ駅で地下鉄をおりて、尾行がついていないことを確認するために近所をすこしまわってから、アパートメントの方向へ歩いていった。午後二時過ぎに着き、すぐさまノートパソコンのそばで床に座り込んで、ライトニングポートにカメラを接続した。

数分後、アニカ・ディッテンホファーと会っていた男ふたりの使えそうな画像を撮っていたことがわかった。動画からいちばんよく撮れている部分を静止画像にして、男ふたりを仔細《しさい》に見た。

ふたりとも見おぼえがなかった。

となると、やることはひとつしかない。ジェントリーは携帯電話を出して、調教師《ハンドラー》の番号にかけた。

「ブルーア」

「ヴァイオレイター、A《アルファ》、M《マイク》、M《マイク》、2《ツー》、8《エイト》、L《リーマ》」

「どうぞ」

「画像をふたつ送るから、分析してくれ」

「受信準備完了」

ジェントリーが数秒待っていると、スーザンがいった。「最初の画像は調べるまでもない。シュライク・インターナショナル・グループのCEOルドルフ・シュパングラー。ベルリン支局からの情報によれば、会社の日常的な業務では、積極的な役割を果たしていない」

「ディッテンホファーが、きょうの昼過ぎにベルリン中心部を急いで横断して、この男の会議の場所へ行った。仕事が関係しているはずだ」

「なんとでも考えられる」

「もうひとりは？」

「知らない男よ。スタンバイ（こちらから送信するまでどことも通信を行なわずに待てという意味）、これから調べる」

ジェントリーはキッチンへ行き、ボトルドウォーターを取った。スーザンが折り返し電話をかけてくるのを待つあいだに、バックパックから鎮痛剤を出して一錠飲み、また出てきた熱を抑える薬も飲んだ。

朝に飲んだ〈アデラル〉の効果はまだ残っていたので、そのアンフェタミンをもう一錠飲むのは控えた。

小さな窓からぼんやり外を見てから、リビングに戻り、クッションもない籐《とう》のソファに腰かけた。ゾーヤがここに来たときに座った場所だった。

ジェントリーは目を閉じて、ゾーヤのことを思った。

だれかがだれかを殺さないような場所、追われたり狩られたりしないような場所で、いつかふたりで会うことができるはずだと、ジェントリーは自分にいい聞かせた。

そこで目をあけ、まわりを見て、現実を見つめろと自分をいましめた。

現実には、こういうことがすべて終わり、ふたりで平和に暮らせる日など来ないだろうと思った。自分もゾーヤも仕事をやっていて死に、それで終わりだ。

スーザンのそっけない声が聞こえて、ジェントリーははっとした。「あなたを移動させる」

ジェントリーはきき返そうとした。「移動させる？　どこへ？」

だが、スーザンは答えずに通話を終えた。ジェントリーは水をひと口飲んだが、数秒待っただけで電話がまたつながった。

マット・ハンリーの馬鹿でかい声が、携帯電話から聞こえた。かなり神経をすり減らしているような声だった。「ヴァイオレイター、あの画像。リアルタイムか？」

「ちがう《ネガティヴ》。四十五分前だ」

「彼らはまだその場所にいるのか？」

「わからない。おれは発見されたくなかった。ディッテンホファーの監視用車両に追跡装置を付けてある。探知したいときには見つけられる」

ハンリーが電話に向かって息を吐き出すのが聞こえた。

ジェントリーはいった。「命令を待っているんだが、ボス」

ハンリーが、まるで脅しつけるような重々しい低い声でいった。「よく聞け。いろいろな面で許容範囲の広い命令をこれからおまえにあたえるが、いますぐにやれとおれがいうことを、そのとおりにやってもらう必要がある。口答えは許さん。良心的な独行工作員などというたわごとも許さん。これに関して、おれの裏をかこうとするな。おれがいうとおりのことをやれ。わかったか？」

ハンリーにしては奇妙な頼みかただと、ジェントリーは思った。いつも自分なりのやりかたをするのを知っているはずだ。それでも、ジェントリーはいった。「わかった、マット」

「ディッテンホファー、シュパングラー、シュライクの人間の監視を中止しろ。だれも監視してはならない。ただ……手を……手を引け……いますぐに作戦をやめろ」

たまげたな、ジェントリーは心のなかでつぶやいた。「くそ、ボス。この男は何者なんだ？」

すでにかなり驚いていたジェントリーは、ハンリーのつぎの言葉を聞いて愕然《がくぜん》とした。

「ガルフストリームが用意できたらすぐに、おれは出発する。夜明けにはそっちへ着く。それまでにおまえは、監視作戦をすべて中止しろ。隠れ家に戻り、おれと話をするまでそこでじっとしているんだ」

ジェントリーはすでに隠れ家にいて、じっとしていたが、あげ足を取るような場合ではなかった。「わかりました。了解です」ジェントリーは単独行動を好むが、いつも抑制がきいているマット・ハンリーの声に恐怖と威嚇《いかく》が感じ取れたので、深刻な不安に襲われた。

ジェントリーは電話を切り、これからどうしようかと考えた。ゾーヤはいない。任務は途中でやめろといわれた。時計を見て、ドクター・カヤが仕事から帰るまであと六時間あるとわかった。いまから点滴を受けにいっても無駄足になる。

コート・ジェントリーは、自由な時間が持てることにぜんぜん慣れていなかった。

表に出てなにか食べ、ビールを飲もうと思って、ソファから立ちあがった。

二時間後、マット・ハンリーは装甲をほどこしたシボレー・タホのリアシートに乗っていた。ポトマック川沿いをロナルド・レーガン・ワシントン・ナショナル空港がある東に向けて疾走する三台の車列のうちの一台だった。首都圏の朝はいつも交通量が多いが、大型の黒いSUVはいずれも政府のナンバープレートを付けて、フロントグリルの閃光灯を輝かせ、サイレンを鳴らしていたし、運転していた男たちは、ジョージ・ワシントン・メモリアル・パークウェイとはちがって荒れた道路を走るのに慣れていたので、これから乗る飛行機に短時間で無事に到達できるはずだと、ハンリーにはわかっていた。

車列が時速六五キロメートルで路肩を突っ走るあいだに、ハンリーは電話を何本もさばき、緊急の大西洋横断旅行のためにCIA本部の仕事の始末をつけた。かなり混乱した状態だった。車に乗っていた二十分のあいだに、特殊活動センター所長、ホワイトハウス、そして自分の首席補佐官と二度話をして、スーザン・ブルーアとは三度話をした。

国防総省との電話を切ったとき、また呼び出し音が鳴った。「もしもし」

今度は秘書からだった。「本部長にお電話です。名乗らないのですが、本部長が許可した番号のリストに載っています」

「つないでくれ、エステル。それから、長官に伝えてほしい。遅くとも金曜日には帰ると」

「かしこまりました」

DCA（ロナルド・レーガン・ワシントン・ナショナル空港のIATA〔国際航空運送協会〕空港コード）のあいているゲートを抜けた車列が、白いガルフストリームG400に向けて猛スピードで走っていった。ハンリーがサイドウィンドウから見ると、大きなシボレー・ユーコンが二台、ガルフストリームのそばにとまっていて、一団の男たちが後部から装備をおろしていた。

ようやく電話がつながり、聞きおぼえのある声が聞こえたが、だれなのかハンリーは思い出せなかった。「マシューか？」

「そうだが」

「マシュー、アル＝ハブシーだ。元気ならいいんだが、友よ」

ハンリーはめったなことでは驚かないが、心臓が早鐘《はやがね》を打っているのがわかり、あらためて怒りが湧き起こった。つとめて冷静な声を出そうとしながら、ハンリーはいった。

「ああ、やあ。スルタン。お父上はどんなぐあいかな？」

「いまはまだがんばっている。アッラーのおかげで」

「よくなることを願っているよ。ところで、なにか役に立てることはあるか？」

「友よ、たいへんなことをさきほど探り出した。じかに連絡しなければならなかった。急を要するからだ」

「ぜひ教えてくれ。どういうことかな？」

「イエメンの信頼できる伝手《つて》から電話があって、ベルリンでの攻撃が差し迫っているそうだ。ゴドス軍の不活性工作員細胞《スリーパー》が、ベルリンのアメリカ大使館を攻撃しようとしている。先進的ではない小火器程度の攻撃だと、われわれは予想している」スルタン・アル＝ハブシーはつけくわえた。「その情報源は優秀だと確信している。それしか情報がなくて申しわけないが、すぐに知らせたほうがいいと思った」

ハンリーは気を静めてから、落ち着いた声を出すのに苦労しながらいった。「その攻撃はいつ行なわれるんだ？」

「そのことも申しわけない。もっと早く警告できればよかったんだが」

「いつだ？」

短い間があり、スルタンがいった。「いまから二十五分後だ。現地時間で午後五時」

ハンリーはすぐさま応じた。「情報をありがとう。いまどこにいるんだ？　ドバイか？」

「いや、アブダビにいるが、いまもいったように、攻撃があるのはベルリンだ」ハンリーが答えなかったので、スルタンはいった。「きょう宮殿で会議がある。去年、あなたと食事をした場所だ」

こんどのハンリーの沈黙は短かった。「大使館を警備している海兵隊に連絡しないといけない」

「幸運を祈る、友よ」

ハンリーは電話を切り、首席補佐官にまた電話をかけた。「ベルリンのアメリカ大使館がまもなく小火器で攻撃される。二十分後だ」

「たいへんだ。すぐに手配します」

これでベルリンの海兵隊に警告が届くはずだった。ハンリーは電話を切り、周囲に注意を戻した。

車列がガルフストリームの機首近くでとまると、ハンリーは警護官がドアをあけるのを待たずに自分でドアをあけ、車からおりて、ユーコンから装備を運び出している男たちのほうへすたすたと歩いていった。二〇メートル近く離れているところから、ハンリーは叫んだ。「トラヴァーズ、こっちへ来い」

クリス・トラヴァーズは、CIA特殊活動センター（地上班）の八人編成チームの指揮官だった。三十五歳なので、指揮官としては若いが、技倆《ぎりょう》が高いことを何度も実証している。チームの面々がガルフストリームの貨物室に装備を載せているあいだに、トラヴァーズはCIA作戦本部本部長のハンリーのほうへ走ってきた。

「はい」

「おまえとチームは、おれの警護班として、ベルリンへ行く。数十分後に攻撃が差し迫っているという情報が届いたが、それ以外にも厄介《やっかい》なことが起きるだろうと、おれは推測している」

「了解しました」トラヴァーズは、そういってからつけくわえた。「でも、その、本部長《DDO》がいっしょに来る理由が、よくわからないんですが」

「向こうである男に会わなければならない」

「わたしたちもいっしょに会わなければならないような相手ですか？」

ハンリーは、顎鬚《あごひげ》を生やした軍補助工作員の顔を見た。「そういうことになるかもしれない、クリス。じきに教える」

「了解です」トラヴァーズは、チームが装備の残りを積み込むのを手伝い、そのあいだにハンリーは機体内蔵式タラップ《ジェットステア》に向かった。

57

ハズ・ミールザーは、イスラム教の信仰にしたがって先刻、一時間かけて剃毛《ていもう》などの処理をした。数時間後には死んでいるはずだし、自分の遺体はイスラム教徒の習わしのとおりに清らかでありたいと思っていた。夕方に自分を殺す連中が正式な埋葬を行なうとは思えないので、天国への旅のために、体をよく洗って、みずからを清めた。

それが済むと、糊《のり》のきいた白いシャツを着て、ライトグリーンのデニムのズボンと、とっておきの〈アディダス〉のランニングシューズをはいてから、バックパックに入れてある装備を点検した。折り畳《たた》み式銃床のＡＫには、三十発入りの弾倉を差し込んであり、すぐに交換できるように、もう一本の弾倉をその弾倉にテープで留めてあった。

七・六二×三九ミリ弾の弾倉がさらに数本あり、九ミリ口径のホローポイント弾を装塡《そうてん》したベレッタ・セミオートマティック・ピストルも入れてある。

バックパックにはさらに、遅延信管を差し込んで投げられる大きさの簡易爆発物《IED》二発も入れてあった。信管を設定して投げる時間があるかどうかわからないが、そのパイプ爆弾が損害をあたえられれば、戦果が大きくなるかもしれないと思っていた。チームのあとのものも同様の武器を持ち、そのうちふたりは大きなかさばった自爆用ベストも身につける。

九人の部下のうち、作戦に参加するように説得できたのは、五人だけだった。そのうち四人がじっさいに加わるだろうと、ミールザーは確信していた。参加するかどうか疑わしいもうひとりも、警察に通報して作戦を脅《おびや》かしはしないはずだ。

戦術的勝利を収めることが、きょうの目的ではない。テヘランの支援もなく五、六人でそれを達成するのは無理だ。騒々しく暴力的な政治声明を唱えるのが、ミールザーの目的だった。

きょう、その任務が達成できると、自信を持っていた。

午後四時、ミールザーは赤いヴェスパ・プリマヴェーラのスクーターに乗ってベルリン中心部を目指し、四時五十分にヴィルヘルム通りのカフェの外の席に座っていた。角を曲がってすこし行ったところに、アメリカ大使館がある。重いバックパックは両脚のあいだで歩道に置き、前のテーブルのアメリカーノ・コーヒー（エスプレッソ・コーヒーに湯を注ぎ、ドリップとは異なる味わいを楽しむコーヒー）には手をつけていなかった。

ミールザーは、携帯電話をそばのテーブルに置き、〝スリーマ〟アプリを起動してあった。あらたなメッセージがスクリーンにひらめいたので、ミールザーは携帯電話を手にした。

メールを見て、興奮と誇りと恐怖がふくらんだ。

［あと十分だ、同胞《きょうだい》。位置についた］

ミールザーのサブ・リーダーが、第一波を率いることになっていた。といっても、四人だけなので、たいした第一波ではない。とはいえ、ミールザーの計画は、最小限の人数で最大限の混乱を引き起こすように組み立てられていた。四人は乗ってきた車でウンター・デン・リンデンをパリ広場前まで行き、できるだけ大使館の近くにとめる。いっせいに車をおりて、大使館の正面ゲートにいる男や女に向けて、カラシニコフ四挺から銃弾をばら撒《ま》く。それから、大使館の上の階の窓を撃つ。

上のほうの階にライアン・セジウィク大使を含めたおもな館員のオフィスがあることを、ミールザーは知っていた。セジウィクはアメリカ合衆国大統領の親友で、腹心の政治家だった。この作戦で大使本人を殺せるとは期待していなかったが、上の階を狙い撃てば重要な地位の人間を殺せる可能性があり、アメリカに痛打をあたえられるかもしれない。

ミールザーは第二波のひとりになる予定だったが、五分以内にファイサルがこのカフェに来なかったら、独りだけの第二波になるかもしれない。いずれにせよ、五時ちょうどまで待ち、バックパックを胸の前にぶらさげてスクーターに乗り、大使館の裏手まで二分間走る。そのときには正面で攻撃が開始されている。スクーターがとまる前にAKを出して跳びおり、スクーターをそのまま走らせておいて、歩道に立っている警衛二、三人を撃つ。そして、まだ斃《たお》れていなかったら、上の階の裏手の窓を掃射し、大使館の裏から出てきたアメリカ人がいれば、それも撃つ。

ファイサルが来れば、あたえる損害を二倍にできるが、ファイサルが現われなくても、自分には強い力があると、ミールザーは信じていた。たった独りでも、きょう大悪魔を屈服させることができるはずだ。

細胞の全員にとって、殉教任務だった。ミールザーは、それをはっきり知っていた。それでも、二十四歳のイラン人のミールザーは、自分の勇敢な行為が、世界中の同志を奮起させるにちがいないと思っていた。

テヘランに中傷され、関係を否認され、名誉を汚されるはずだということもわかっていた。だが、それはどうでもよかった。自分が信じる神は、ヨーロッパの制裁緩和の神とは無関係だ。アッラーこそ唯一無二の真の神なのだ。イランの指導者たちが、アッラーを捨て、貿易再開という祭壇に犠牲として捧げたことが、ミールザーは嘆かわしかった。

携帯電話を見おろし、応答した。

［極楽で会おう、同胞《きょうだい》］

深く息を吸い、ゆっくり吐き出した。

ミールザーが、気を静めるためにそうしていたとき、ビジネススーツ姿の男がうしろから現われて、前にまわり、小さいテーブルの向かいで腰をおろした。ミールザーははっとしたが、驚きを隠そうとした。こいつ、いったいなんの用だ？

「なんだ？《ヤー・ウント》」ミールザーはドイツ語でいった。

男が顔を近づけて、作り笑いを浮かべた。ファールシー（現代ペルシア語）でいった。「こんばんは、きょうだい。わたしはタ―リクだ。いま話をするひまはないと思うが、どうしてもこの話をしなければならないんだ」

ミールザーは、両脚のあいだのバックパックに手をのばそうとした。

男がミールザーの前で指を一本ふった。「やめろ。ライフルを持った男がふたり、おまえの頭に狙いをつけている。そこからベレッタを出したら、われわれはおまえを殺さなければならなくなる。そんなことになったら残念だ」

ミールザーは生唾《なまつば》を呑み、男のいうとおりにした。男はドイツ人でもアメリカ人でもなかった。アラブ人のように見えるが、アラビア語ではなく、流暢《りゅうちょう》にファールシーでしゃべっていた。

「なにが狙いだ？」テーブルの下でバックパックに手を近づけたままで、ミールザーはきいた。

「おまえとおまえのきょうだいたちがやろうとしていることは、尊敬に値する。理論的にはわたしも支持する。おまえの国は支持していないようだがね」笑みを浮かべた。「わたしも自分の国に評価してもらえず、才能が持ち腐れになったことがある。だが、自分の話をしておまえを退屈させるつもりはない」

ミールザーは、バックパックに手を近づけた。ベレッタAPXセンチュリオンは、外側のポケットに入れてあり、手が届く。「なにをいってるんだか、さっぱりわからない」

男の目が鋭くなった。「銃に手をのばすのをやめろ、きょうだい」

「やめなかったら？」

「ライフルを持った男のことを、もう一度いわなければならないのか？」

「ブラフだ。そんな男はいない」

ターリクと名乗った男がにやりと笑い、左手を挙げた。一秒後、照準器のレーザーを数条照射され、ミールザーは痛みを感じて目をつぶった。光線から顔をそむけると、レーザーは照射されたときとおなじように突然消えた。

「納得したか？」

ミールザーは、それでも地面に伏せて拳銃を抜こうかと思った。殺される前に、小さなテーブルの向かいに座っている男の胸に、一発撃ち込むことができるはずだ。

だが、ミールザーは動かなかった。「これは……どういうことなんだ、きょうだい？」

きょうだいという言葉に皮肉をこめてきいた。

「おまえの国は、おまえを裏切った。子羊のように弱いと、きのうおまえもいったじゃないか」

「盗聴していたのか？　おれの――」

「われわれはなにもかも知っている。それに、おまえに手を貸すことができる。おまえが計画したきょうの行動で、敵の下腹に打撃をあたえられると思っているようだが、なんの効果もない。おまえもおまえの配下も、ゲートにたどり着く前に殺されるだろう。シーア派の報復の暴動など起きない。屋根の上にいる十八歳のアメリカ海兵隊員に撃たれ、鉛玉に引き裂かれて大通りに倒れても、なんの栄光も得られない」

ターリクはなおもいった。「だが、いまわたしといっしょに来れば、おまえがまさに望んでいるような報復を大悪魔に下すことができる」

ミールザーは、ヴィルヘルム通りで渋滞しているラッシュアワーの車の流れを見まわしてからきいた。「どうやってそれをやるんだ？」

「おまえは意志が強く、練度が高く、意欲もある。おまえの配下はみんな……たるんだ馬鹿者だ。おまえがアフガニスタンで戦い、その後リビアで小隊を指揮し、イエメンで中隊を指揮したことを、わたしは知っている。おまえはリーダーだ。ただ、いまとはまったくちがう部下が必要なだけだ」

「おれの配下は勇敢なライオンだ」

ターリクが、鼻を鳴らして笑い、〈ウブロ〉の腕時計を見おろした。その値段はドイツでトレイラートラックを運転して自分が一年に稼《かせ》ぐ額の五倍を超えるにちがいないと、ミールザーは思った。

ターリクがいった。「じきにそうではないとわかる」

「まあ、見てろ」ミールザーはいったが、この男がまもなく行なわれる攻撃のことを知っていたとすると、ほかにも知っている人間がいるはずだと気づいた。三分後にアメリカ大使館に向けて突進する四人は、車をおりたとたんに薙《な》ぎ倒されるにちがいない。

　ターリクがいった。「これからどうするか、教えてやろう。おまえとわたしはいっしょに、話ができるところへ行く。おまえの配下は、おまえ抜きで行動し、失敗するが、おまえは生きてべつの日に戦う」

「なぜだ？　どうしてあんたはこういうことをやるんだ？」

「わたしがおまえのために用意したものを見れば、なにもかも明らかになる」

「あんたもアメリカを攻撃したいのか？」

「あたりまえじゃないか。おまえよりもずっとそういう気持ちが強いかもしれない、若い友よ。おまえはやる気満々だが、わたしにはおまえの才能を活《い》かす資源がある」

　ミールザーは、かなりまごついていたが、肩ごしにアメリカ大使館の方角に目を向けた。

「あんたにおれを救う力があるのなら、どうして彼らを救わないんだ」

「あいつらは必要ではないからだ。わたしに必要なのは、リーダーであるおまえだけだ。そして、リーダーであるおまえには部下が必要だ。わたしのところには、そういう人間がいる。優秀な男たち。訓練された男たち。それがおまえの部下になる」

「おれの部下？」

「ゴドス軍の戦闘員だ。強兵で、勇敢で、熱心だ。戦闘で鍛えられている。おまえとおなじように」

「その男たちは、どこにいる?」

「ここだ、きょうだい。きょうわたしたちは彼らに会いに行く。それから、そのあと——何日かあとに、おまえの国が怖がっていてできないことを、おまえがやる。独りではけっしてできないことを」

ふたりはゆっくり立ちあがった。ミールザーは、脚がふるえているのに気づいた。恐怖ではなかった。とにかくそれだけではない。なにもかもが自分の手から離れたという感覚があった。

ターリクがいった。「バックパックと携帯電話はそのままにしろ。わたしの部下が持っていく」

黒い4ドアのBMWが道端にとまり、濃紺のスーツを着たアラブ人がリアシートの助手席側からおりて、テーブルに近づき、ミールザーには目もくれずにバックパックを持ちあげた。テーブルから携帯電話をひったくり、車に戻った。

BMWのうしろに、ウィンドウが黒いスモークガラスのメルセデスのSUV三台がつづいていた。最初のSUVのリアドアがあき、ターリクがミールザーをそこに連れていった。イラン人の若者ミールザーは、裸で独り歩いているような心地だったが、従うしかなかった。

そのとき、ミールザーが頭を下げて乗ろうとしたとたんに、左うしろから銃声が聞こえた。数ブロック離れていたが、通りにけたたましく響き渡った。

アフガニスタンでの経験から、ミールザーは即座にその発射音を聞き分けた。M249分隊用自動火器だ。

ミールザーの配下は、その軽機関銃を持っていない。アメリカ軍の兵器だ。

ターリクがうしろからミールザーに近づいた。「彼らが殉教しているおかげで、おまえは彼らにはできない任務を達成するチャンスが持てた」

ミールザーはターリクの顔を見てから、車に乗った。銃声の激しい連打が、周囲の通りを揺さぶっていた。

SUVのドアが閉まり、ターゲットが見えなくなると、ヘイディーズとソールはライフルのスコープから目を離し、肩ごしに銃声のほうをふりかえりながら、作戦の後片づけをはじめた。

ソールがいった。「海兵隊の連中がテロリストを叩きのめしてるようならいいんだが」

「銃声からして、そうしてるみたいだ」

「やっちまえ!」ソールは叫んだ。

ミールザーがカフェの戸外の席で話をしていたターリクとその部下が全員、車に乗って、南に向かうと、ヘイディーズとソールも自分たちの車にひきかえした。

「いったいどういうことだったんだろう？」ソールがきいた。

「知らん」ヘイディーズが答えて、つけくわえた。「どうでもいい」

「わかったよ。で、つぎは？」

「隠れ家に戻って脱出の準備をしろと、タークがいった」

「ドバイに戻るのか？」

「最終的にはそうだ。タークがなんだか知らないがここでやることを終えるまで待ち、やつのジェット機でいっしょに戻る」

「くそ。ここが気に入ったのに」

「同感だ」ヘイディーズがいった。「しかし、おれたちはテロリストを何人か殺したし、親切にも何人かを海兵隊に譲ってやった。自分たちのやったことに満足したといえるだろう」

「それに、金ももらった」

「くそ、そうだ。金ももらった」ヘイディーズは、にんまりと笑った。

58

スルタン・アル＝ハブシーの車四台は、ベルリンのすぐ北のパンコウに達した。灰色の雲が低く垂れこめ、靄《もや》っていた。さらに進んで二車線の閑静なハウプト通りまで行ったときには、雨が本降りになっていた。三分後、車列が通りから煉瓦塀《れんがべい》に囲まれた砂利の私設車道に曲がると、稲光と雷鳴が四台を揺さぶった。

道路から八〇メートル奥まったところに、塀とまばらな唐檜《とうひ》の木立に隠れて、煉瓦造りの大きな倉庫があった。頑丈だが古い建物のあいている正面扉から、四台がはいっていった。そこはドイツ民主共和国──旧東ドイツ──の国家人民軍地上軍の戦車整備場だった。

自分が乗っているSUVがとまると、ハズ・ミールザーは左右をボディガードに固められており立った。外見と態度からして湾岸諸国の人間だろうと、ミールザーは判断した。ターリクと名乗った男もおなじ地域の人間にちがいないから、イランにとっては敵だが、ここに連れてくるのに敵国の人間がこれほど手間をかける理由が、ミールザーには見当もつかなかった。

男たちの一団は、コンクリートの床を戸口まで歩き、金属製の階段を昇った。二階のドアまで行くと、ターリクがミールザーを立ちどまらせ、ベルリンを出てからはじめて話しかけた。

「このドアをわたしがあけると、答のわからない疑問がいくつも頭に浮かぶだろうが、じきに説明される。十分やろう。それからまた案内する」

ターリクが、芝居がかったしぐさで掛け金をおろし、ドアを引きあけた。

照明の明るい広い部屋に、軍用の簡易ベッドと、プラスティックの椅子に囲まれたプラスティックのピクニックテーブルがびっしり並んでいた。十四人の男が立って出迎えようとしているのを、ミールザーは見た。

ミールザーが男たちを見まわしていると、うしろでドアが閉まった。彼らは二十代か三十代で、大半は髪が黒く、顎鬚《あごひげ》を生やしているものもいた。すべて頑健そうで、食事も足りていて、悠然《ゆうぜん》と構えているようだったが、見おぼえのある顔がすぐに見つからなかったので、ほんとうにゴドス軍の戦闘員なのかどうか、ミールザーにはわからなかった。

だが、部屋の中央から声がかかった。「ハズか?」

ミールザーはそういった男を数秒のあいだ見てから、ようやく口をひらいた。「アリーか？」

「そうだ」

激しい衝撃に打たれて足を進め、ミールザーは友人を抱擁《ほうよう》した。体を離してからいった。

「イエメンで死んだんじゃなかったのか」

アリーがいった。「ああ、死んだんだと思う、きょうだい」

あとの男たちが、低く笑った。ミールザーは、もうひとり、知り合いを見つけていた。

その男はもっと年配で、神経をすり減らし、苦難を味わったせいで顔の皺《しわ》が深かったが、アフガニスタンのころからの知り合いだった。顔見知りの三人目は、何年か前にリビアで戦った仲間だった。

男たちが何台もあるテーブルを囲んで腰をおろし、ミールザーもおなじように腰をおろした。

どうなっているのかとミールザーがきこうとしたとき、アリーがまったくおなじ質問をした。

ミールザーは、こういったことすべてに受けた衝撃から醒《さ》めていなかった。「おれには……わからない。二年間、ずっとベルリンにいた。不活性工作員《スリーパー》の細胞を指揮していた。一時間くらい前に、ターリクとあの連中に拉致《らち》された。きょうだいたちよ、おれは配下の細胞の分隊といっしょに、五分後にアメリカ大使館を攻撃するところだった」

アリーが身を乗り出した。「どうしてアメリカ大使館を攻撃しようとしたんだ？」

ミールザーは、そう質問されたこと自体にがっかりした。「わかりきっているじゃないか。ラジャヴィ将軍が殺されたから、迅速に打撃を――」

ひとりの男が立ちあがった。「なにをいってるんだ？　ラジャヴィが死んだ？」

ミールザーは、同胞たちを見まわした。「知らなかったのか？」

一同の目にショック、怒り、悲しみが浮かぶのを見て、知らなかったのだとわかった。

ミールザーはいった。「ここで起きていることについて、あんたたちに話したこと以外はなにも知らないと誓う。ターリクが、おれたちはアメリカを攻撃するというようなことをいった。あんたたちから、教えてもらえることはあるか？」

アリーとそのほかの男たちが、非合法施設《ブラック・サイト》から解放されてここに来たこと、三日間ここで待っていて、まもなくリーダーに会えるし、命令が下されるといわれたことを話した。

それを聞いて、ミールザーは片方の眉をあげた。「命令？　ターリクが命令するのか？」

アリーがいった。「ターリクはここに銃を持った男を十人、配置している。信号情報局《SIA》の警備班だ。そいつらを襲おうかという話もした。しかし……」

「しかし、なんだ？」

「しかし、きょうだい、おれたちはこの作戦について知りたい。アメリカに打撃をくわえるような仕事を、ターリクがおれたちに用意しているのかどうか知りたい。ヴァヒード・ラジャヴィ将軍がアメリカに攻撃されて死んだことがわかったいま、その仕事を引き受けるのが当然じゃないか？」

ひとりが叫んだ。「アッラーがそれを望まれるなら、おれたちは戦う」

ミールザーの目の前の部隊の熱情に応えて、表で雷鳴が鳴り響いた。自分の細胞たちには感じられなかった熱情を感じて、強力なものを自分は握っているとミールザーは確信した。


数分後、ミールザーは倉庫の狭いオフィスで、埃《ほこり》をかぶったデスクを挟み、ターリクと向き合って座っていた。ピンストライプのスーツがひどく場ちがいだった。

ミールザーはいまでは、ベルリンの街路から自分を拉致した男が、アラブ首長国連邦《UAE》のスパイ組織の幹部だということを知っていた。

そのため、ミールザーは冷笑的になり、不信を抱いていた。自分と二階の部屋の男たちが、じっさいにアメリカに対する本格的な報復任務をあたえられたとしても、ターリクはなんらかの策略を仕組んでいるにちがいないと疑っていた。

「あの男たちだが、おまえはどう思う?」ターリクがきいた。

「みんな意気盛んだ。あんたの話を信じている。というか、あんたがほのめかしたことを」

「そのほうが賢明だ」

ミールザーは、顎を突き出した。「おれもイエメンで戦争に参加した」

「知っている。わたしの国には、おまえについての調書がある」

ミールザーは、それについてすこし考えてからいった。「アデン、アタク、サナアで戦った」

ターリクが、ミールザーの目を覗《のぞ》き込んで、ゆっくりといった。「わたしの兄もアタクで戦った。そこで死んだ」

ミールザーは、明らかにどうでもいいと思っているようだった。「そこで友人が何人も死んだ」ふたりはしばらく睨《にら》み合い、やがてミールザーがいった。「あんたとおれは敵だ。敵同士は最悪の友だ。危険きわまりない友だ」

ターリクはうなずいた。「危険なのは、協力していないときだけだ。だが、協力すれば、共通の敵にとって危険な存在になる。わたしがおまえをここに連れてきた理由がわかってきただろう?」

ミールザーは、まごついていた。「彼らと会わせるためだと思っていたが」

ターリクは首をふった。「あの男たちは、このことすべてで不可欠な部分だが、主要部分ではない。じつはおまえもおなじだ」

「よくわからない」

「行くぞ」ふたりはターリクの補佐官や警護官に囲まれて、うすら寒くじめじめする倉庫を横切り、奥のドアに向かった。がらんとした空間で、一行の足音は二階上のトタン屋根に叩きつける雨の音よりも大きく響いた。

ターリクがいきなりドアをあけ、なかにはいるようミールザーを手招きした。

ミールザーは、暗い部屋に足を踏み入れた。屋根の雨音が響いていることから、そこも広い空間だということがわかった。だが、だれかが天井の照明をつけたときにはじめて、最初の倉庫とまったくおなじだということがわかった。

ちがいはひと目でわかった。ここは床が汚れひとつなく清掃され、ミールザーのすぐ前に、幅一メートル、高さ五〇センチの物体が、ふたつの菱形をなして並べてあった。

どういう設計なのか、ミールザーはすぐさま見分けた。クワッドコプターのドローン。すばやく数えるとぜんぶで四十機だった。

ミールザーは、いちばん前の一機に近づいて、しゃがみ、しまいには腹這《はらば》いになって、ドローンの下側を覗いた。

数秒後に、ミールザーはいった。「対人兵器か？」

ターリクが、にやりと笑った。「そうだ。それには対人爆装を積んである。あとは高性能爆薬、少数に徹甲弾《てっこうだん》」

「弾頭の大きさは？」

「ドローン一機あたり二・五キログラム。核爆弾というわけにはいかないが、実戦に使える」

ミールザーは膝立《ひざだ》ちになって、もっと仔細《しさい》にドローンを調べた。「〈カルグ〉だな。トルコ製、自律攻撃ドローン」立ちあがり、一機の球形カメラを手でなでた。「おれが戦闘で使ったドローンよりもずっといい。運用しやすいと、なにかで読んだ」笑みを浮かべそうになるのをこらえたが、ターリクが目を輝かしたので、興奮しているのを悟られたとわかった。ミールザーはなおもいった。「おれが読んだところでは、〈カルグ〉は群飛《スウォーム》で飛べる。十五機いっしょに運用できる」

ターリクが首をふった。「二十機だ。ここにはそれが二個飛行隊分そろっている」

ミールザーは、お菓子屋にはいった子供のようになり、もうそれを隠そうともしなかった。目を丸くし、歓喜のあまり瞳孔《どうこう》をひろげていった。「すこし訓練すれば、おれが操縦できる」

ターリクが答えた。「できるのはわかっているが、やるつもりはあるか？」

「おれたちのターゲットを教えてくれるのに、ちょうどいい機会じゃないか。大使館か？」

ターリクはいった。「アメリカ大使ライアン・セジウィクだ。セジウィクは、アメリカ合衆国大統領の親友だ。ドイツにおけるアメリカのおもな象徴でもあるし、ヨーロッパ全土でもっとも有名なアメリカ政府高官だ」

ミールザーはいった。「それは知ってる。だれでも知ってる」肩をすくめた。「しかし、ドローンとあの十四人では、広いアメリカ大使館の奥にいる人間ひとりを狙うのは、かなり難しいだろう。不可能かもしれない」

ターリクは、ミールザーの肩に手を置いた。「だからこそ、大使館には行かない。われわれはフィンケン通り23へ行く」

ミールザーは、ちょっと考えてから、はっと息を呑んだ。「アメリカ大使公邸か？　おれたちはそこでセジウィクを殺すんだな？」

ターリクが首をふったので、ミールザーは驚いた。「大使だけじゃない。あさって、セジウィクは公邸で美術品の展覧会を催す。アメリカの政府と軍の関係者が、数十人来る。西側の大物の外交官や官僚も数十人来る。大規模なパーティだ。アメリカの俗語でいうなら……われわれはパーティに闖入《クラッシュ》する」

ミールザーは、首をかしげた。「どうしてパーティのことを知っているんだ？」

ターリクが、ミールザーがはじめて見る満面の笑みを浮かべた。「そのわけは、きょうだい、わたしも招待されているからだよ」肩をすくめた。「断わるつもりだがね」

数分後、ふたりは倉庫のオフィスに戻り、議論は哲学的なものに変わっていた。

ミールザーがいった。「おれはシーア派で、シーア派を滅ぼそうとしてるスンニ派のためにキリスト教徒を殺す。堂々めぐりだな」

ターリクは首をふった。「堂々めぐりではない。だれをターゲットにするかを考えろ。アメリカだ。ヴァヒード・ラジャヴィを野良犬みたいに殺した政権だ」

「しかし、イランはあんたの敵だ。それは否定できない」

「イラン国民は敵ではない。敵はイランの政権だ。自由を愛するイランのひとびとを圧政で抑えつけている政権だ。その政権の行動のせいで、全世界がおまえの平和な国民に過酷な制裁を課している。

もちろん、おまえとわたしはおなじ民族ではない。それは事実だ。しかし、おまえとわたしには共通の敵がいるし、おまえは頭がいいから、わたしたちの関係がおたがいに利益をもたらすことを理解している。この世でおまえが愛しているひとびとすべての利益になる。アッラーの利益になる」

ミールザーは、すぐさま反論した。「首長国は西側の敵ではない。それどころか、西側の走狗《そうく》だ。あんたはイスラエルの走狗だ」

「わたしはだれの走狗でもない、若い友よ。アラブ首長国連邦の首相がこの任務にみずからわたしを選んだのだ。わが国と外国との関係は、想像を絶するような格好の隠れ蓑《みの》になっている」ミールザーが黙っていたので、ターリクはテーブルの上に身を乗り出した。ターリクはいった。「わがきょうだい。おまえの国のひとびとのために殉教する覚悟はあるか？」

「千回でも殉教する」

「わたしもだ。ほかに知りたいことはあるか？」

「ひとつだけ知っておきたい。あんたはどうしておれとあの十四人が必要なんだ？」

「はっきりしているだろう。おまえたちがきわめて勇敢な戦士だからだ」

ミールザーはいった。「それはどうかな。はっきりしてるのは、おれたちを使うのは、あんたの攻撃をイランと結びつけたいからだということだ」

ターリクがゆっくりと座り直した。そこまで深読みすべきではなかったのだと、ミールザーは察した。ターリクがいった。「自分が犠牲になって手柄を立てるのを認められるのが嫌なのか？」

「ちがう。だが、あんたの動機を理解しておきたい」

ターリクがうなずいた。ミールザーの知力に感銘を受けているのは明らかだった。「おまえとあの男たちがゴドス軍の工作員だというのをアメリカが知ることも、わたしの計画の一部だ。それでアメリカとイランの緊張関係は、いまだかつてなかったほど激化するだろう。

われわれはアメリカにすさまじい打撃をあたえ、アメリカは報復せざるをえなくなる。おまえの国はやつらと戦う。そうせざるをえないのは、アメリカが最初に攻撃したからだ」

ミールザーは黙っていた。

「よく聞け、きょうだい」ターリクがいった。「きょう死ねば同胞が戦いにくわわるだろうと、おまえは思い込んでいた。だが、それはぜったいに見込めない。考えてもみろ。おまえが道路に内臓を撒《ま》き散らして死んでも、だれかがなにかをやる気になるはずがない。

攻撃が行なわれるにちがいない。なぜなら、おまえの行動は、そのままテヘランと結びつけられ、アメリカ大統領がセジウィクやそのほかの連中のための報復を要求するからだ」

だが、わたしの計画ならどうだ？　わたしの計画なら、おまえが殉教したあと、つづいてミールザーは納得したが、すぐにこういった。「アメリカがおれの国に核ミサイルを撃ち込んで、敵味方関係なく男や女や子供を殺さないといい切れるか？」

「イランの国民大衆と対立しているわけではないことを、アメリカ大統領は示さなければならないだろう。アメリカ政府の馬鹿者どもは、アフガニスタン、イラク、その他の国で、勝利をものにすることよりも、戦争に勝ったあとの管理がそれとおなじくらい重要だということを、身をもって学んでいる。わたしを信じろ。世界中で大規模な紛争が起きるだろうが、イラン国内までそれが及ぶことはない」降参だというように両手を挙げて、ターリクははっきりといった。「じっさい、この二十年の戦争の数々が手がかりになるとしたら、アメリカの小規模な特殊部隊チームが攻撃を仕掛けるかもしれないが、イラン軍はタリバンとはちがうし、イスラム帝国を夢見ているISISの馬鹿者どもともちがう。サダム・フセインが自慢していた、過大評価のイラク軍ともちがう。おまえの国は、アメリカの小部隊など撃退するだろう。

何年もかかるだろうが、イランの前の道は勝利に覆《おお》われているはずだ」

ミールザーはうなずいた。乗り気になっているのだと、ターリクにはわかっていた。やがて、ミールザーがいった。「この作戦のどこかで、おれが殉教者にならなければならないと、あんたは念を押したくなるかもしれない。おれに敬意を表してくれ。念を押すには及ばない。生きて捕らわれるわけにはいかないことはわかっている。そんなことになったら、おれがテヘランの命令に従わなかったことがばれる。組織を離叛し、敵国の味方のふりをしている首長国のスパイのために働いていたことが暴露される。

おれの部隊もおれも」ミールザーはいった。「アメリカとの戦いでひとり残らず死ぬ」

スルタン・アル＝ハブシーが、息子を自慢する父親のような明るい笑みを浮かべた。

「おまえに会ったときから、重要な仕事にぴったりの男を見つけたとわかった」

ミールザーは立ちあがった。「あんたの任務に参加する、ターリク。おれの部下も。これから彼らと話をする」

ターリクも立ちあがった。「いますぐに、おまえを彼らのところへ戻そう」

59

ドクター・アズラ・カヤが水曜日の夜は非番だったので、ジェントリーは午後九時に訪ねた。点滴を受けながらインド料理のテイクアウトを食べていると、携帯電話の着信音が鳴った。暗号化アプリの〝シグナル〟を使ってメールを受信し、読んで、笑みを浮かべた。

「いい報《しら》せ？」アズラがきいた。

「ああ。旧《ふる》い友だちに会う」時計を見た。「二時間後に戻ってきて、治療を最後までやってもかまわないかな？」

「ええ。このままなら、あと十五分、この抗生剤を点滴することになる。戻ってきたら、べつの抗生剤に交換するわ」

「よかった」

「うれしそうね。いいお友だちなんでしょうね」

ジェントリーはすこし考えた。「状況によっては、そばにいるとありがたいやつなんだ」

「それに、どういうひとなのか、教えるつもりはないのね？」ジェントリーが黙って見つめたので、アズラはちょっと笑った。「馬鹿な質問？」

「おれの仕事は、きみの人生から遠ざけておいたほうがいい」

アズラは、本気でおもしろがっていた。「あなたの仕事は、わたしの人生にはいり込んでるのよ。あなたの腕の切り傷、顔の痣《あざ》、骨の感染、あなたがベルリンにやってきてから毎日ひらいてる手術した傷口」

「たしかに」

だが、アズラの話は、それで終わりではなかった。「あなたが動きまわれるようにわたしがあげた薬、ベルリンの街で戦闘があったというテレビのニュース。事実を直視したほうがいいわ。あなたの仕事からわたしを遠ざけるなんて、無理なのよ」

「そうだな。すまない。きみには大きな借りがある」

「もっと安全な仕事に就いて、その借りを返してもいいのよ。あなたが戻ってこない日が来るのが心配なの。健康になってわたしが必要ではなくなったからではなく、健康などどうでもよくなって」

ジェントリーは、そのことを考えた。「正直いって、血を流して死ぬのなら、きみのソファじゃなくて通りのほうがいい」

理解できないという表情で、アズラがジェントリーを見た。「友だちがそばにいるよりも、独りで死ぬほうがいいの？」

アズラにそういう意図はなかったが、その言葉はジェントリーの心に突き刺さった。味方ではなく敵に囲まれて、そういうふうに死ぬとはっきり予測していた。ジェントリーはそれをジョークにしようとした。

「きみのソファは上等だからね。汚したくない」

アズラがあきれて目を剝《む》いた。「それは寝椅子だし、そこで血を流した変わり者は、あなたが最初じゃない」

「それを聞いて安心した」

「でも……」アズラはいった。「あなたが最後になる」

「どういう意味だ？」

アズラは首をふった。「最初は刺激的だった。いまは神経をすり減らすだけ。怖い。あなたのようなひとを失うと、心が張り裂けそうになる。あなたの場合は、静養しなければならないのに、何日も出歩いて体に無理をさせてる」

「しかたない――」

「そう思ってるのはわかってる。あなたがやってることができる人間は、この世にひとりもいないから。でも、あなたのそういう行動は、結局、あなたが死んだときにお友だちや家族をひどく悲しませることになる。そういうひとたちのことを、考えたほうがいいんじゃないの」

ジェントリーは、どういえばいいのかわからなかった。気にかけてくれる人間が何人もいるわけではないし、ゾーヤのように気にかけてくれる人間は、おなじような生活を送っていて、やめるのが難しい理由をよく知っている。

アズラがいった。「たしかに、病院でも亡くなる患者はいるけど、救われたひとがつぎの日に狼の群れに跳び込むようなことはない。あなたには必要なだけ治療をつづけるけど、それきりでネットワークとは手を切ります」

それがいちばんいいと、ジェントリーは思った。治療が必要なときに現場でひそかに手当てをしてくれる人間がここで必要だが、アズラのような善良な若い女は、この手の仕事には向かない。ジェントリーのような稼業の男を相手にするには純粋すぎる。

ドクター・カヤのアパートメントを出るとすぐに、ジェントリーは市電でブランデンブルク空港へ行き、そのままターミナルをめぐって三十分間の監視探知ルート《SDR》をとった。それが終わると、雨の降る夜の戸外に出ていって、屋内駐車場にはいった。四階で階段から出て、まっすぐ進んでいった。突き当たりまで行くと、黒いアウディA6のセダンがとまっていた。ジェントリーは運転席側のドアをあけて座り、センターコンソールをあけて、そこに用意されていた車のキーを出した。

車をおりて、トランクをあけ、あたりを見まわしてから、また運転席に戻った。またベルリン支局を使うのは危険が大きいとわかっていたが、補給品が必要な場合の番号をハンリーに教わっていたし、ジェントリーがすでにベルリンでの作戦を禁じられていることをハンリーとスーザンはまだベルリン支局に伝えていないだろうと判断した。ジェントリーはその番号に電話して、認証コードを告げた。つづいてハンリーに教わった参照番号をいうことで、ジェントリーの身許が確認され、ベルリン支局が必要とする承認コードがあたえられた。あとは、ほしいものと、すべての装備を届ける場所をいえばいいだけだった。

ジェントリーが時計を確認したとき、アウディに近づいてくる男が、運転席側のサイドミラーに映った。

数秒後、助手席側のドアがあき、男が乗り込んだ。

「おいおまえ、おれは腹ペコなんだ！　先週はずっと、くそまみれの豆ばかり食べてた。

なにかやる前に、ケンタッキー《K》フライド《F》チキン《C》かどこかに寄らなきゃならない」

ジェントリーは思わず苦笑した。ザック・ハイタワーは五十代だが、ジェントリーの知るかぎりでは、十年以上前からこんなふうだった。

ザックが、まるで急に気づいたように、車内を見まわした。「ずいぶん上等だな。CI《エージェ》A《ンシー》の車か？」

「そうだ。あんたのために用意した」

「ヨーロッパっぽいな。おれはシルバラード（シボレーのフルサイズ・ピックアップトラック）のほうが好きだ」

アウディはすでに出口に向かって進んでいた。「シボレーのピックアップは、このあたりではちょっと怪しまれるだろう」ジェントリーは、ザックのほうを見た。「もっとも、あんたそのものが怪しい感じだけどね」

ザックが肩をすくめた。

「ム所はどうだった？」

また肩をすくめて、ザックがいった。「どう思う？　第三世界の刑務所はどこもあまり楽しい場所じゃないぜ」

「気の毒だったな。おれは来週、エクアドルのキトで逮捕される予定だったんだ」

だが、ザックはジョークに応えず、話題を変えた。「おれがここに来たのをハンリーは知らないと、アンセムはいってた」

「知らない——いまのところは。忠実な兵士だということをあんたが誇りに思っているのは知っている。いま、それが問題になるのか？」

「アンセムは、おれがジャングルで朽ち果てるまでハンリーはほうっておくつもりだったともいってた」ザックが、グラブコンパートメントを覗《のぞ》いて、手探りし、なにかを探した。

「だから……いまおれはおまえに忠実だ、6《シックス》。作戦が合法的なら」

ザック・ハイタワーがジェントリーのチーム指揮官だったときのコールサインは、S1《シエラ・ワン》、下っ端のジェントリーはS6《シエラ・シックス》だった。ザックはいまだに、ジェントリーの本名やCIAでの暗号名を使わず、6《シックス》と呼びたがる。

ジェントリーはいった。「作戦をはじめたら、一〇〇パーセント合法的だと約束する」

ザックがシートの下に片手を入れて探っているのを見て、ジェントリーはいった。「センターコンソールだ」

ザックがコンソールをあけて、ホルスター入りの拳銃を出した。拳銃を抜いて、眺めた。

「なんだ、こいつは？」

ジェントリーは、ザックのほうをちらりと見てから、正面の出口ランプに目を戻した。

「ステアーM9みたいだな」

「M9だというのはわかる。だてに目玉はついてない。CIA《エージェンシー》はいつからこんなものを使うようになったんだ？」

ジェントリーは、肩をすくめた。「さあ。こっちに来るのは久しぶりだからな。付属品が一式そろってるUMP（ヘッケラー&コッホのサブマシンガン）がトランクにはいっている」

ザックが、ステアーM9セミオートマティック・ピストルをホルスターに収め、シャツの下で虫垂の上の位置《アペンディックス・ポジション》に差し込んだ。「くそ、おまえに会えてよかった、6《シックス》。LAでナイフを突き刺された傷は完治したのか？」

ジェントリーはこう答えた。「そうでもない」話題を変えた。「ゾーヤはどうだった？」

「なにがだ？」

「つぎにどこへ行くか、あんたにいわなかったか？」

「いわなかったし、おれもきかなかった。ここで焼却《バーン》されたと聞いた。それに、あんたのことをすごく心配してるみたいだった」ザックはウィンクをした。「おれがおまえの面倒をみるといっておいたよ」

ハイウェイに乗ると、ジェントリーは夜の闇を眺め、車を走らせながらザックに作戦の現況を説明した。ハンリー本人がベルリンに来ることと、未詳の人物の画像を昼過ぎに捉えたのがその原因にちがいないということを、ジェントリーは元チーム指揮官に話した。

ザックが、ジェントリーのほうを向いた。「あのおやじがじきじきに来る？　そいつは妙だな」

「そうなんだよ。とにかく、ハンリーがここに来るまで、作戦休止を命じられている。だが、ハンリーの飛行機が到着したらすぐに、ディッテンホファーを拉致《らち》する許可を求めるつもりだ。彼女がハズ・ミールザーに関する疑問の答を知っている」

「ミールザーというのは、きょう大使館を攻撃した細胞のリーダーだな？」

「そうだ。テロリスト四人が死に、ほかに死傷者はなかった。海兵隊が広場ごしにそいつらを血みどろにするまでに、テロリストはろくに発砲できなかっただろう。だが、ミールザーはそこにいなかった。まだ捕まっていない」

「それで……」ザックがいった。「ミールザーとかいうやつが、その間抜けどものリーダーだと、あんたはいう。おれたちが勢ぞろいしてるのは、どういうわけだ？　そいつは独りきりなんだろう。配下がいなかったら、たいしたことはできない。遅かれ早かれ、ハンリーとチームが捕まえるだろう」

ジェントリーは首をふった。「いや。おれたちはなにか重大なことを見落としている。何者かがかなり手間をかけて、ミールザーとイラン大使館を結びつけようとした。きょうのドジな攻撃をやったミールザーの細胞だけ結びつけても、たいした影響はない。べつの重大事件が起きるにちがいない。テヘランに関係を否認されたミールザーが関わっているなにかが」

ザックが、肩をすくめた。「なんにせよ、おれはここで働く。最初の予定は？」

「これから一時間くらい、ティーアガルテン通りのアパートメントにいないといけない。いっしょに来て車で待っているか、途中でおろす」

「そこにだれがいるんだ？」

「おれを助けてくれた女がいる」

ザックが首をかしげた。事情がわかったというように、にやりと笑った。「そうか。三十代後半にセックスに目醒《めざ》めるとは、すばらしいじゃないか」

ジェントリーは、笑いそうになるのをこらえた。笑ったらよけい冷やかされるとわかっていたからだ。ジェントリーはいった。「彼女はドクターだ。おれは感染症を起こしているんだ」

「勃起《ぼっき》という名の感染症だな、6《シックス》」

「やめろ。治療してくれるだけだ」

「じっくり治療してくれるんだろうな」ザックはいった。冗談なのか、それとも本気でなにかがあると思っているのか、ジェントリーにはわからなかった。

ジェントリーは、急に車線を変更して、出口ランプを目指した。「あんたをどうするか決めた。隠れ家に送っていく」

60

マクシム・アクーロフは、酒瓶に一日ずっと手を出していなかった。体はアルコールを欲していたが、頭はびっくりするくらいはっきりしていた。

アクーロフには目標、生き甲斐《レゾンデートル》があり、それが原動力になっていた。

一日かけて、ホテルの四階スイートの窓から跳びおりた傷を癒《いや》した。不快感があったり、動きづらかったりするからではなく、つぎにグレイマンと遭遇するときに、できるだけ最高の状態でいたいからだった。

それに、同僚ふたりが、グレイマンと出会えるように手配しているところだった。アーニャは、コート・ジェントリーに関する情報を必死で見つけようとして、モスクワのSVRとさかんに連絡をとっていた。インナはソルンツェフスカヤ・ブラトヴァの自分たちのチームの調教師《ハンドラー》と連絡を維持し、ザハロワの行き先について情報がはいるのを待っていた。

アクーロフがキッチンで砥石《といし》を使って投げナイフを研《と》いでいると、インナが隠れ家の裏口からはいってきた。リビングの向こうから、インナがアクーロフを呼んだ。「サンクトペテルブルクから連絡があった。シレーナの居場所について、新しい情報はない。アドロンの銃撃戦のあと、姿を消して、何日も消息がわかっていない」

ノートパソコンを持ってソファに座っていたアーニャがいった。「たぶん、情報をわたしたちに流してた男をセミョーンが殺したからよ」

インナはちょっと考えてからいった。「そうね。情報提供者がエニスだった可能性はあるけど、サンクトペテルブルクはそういう情報をわたしたちに教えないでしょう。情報源はべつの人間だったかもしれないし、シレーナは抜け目がないから、だれも信用しないで地下に潜るでしょうね」

アクーロフがきいた。「シレーナがやってた作戦についてわかってることは？」

「シュライク・インターナショナル・グループ。工作担当だった。わたしが聞いたところでは、彼女のターゲットはイラン情報省《VEJA》の工作員の疑いがあるイラン大使館員だった」

アクーロフはいった。「そいつを監視すればいい」

「シレーナはもうその男を監視していない。姿を消した。それはそうでしょう。暗殺されかけたんだから、ベルリンを離れた可能性が高いと考えなければならない。わたしならそうする」

「おまえには護《まも》ってくれるグレイマンがいないからな。彼女はまだここにいる」アクーロフが、自信ありげにいった。

「マクシム、モスクワは彼女を狙うべつのチームを出動させた。わたしたちは作戦休止を命じられたのよ」

アクーロフがナイフを研ぐのをやめて、インナのほうを見あげた。「なんだと？」

「それがいちばんいい」

「ちがう。新チーム《ニエット》がここで位置につくには、すくなくとも丸一日かかる。テロ攻撃のせいで、ベルリン中で警備が強化されているから、よけい手間がかかるだろう。おれたちはそれまで行動できる。あと二十四時間もらいたい。それだけくれれば、そのあとはロシアに帰る。だが、ふたりともおれに協力してくれ」

アクーロフは、投げナイフを掲げた。「あの男の前に連れてってくれれば、あとはおれがやる」

インナが鋭い口調でいった。「あの女よ。ターゲットはザハロワよ。それも忘れたの？」

「ふたりともおれのターゲットだ。ふたりが永遠にいっしょにいられるようにしてやる。おまえはシレーナを見つければいいだけだ」

インナは、しぶしぶ折れた。「二十四時間。それが過ぎたら、モスクワ行きの列車に乗る」

「それだけでいい。ありがとう《スパシーバ》」

インナは答えた。「提案を聞かせて。どうやってふたりを見つけるの？」

「おれはジェントリーを負傷させた。どれくらいひどいかわからないが、血痕《けっこん》があったから、ナイフが当たったようだ。やつがCIAと組んでないことがわかってるし、病院や正規の診療を行なっている医療機関へ行くことはできない。となると、お姐《ねえ》さんがた、問題は街で治療を受けるのに、やつがどこへ行くかということだ。やつのような男にとって安全な港は？」

アーニャとインナが、目配せを交わした。アーニャがいった。「何本か電話をかける」

「すばらしい」アクーロフはいった。「おれはナイフを研いでるよ」

マシュー・ハンリーと地上班の軍補助工作員チームは、午前六時過ぎにベルリンのシェーネフェルト空港に着陸した。そこで九人が乗れるシルヴァーのフォルクスワーゲンのバン三台に乗ったベルリン支局のCIA局員に出迎えられた。チームの荷物が飛行機からおろされると、ハンリー、トラヴァーズ、そのほかの面々がバンに乗り、市内に向かった。

ハンリーは、今回のベルリン行きでは大使館へ行かないことにした。支局に作戦本部本部長が現われたら、たいへんな騒ぎになる。それは避けたかった。それに、大使館へ行ったら、大使に会わなければならなくなる。それもまた、ぜったいに避けたかった。ライアン・セジウィクは、ハンリーにしてみればケツの穴野郎だった。長年CIAを批判してきたし、大統領への影響力がだれよりも大きい。いまセジウィクにあれこれ質問されたら、嘘をつくしかないし、そうするとあとで厄介《やっかい》なことになる。

厳しい調査や会議のためにベルリンに来たのではない。友好的に握手を交わすためでもない。目的の幅は広いが、ひとつの問題に集中している。

ひとりの男に。

ベルリン支局のごく少数の親密な工作員を除けば、ハンリーがここに来たことは大使館のだれにも知られていない。

三台のバンは、リヒテンラーデのCIAの隠れ家にハンリーとチームを送り届けた。空港からそう遠くなく、北のベルリン中心街やアメリカ大使館まで一直線に四十分で行ける。寝室が五部屋あり、柵に囲まれ、裏は見通しがきく大麦畑だった。車列ではいっていくときに、ハンリーは隠れ家の警衛を見て、ベルリン支局の保安チームが目立たないようにオーバーオールの作業着姿で、サブマシンガンを上手に隠し持っていることに満足した。

ハンリーは、自分に対する脅威よりも、作戦上の秘密保全を重視していた。ハイチ、ソマリア、イラク、アフガニスタン、リビア、世界のそのほかの十数カ国で活動した経験があり、そういった場所のほうがずっと危険だった。

ベルリンは安全な場所だとわかっていた。ベルリンにいる人間と隠密裏に会うために、この隠れ家が必要だったのだ。だから、警護にしては過度に強力なチームを連れて隠れ家に来たのを大っぴらにするわけにはいかなかった。

チームとともに隠れ家に陣取ったハンリーは、最初の客と会った。シュライク・グループの調査を指揮していたその副支局長は、ハンリーの隠れ家に行く前に二時間、早朝の監視探知ルート《SDR》をとるよう命じられていた。そのため、午前七時半には、列車の線路と市内の道路を走る公共交通機関に徒歩を合わせて一三〇キロメートル近く動き回った。

ハンリーは、電子監視装置がないことを確認してある部屋で、副支局長と会った。

だが、結局、その会合ではハンリーが願っていたような成果はなかった。たしかにベルリン支局は数カ月前からシュライクを調べていたが、いまだにイスラエルの諜報活動だと確信していた。疑問の余地なくそうではないことを、ハンリーは知っていた。

シュライクの幹部社員が二日前に、大使館のすぐそばのホテルのスイートでこめかみを撃たれて死んだという事実を除けば、支局はなにが起きているのかをまったく把握していないとハンリーは認識した。副支局長は、いくぶん期待をこめて、銃声は聞いたといった。だが、それは現場に出ていればなにかの役に立ったはずの副支局長が、大使館のオフィスでのうのうと座っていたことを物語ったにすぎなかった。

ベルリン支局はサイバーおよび信号情報傍受でシュライクを調べていたと、副支局長は説明した。シュライクの本社周辺に工作員を配置すると、毎回、数分以内に警察がやってきて、なにをやっているのか調べにきたからだという。

ハンリーは、ドイツ国内での諜報活動の規則を知っていた。もともと公式には禁じられていたが、いまの大使がドイツ国会をなだめようとして卑屈になっているせいで——とにかくハンリーはそう思っていた——よけい動きがとれなくなっている。だから、副支局長が極端に用心深い方針を採っていても、叱りつけることはできなかった。

ハンリーはつねに人的情報収集を高く評価してきたので、〝パワースレイヴ〟が盗まれたことにより、ドイツでの作戦は実質的に麻痺《まひ》していた。

ベルリン支局があてにできないという事実は、解消されていない。だめだ。副支局長が出ていくのを見送りながら、ハンリーは悟った。ここで起きていることにもっとも密接な関係があり、絶大な影響力を持っている男と話をする必要がある。

スーザン・ブルーアに電話をかけて、その男と会う手配をすると、午前八時四十五分に隠れ家の正面の門にバイクが到着した。ひとりの男がおりて、塀の内側でボディチェックを受けてから、隠れ家そのものではなく裏庭に案内された。

男はピクニックテーブルに連れていかれて、そこで独り座り、晴れた朝の空を数分のあいだ見あげていた。案内してきた警衛が紙コップ入りのまずいコーヒーを渡し、男はそれを飲んで待った。

ほどなくマット・ハンリーがスライド式のガラス戸をあけて現われた。〈REI〉のカジュアルな服を着ていた。自分もコーヒーを持っていて、黙って新来の客と向き合って腰をおろした。ようやく口をひらいた。「くそ、コート。こういう移動は、毎回きつくなるいっぽうだ。階段から転げ落ちたみたいな気分だ」

ジェントリーも、体のあちこちに文句をいいたくなるような痛みを感じていたが、黙っていた。ハンリーは上級職なのだ。下っ端の労働者とはちがって、肉体は酷使しない。

「おまえがまたナイフをくらったと、ブルーアがいっていた。コレクションを増やすつもりか」

ジェントリーは、包帯を巻いた二の腕を持ちあげた。「だいじょうぶだ」

「肩のほうは？　感染症は？」

「なんとかやっている」

ハンリーは笑った。「先週おれは、一週間したら医者のところに戻すとおまえにいった」肩をすくめた。「いまは、おまえが戻りたいといっても、戻さない」

「アメリカに帰る必要はない。なにが起きているのか、どうしても知りたい」

「おれもだ」

「シュパングラーやディッテンホファーといっしょに立っている男の写真を見たとたんにこっちへ来たのは、どういうわけだ？」

ハンリーがコーヒーをゆっくりひと口飲み、まるでストリキニーネがはいっているとでもいうようにコップを見てからいった。「この情報は教えないつもりだったが、そうはいかないようだ。ベルリン支局の人間はシュライクに身許がばれている。おれたちはみんな、それを知っている」大きく息を吸って、吐き出した。「シュライク・グループのクライアント、イラン・イスラム共和国を巻き込むこの陰謀を企てている人物は、信号情報局《SIA》の幹部らしい」

ジェントリーは、驚いて顔を起こした。「アラブ首長国連邦《UAE》の情報機関なのか？ イスラエルではなく？」

「そうだ。シュパングラーと話をしているのをおまえが見た男が、パズルのピースをいくつか明らかにした。そいつの名前はスルタン・アル＝ハブシー、SIAの作戦担当副長官だが、すべてを秘密に進めている。ヴァヒード・ラジャヴィの暗殺も、この男が当初の情報源だった。アル＝ハブシーはいまもイラクに資産《アセット》を配置していて、近ごろではおれたちよりもずっといい情報を得ている。とにかく、ラジャヴィに関しては、おれたちの計画に彼を関与させていた」

ジェントリーも、パズルのピースをつなぎ合わせた。「つまり、テロ攻撃がいつあるか、そいつは知っていたというんだな？」

「そうだ」

ジェントリーはきいた。「どうして副長官なのに舵を取っているんだ？」

「それはだな」ハンリーがいった。「父親がUAEの首相でドバイの首長のラシード・アル＝ハブシーだ」

ジェントリーは目を閉じた。「そういうことか」

「それだけじゃない。父親は棺桶に片脚を突っ込んでいる。末期胃癌《いがん》だ。首長が後継者を指名することになっているが、スルタンは何年ものあいだ父親に気に入られていなかった。しかし、兄と弟がイエメンで殺されたから、跡継ぎはスルタンしかいない。ラシード・アル＝ハブシーが死ぬ前にスルタンの従兄弟《いとこ》を指名するはずだという情報をつかんでいるが、いまとなってはそれも定かではない」

「どうして？」

「ラシードの最大の敵はイランだ。スルタンの兄と弟を殺したのはイランだった。そこで浮かぶ疑問は――」

ジェントリーは、その疑問を口にした。「この作戦はすべて、スルタンが父親の信頼を取り戻し、ドバイの首長に指名されるのを狙ったものなのか？」

「大正解。スルタンは父親が死ぬ前にテヘランに大打撃をあたえて、歓心を買おうとしているようだ」

「現実離れしている」ジェントリーはいった。「しかし、どういう計画なんだ？　ゴドス軍の細胞が、すでにアメリカ大使館を攻撃した」

ハンリーは首をふった。「あんなものはなんでもない。チェス盤からよけいな駒を払い落とすためだったと思う。スルタンがゲームを取り仕切れるように」

「よくわからない」

「スルタンは、イランが非難されるような大規模攻撃を計画している。大使館を襲撃したのはトラック運転手や荷物を積み込む労働者だった。そういう攻撃がやれるような兵隊ではなかった」

ジェントリーは、しばらく考えた。「それで……UAEはわれわれの友好国だろう。スルタンが企んでいることを、彼らに伝えることはできないのか？」

「できない。じつはそれができない。だから問題なんだ」

「どういうことだ？」

「CIAには内務規定がある」ハンリーは片手をふった。「CIAだけじゃない。アメリカの情報機関《エージェンシー》すべてにある。われわれはUAEに関する情報を収集してはならない。同盟国が収集したUAE関連の情報を分析してはならない」

ジェントリーは、それを聞いてびっくりした「くそ、ボス。おれたちは同盟国すべてに対して作戦を行なっている。イスラエル、イギリス、カナダに対しても。どうしてUAEだけそんなに特別なんだ？」

「理由はいくつもある。テロとの戦いでわれわれの要望に従う見返りに、取り決めがなされた。大統領がそれに同意した。われわれがここでこっそり活動しているのを知ったら、大統領は不愉快に思うだろうな」

ジェントリーはいった。「なあ、あんたは本部長で、おれは馬鹿な下っ端の拳銃使いだが、外部の情報源から信頼できる情報を得たとか、たまたまこういう情報が舞い込んだとかいうように、大統領に伝えれば、それですむんじゃないのか」ハンリーがすでに首をふっていたが、ジェントリーはなおもいった。「自分の人的情報活動で情報を得たことを明かさないで、ＳＩＡが企んでいることをばらせるはずだ」

「これにＳＩＡが関与しているのをばらすわけにはいかないんだ、コート。それが問題なんだ」

「どうしていえないんだ？」

「なぜなら、おれたちがやつらを創ったからだ！」

「だれが？」

「ＣＩＡ《エージェンシー》だ。十五年前に、おれたちがＵＡＥの信号情報局《SIA》を立ちあげた。スルタン・アル＝ハブシーや、似たようなやつを数百人、ＵＡＥで勧誘して、アメリカに連れてきて訓練し、いま彼らが知っていることをすべて教えた。資金もすべて出して、装備もすべてあたえ、いまのような組織にした。ＣＩＡはＳＩＡときわめて密接な関係にある。ＳＩＡが倒れたら、おれたちもいっしょに倒れる」

「おれたちが創った組織が、おれたちを騙《だま》したのか？」

ハンリーが、片手を宙でふった。「おめでとう、拳銃使い。ＣＩＡ全史をワン・センテンスで明確に表現したぞ。いいか、ＵＡＥがわれわれの代理になるはずだという発想だったんだ。中東というくその嵐のどまんなかで、われわれの弟分になってくれるはずだった。だが、その後、それがどんどん成長し、われわれを押し戻すようになった。やつらはアル《A》

カイダ《Q》やＩＳＩＳやスンニ派組織には無関心だ。そうじゃなくて、シーア派の拡大だけに目を向けている。イランに対して強硬な路線を進めるよう、われわれはやつらから強い圧力を受けている。ＥＵに比べればアメリカは強硬だし、ＵＡＥはイランの宗教指導者やゴドス軍や中東の代理戦士に関して、信頼できる情報源になっている。

　われわれがＵＡＥを必要とし、ＵＡＥがわれわれを必要とする、という段階になった。そういう時期に、スルタン・アル＝ハブシーが采配《さいはい》をふりはじめた。われわれに必要とされていることを知ったうえで、やつは父親を通じて大統領に、おれたちがＵＡＥをスパイしないよう要求した」

「それじゃ……大統領命令なのか？」

「ああ、そうだ。アメリカ合衆国はＵＡＥについていかなる情報収集も行なわない。以上。おれたちはやつらに触れることはできない。スパイ活動を禁じられているこの国で、おれたちが非合法工作員を使ってやつらの国をスパイしてるのがばれるようなことがあってはならないんだよ」

　ジェントリーはいった。「しかし、マット。ＣＩＡがおとがめを受けるのを怖れて、われわれが戦争にひきずり込まれるのを座視するわけにはいかない！」

「そんなことはわかっている！」ハンリーが大声をあげた。「だからここに来た。どういうことなのか突き止めて、攻撃を阻止するつもりだ。それに、CIA《エージェンシー》の評判も、現状どおり、損なわれないようにするつもりだ」

ジェントリーは、この陰謀の全貌を理解してはいなかったが、ひとつだけはっきりわかっていることがあった。「スルタン・アル＝ハブシーがこの計画の首謀者だとしたら、おれがやつを排除するという手がある。それで片がつくはずだ。ちがうか？」

ハンリーが、コップの横をしばし指で叩いた。「そういうことになるかもしれないが、もう賽《さい》はふられたんじゃないかと思っている。スルタンが生きていて罪をかぶるかどうかに関係なく、攻撃が行なわれる可能性がある」

「なにがいいたんだ？」

「来る途中で連絡があった。大使館前できのう射殺されたゴドス軍細胞のひとりのアパートメントを、連邦憲法擁護庁《BfV》が手入れした。大使館に対する第二の攻撃についてのメモが見つかった。ミールザー本人がその攻撃を指揮すると見られている」

「べつの人員とともに？」

「そのとおり」

「何人だ？」

「二十五人編成の部隊だと、われわれは推定している」

「きのうの攻撃よりもずっと多い。また小火器か？」

「自爆ベストだ」

ジェントリーは、すこし考えた。「AKと自爆ベストなら、海兵隊で対処できるだろう」

ハンリーが反論した。「しかし、それまで大使館はロックダウンする必要がある」

「ロックダウンすれば、攻撃は起きない」

「それでハズ・ミールザーを見つける時間を稼《かせ》げる。ミールザーがゴドス軍とは関係なく、離叛工作員としてSIAのために働いていると見なして、おれたちは作戦を進める。シュライクの活動の狙いは、ミールザーの周辺からドイツに情報を提供していた人間を消し、ベルリンにいるイランの公式偽装工作員を発見し、その連中とミールザーの結びつきをでっちあげることだった」

ハンリーはなおもいった。「スルタン・アル＝ハブシーを阻止しても、攻撃は防げないだろうが、ミールザーを阻止すれば、防げるかもしれない」

ジェントリーは、ようやく得意な領域に戻ったと感じた。こういう謎なら解ける。「アニカ・ディッテンホファーを捕らえて、どこかの寒い地下室に連れていけば、ミールザーのところへあんたを案内できるだろう」

ハンリーが、ゆっくりとうなずいてからいった。「許可する。トラヴァーズたちもここにいる。必要なら使ってくれ」

「わかった」

「もっとも」ハンリーが、急にとがめるような口調になった。「おれが聞いたところでは、早くもちょっとした支援を手に入れたようだな」ジェントリーが答えなかったので、ハンリーはいった。「カラカス支局はほとんどつぶれかけているが、ザック・ハイタワーがロシアの対外情報機関の元将校に引き渡されたのを探り出した。元将校は女性だった」間を置いてからいった。「アンセムがそのあたりにいたようだな」

「そうらしい」

「それに、ザックがベネズエラの友人たちに世話してもらっていたのを、彼女はどうやって知った？」

ジェントリーは、それにははっきり答えた。「おれが彼女にザックのことをいった。ここを離れろともいった。どうやら彼女はそこへ行ったようだ」

ハンリーがいった。「コート、おまえはいい仕事をするが、ちょっとばかり……」

ジェントリーは、三日前の晩にドクター・カヤにいわれたことを思い出した。「自分の意志をあくまで押し通す？」

ハンリーは首をふった。「衝動的だといおうとしたんだ。しかし、こういっておこう。おまえは戦艦の甲板を暴走する大砲だ。優秀で重要な道具だが、まず固定して、正しい方向に向けないといけない」

「ミールザーの情報をあんたに届けるし、ザックに手伝ってもらう。それから、クリスや地上班といっしょに、ミールザーとその配下を排除しよう」

ハンリーが、鼻を鳴らして笑った。「いとも簡単だという口ぶりだな」

ジェントリーは肩をすくめた。「アル＝ハブシーのほうが厄介《やっかい》だろう。やつのことを考えたほうがいい。ミールザーが仕事リストの最優先事項じゃなくなったときに、おれたちがなにをやるかを」

ハンリーが立ちあがって、話し合いが終わったことを示した。「考えておこう」さらにいった。「幸運を祈る。いうまでもないだろうが、忘れるな……ハイタワーの訊問はかなり手荒だ」

「おれもおなじことを考えていた」

「これも忘れるな」ハンリーは注意した。「ハイタワーは鈍器、おまえは利器だ。ハンマーが役立つこともあれば、メスが必要なこともある」

「わかった」

ふたりは握手を交わした。「幸運を祈る、ヴァイオレイター。これを片づけて、いっしょに帰ろう。おまえはひどいありさまだぞ」

「ああ、そうだな。二度刺され、感染症が暴れまくっている。なにか弁解することはあるかな、ボス？」

61

アニカ・ディッテンホファーは、シーツから手を出して、やかましい着信音を鳴らしている携帯電話に出ると同時に、時間を見た。アニカの仕事では、深夜に電話がかかってくるのは異例ではないが、技術チームに何日か休むといってあるので、仕事を中断した最初の夜に邪魔されるとは思っていなかった。

アニカはいった。「はい」

「ミリアム？　モイセスです」

「何時？」

「十一時前です。眠ってたんですか？」

アニカは、上半身を起こした。「ええ。なにが起きているの？」

「休暇をとるといったのは知ってますが、意見を聞きたいんです」

「なにについて？」

「指示されたとおり、おれたちはきのう、ミールザーの監視をやめました。でも、ミールザーの電話が一時間前に位置を発信しはじめたんです」

「プリペイド式携帯が？　ミールザーが捨てたんじゃないの？」

「捨てたと思ってました。きのうの夕方に電波を発信しなくなったので。でも、また発信してます。アメリカ大使館襲撃前に、ミールザーがファラデー箱《ケージ》に入れて、また出したんじゃないかと、ヤニスは考えてます」

「でも、ミールザーは大使館には行かなかった」

「作戦上の秘密保全じゃないですか。わからないけど」

「いまどこから発信しているの？」

「市外です。フュルステンベルクの方角へ向かってます。

「ベルリンの北で、車で一時間半くらいかかる。いまそこにあるの？　午後十一時に？」

「そうです。ヤニスとおれは、バンでそこへ行ってちょっと調べようと思ったんです。ふつう、物的監視は工作担当の許可が必要ですが、あなたが休暇中なので、おれたちだけで行きます」

アニカはすでにベッドを出て、黒っぽい服を出すためにクロゼットへ行った。「許可する。そこで落ち合う。ミールザーの携帯電話が停止したら連絡して」

モイセスはよろこんでいた。「そういってくれると思ってました」

ドクター・アズラ・カヤが腕から針を抜いても、ジェントリーは顔をしかめなかったが、血管のちくちくする部分はたしかに増えていた。アズラが小さな傷に〈バンドエイド〉を貼った。二の腕の厚い包帯から数センチしか離れていないので滑稽《こっけい》な感じだったが、ジェントリーは彼女のこまやかな手当てに感謝した。

「できあがりよ。治療の効果が出てるみたいだけど、ぜったいにつづけないといけない」

ジェントリーがうなずき、ゆっくり立ちあがったとき、ポケットで携帯電話が鳴った。〃シグナル〃アプリが起動していることが、震動のパターンでわかった。

「すまない。仕事だ」

アズラがうなずき、ジェントリーをドアまで見送った。

ジェントリーは電話に出て、ザックだとわかると、急いで廊下に出た。「どうした?」

「おい、6《シックス》、おまえがシュライクのバンに仕掛けた追跡装置が、バンが移動しているのを伝えてる。市外の北へ向かってる」

ジェントリーは時計を見た。「午後十一時だな」

「そうとも、十一時だ。恋人とやってることをおしまいにしろ。こいつらがなにをやろうとしてるか、見にいこう」

ディッテンホファーを拉致《らち》するのに最高のチャンスだと思ったが、すぐにジェントリーはべつのことを思いついた。これはミールザーに関わりがあるにちがいない。ディッテンホファーはミールザーを追跡しているのかもしれない。今夜、ザックとふたりでミールザーと配下の細胞を始末し、スルタン・アル＝ハブシーの計画そのものを阻止できるかもしれない。

そのためにはクリスと地上班が必要だが、まだ彼らを出動させる段階ではない。地上班が攻撃するターゲットがあるのを確認しなければならない。

ジェントリーはポケットに手を入れて、〈アデラル〉を一錠出してからいった。「アウディに装備をすべて積んでくれ。隠れ家で三十分後に会おう。前の道路で待っていてくれ」

「ああ、わかった。きょうだい」

一分後、ジェントリーはバイクに乗ってエンジンをかけ、シュパンダウに向かった。

暗い通りに静けさが戻ると、ひとりの女が一ブロック南の建物のくぼみから現われて、携帯電話を出した。「インナ？　彼を見つけた。そうよ、マクシムに伝えて」アーニャ・

ボリショワはいった。「もう行ってしまったけど、バイクに追跡装置を仕掛けた。安全な距離を置いて尾行し、彼の車がほかにあれば、それにも追跡装置を仕掛ける。位置がわかったらすぐに報告する」

モイセスとヤニスは、ベルリンの北のレーブリン湖という小さな湖水のほとりにある森のキャンプ場の駐車場に監視用バンをとめた。メクレンブルク湖水地方にあるフュルステンベルクの町のすぐ外だった。湖も森も、深夜の濃霧に包まれて、ほとんど見通しがきかなかった。

ミールザーの携帯電話を追跡したふたりは、電波が三〇〇メートル離れたところにある廃棄された飼料工場から発していることを知った。そこはハーフェル川、レーブリン湖、鉄道の線路に囲まれていた。携帯電話はそこで静止し、四十分間動いていない。

廃工場にも湖上にも明かりひとつ見えなかったが、携帯電話がそこにあることはまちがいないので、駐車してミリアムを待ちながら、携帯電話に仕込んだピックアップが拾う音声を聞こうとした。

ふたりとも、ゴドス軍の細胞を監視していてこの方面に来たことは一度もなかったし、湖の向こうの廃工場でなにが起きているのか、見当もつかなかった。

わずか十五分後に、ミリアムことアニカ・ディッテンホファーが、自分の車で到着し、最新情報をきいた。

ヤニスがジョークをいった。「休みをとっている感じの行動じゃないね」

アニカは、笑みを浮かべてから注意した。「用心しなさい。なかでなにが起きているの？」

モイセスが答えた。「電話はあそこにある。ずっと動いてない」

「ここに着いたのはいつ？」

「十五分くらい前。音声はまったく拾ってない。だれかがいるとしても、しゃべったり動きまわったりしてない」

アニカはすこし考えた。「ここは中間準備地域のたぐいかもしれない。携帯電話やそのほかのものをここに置いて、よそへ行ったのかもしれない」バンの後部のスモークウィンドウから外を見た。「この界隈《かいわい》にはなんの動きもない。三十分待ちましょう」

「そのあとは？」モイセスがきいた。

「わたしがあそこへ行って、覗《のぞ》いてみる」

それを聞いて、ヤニスがフロントウィンドウから外を見た。「真っ暗だ。荒れ果ててる。廃棄されてる」

モイセスが相槌《あいづち》を打った。「おっかない感じだな」

アニカは、馬鹿にするように大きな声で笑った。「音も動きもないんだから、ゴドス軍はいないわ。しばらく待つけど、あそこへ行くのは怖くない」ふたりの前の音響機器を手で示した。「ヘッドホンに注意を集中して」

ジェントリーとザックは、静止している追跡装置の八〇〇メートル手前でアウディのスモールライトを消し、音をたてないように速度を落として、湖の数ブロック北の小さな住宅地にとめた。小学校の駐車場に入れると、そこと横の二車線の道路に垂れこめる濃い霧に包まれた。

ふたりはアウディのドアをそっとあけた。ザックがその前に、ルームランプがつかないようにスイッチを切っていた。隠密に行動しているのは、アニカ・ディッテンホファーかハズ・ミールザーに物音を聞かれたり、姿を見られたりするのを怖れていたからではなかった。濃霧のなかでも住宅が何軒も見えていたし、詮索《せんさく》好きな人間が出てきて詰問するか、最悪の場合、警察を呼ぶかもしれないからだった。

アウディの後部にまわると、ザックがいった。「装備を付けるか？」

トランクには、ヘッケラー＆コッホＵＭＰサブマシンガンと予備弾倉がはいっている。

抗弾プレートを差し込めるチェストリグと拳銃は、すでに身につけていた。

ジェントリーは考えた。まだ数ブロック歩かなければならないし、ここから目的の場所までのあいだに住宅が何軒もある。チェストリグに大きなセラミックの抗弾プレートを差し込み、弾倉を身につけ、サブマシンガンを肩から吊って歩くのは無理だった。「UMPと予備弾倉はバックパックに入れ、プレートはなしだ。偵察をする。攻撃するようなものがあったら、トラヴァーズを呼ぶ」

ザックがいった。「了解した」ふたりは作業をはじめ、UMPを折り畳《たた》み、弾倉をバックパックに入れた。

それが済むと、ふたりともイヤホンをはめ、ジェントリーがザックに電話して、通話をつないだままにしてから、闇のなかを目標に向けて出発した。

到着してから三十分後、アニカ・ディッテンホファーはバンの装備袋からフラッシュライトを出し、若いふたりのほうを向いた。「見にいくわ」

「だいじょうぶ？　相手はゴドス軍だよ。とにかく元ゴドス軍だ」

アニカはいった。「あまり近づかないようにする。イヤホンをはめておくから、なにか聞こえたら呼んで」

「気をつけて」ヤニスがいい、アニカはバンからおりた。夜の霧を透かして、街灯が薄暗い通りの先を眺め、まるで冷戦期のスパイ小説の一場面のようだと思った。

霧のなかを、アニカはゆっくり歩いていった。

62

ザックが運転しているあいだにジェントリーはGPSを確認して、追跡装置を仕掛けたバンが湖とかなり大きな建物のそばにとまったことを知った。グーグルの衛星画像では、廃工場かなにかのように見えた。

ふたりはジェントリーの携帯電話を使って追跡装置を追い、湖に向けて進み、やがて左に折れた。目を凝らして濃霧の奥を見て、かなり近づいたことを知った。身を隠さなければならなくなったときに茂みのなかでしゃがめるように、ふたりは道路の左右に分かれた。

ターゲットまで四〇メートル以下になると、ザックが拳《こぶし》を固めて頭上に差しあげたので、ジェントリーは立ちどまった。

「あれだ」ザックが、イヤホンのマイクを通してそっとつぶやいた。

「見えた」ブルーの引っ越し用バンが、車首を黒ずんだ湖に、後部を道路に向けて、木立の下にとまっていた。

ジェントリーとザックは、道路を挟んでそれぞれ藪《やぶ》にはいり、イヤホンで連絡をとりつづけた。

ザックがいった。「あれを襲撃するか？　女に連れがいたら、猿轡《さるぐつわ》をかませて、結束バンドで縛ればいい」

ジェントリーは、なおも周囲に目を配り、自分とザックの間近の安全を確認していた。それをやりながら、暗い道路の先を見たとき、動きが目にはいった。

「待て」ジェントリーはささやいた。ザックはそれに応答しなかった。

数秒後、ジェントリーの前方の道路で、ふたつの人影が形を成した。「東からPAX《パックス》（戦闘可能年齢の男）がふたり来る。バンのほうへ向かっている。バックパック、野球帽、両手は空《から》」

「了解した。おれも見つけた」ザックは、そのふたりを観察した。「ちょっと落ち着きがないな」

ジェントリーは答えた。「ああ、テンションがあがっているのがわかる」

ジェントリーとザックが見守っていると、男ふたりはバンの真後ろまで行き、道路をはずれ、バンのリアドアに向けて歩いていった。

ザックがいった。「監視の技術者か？」

ジェントリーは答えなかった。ひとりがドアのレバーに手をかけてから、四、五メートル離れた道路近くの闇に立っていた相棒のほうをふりかえるのを見ていた。

ザックが先にいった。「くそ」

なにが起きるか気づいて、ジェントリーもつぶやいた。「ちくしょう」

最初の男がドアをあけ、ふたり目がバックパックから拳銃を出して撃ちはじめた。長いサプレッサーからバンの車内にいる人間に向けて数発がたてつづけに発射されるあいだ、銃口炎すら光らなかった。ドスッドスッという重い音が、木立に響いた。

ジェントリーとザックは、なにもできないまま、四〇メートル離れたところで見ていた。空薬莢《からやっきょう》がアスファルトの路面に落ちる鋭い音が聞こえ、そのあと数秒間、あたりは静まり返っていたが、髪が黒い若者の死体がバンの後部から転げ落ちた。若者がかけていたヘッドホンがコードにひっぱられてはずれ、リアバンパーのそばで死体の上にぶらさがった。

男ふたりは一瞬、フラッシュライトで車内を照らしてから、道路をやってきた方角にひきかえしていった。

「どういうことだと思う?」ザックが小声できいた。

「おれもおなじことを考えた」

ザックはそれに答えた。「だれが正義の味方なのか、わかるといいんだが」

「正義の味方はおれたちだ。あとのやつらのことは知らない」ジェントリーは、すこし考えてからいった。「おれがカラカスで出くわしたくそ野郎どもかもしれない。何日か前に、クーダムでも衝突した。腕は悪くない。もっと情報がわかるまで、交戦しないほうがいい」

それにザックがささやき声で答えた。「あいつらの情報をもっと知るには、あいつらが行ったほうへ行くしかない」

「そうしよう」ジェントリーはいい、ふたりは殺し屋ふたりの一〇〇メートルうしろで道路を進んでいった。

「トラヴァーズを呼ぶか?」ザックがきいた。

「だめだ」ジェントリーは答えた。「これはまだ偵察だ。銃を持った男を満載したヘリが現われたら、たいへんな騒ぎになる。やつらが怯《おび》えて逃げるかもしれない。地上班を呼ぶのは、敵を見つけて位置を突き止めてからでいい」

「了解した。おい、6《シックス》、これからかっこよくやろうぜ」

「どうやって?」

「ボートだよ。湖を渡ってやつらのところへ行く」

ジェントリーはしばし考えた。「ボートを盗むのか?」

「ああ、スピードボートかなにか、エンジンがついてるやつだ。でも、音をたてないやつのほうがいい」ジェントリーの許可を待たず、ザックは数十メートル右の湖岸に向けて歩きはじめた。

ジェントリーはぶつぶついいながら濃い霧のなかをついていった。「海軍のやつらときたら（ザックは元海軍SEAL隊員）」

アニカ・ディッテンホファーは、巨大な飼料工場の正面ゲートに行き着いた。ゴミが散らばり、落書きだらけの、崩れかけたどす黒い建物が並んでいるのが、霧を通して見えた。前方には明かりも車も見えなかったし、モイセスとヤニスの警告も聞こえなかったので、アニカはミールザーの携帯電話を探しに行くことにした。

高い金網のゲートには、錆《さ》びた南京錠がかけてあったが、そばに金網のフェンスがめくれている部分があり、そこを抜けることができた。

上から下まで黒とグレイの服だったので、かなり目立たないはずだとアニカは思ったが、この仕事に就いてはじめて、銃を持っていればよかったと思った。ホームレスのたぐいを相手にしなければならないかもしれないが、どうしても探しつづける必要があると感じていた。

一分後、モイセスとヤニスからなにも連絡がなかったので、前進しても安全なのだとアニカは解釈した。ミールザーの携帯電話が発する信号は、湖にもっとも近い建物内から発していたので、ハーフェル川の河口に向けて、フェンスに囲まれた区域の荒れ果てた道路を静かに用心深く歩いていった。

もちろん、これが罠かもしれないということを、アニカは考慮していたが、ただ携帯電話をここに捨てた可能性のほうが高いと思った。携帯電話を見つけるまで、たしかなことはわからないが、武器の隠し場所を発見できるか、官憲に伝えてハズ・ミールザーや生き残りの細胞を追いつめられるような情報が得られればいいと思っていた。

今夜、アニカはシュライク・インターナショナル・グループやシュパングラーのためにこれをやっているのではなかった。仕事人生ではじめて、アニカは組織から離叛し、逃亡中のテロリストをつぎの攻撃の前に捕らえられるような情報を見つけようとしていた。湖《こ》畔《はん》にとめたバンのふたりは、そうとは知らずにそれを手伝わされていた。

アニカは成人してからの人生を情報畑の仕事に捧げていた。その締めくくりに、一年以上監視していた細胞の最後の生き残りをようやく阻止できればいいと願っていた。その細胞のリーダーは、テロを実行する意欲があることを実証している。

工場本体の外で、アニカは携帯電話を出し、モイセスにかけた。すぐに出なかったのは意外だった。ボイスメールに切り替わったのでさらに驚いた。

現場で通信の不調に見舞われるのは、これがはじめてだったが、不安を意識の奥へ押し込んだ。慎重に考えて、先へ進むことにした。携帯電話はすぐ近くにあるし、ミールザーがこの放棄された工場に置いていったものが、ほかにもなにかあるかもしれない。

ついにアニカは工場本体にはいった。フラッシュライトは消して持った。障害物をよけるためにあたりを照らすだけではなく、何者かに遭遇したら鈍器として使うつもりだった。明かりはまったくなかったが、月光が雲と湖上の霧を貫き、コンクリートの壁の上のほうにある大きな壊れた窓から射し込んでいたので、床のゴミや残骸《ざんがい》を用心深くよけて進むことができた。

それでも、アニカの足音は、広い通路や周囲のがらんとした空間のせいで増幅されて、かなり大きな音になっていた。携帯電話に仕込んだピックアップからなにかの音声が届いていたら、アニカは進むのをやめていたはずだが、いまのところモイセスとヤニスはなんらかの問題があることを伝えていない。

まもなく、アニカはなにもない広い部屋にはいっていた。穀物が挽《ひ》かれ、混ぜられて袋詰めされる加工場だった。水のにおいがしたので、奥の壁の向こうに川があるとわかり、進みつづけたが、ここはさらに暗かった。天井のすぐ下、三階ほどの高さに足場があり、もっと上のほうに窓があって、月光が雲間からときどき射し込んでいた。

その部屋の西側の床に穴があり、アニカは危うくそこに落ちそうになった。穴をよけてさらに進むと、そこは地下に通じる階段だとわかった。アニカは身ぶるいし、携帯電話を探すために地下へ行くはめにならないことを願った。

アニカは暗いなかで足もとに気をつけてなおもゆっくり進み、ひろい加工場のまんなかまで行った。厚い雲がずっと空を覆《おお》っていたので、あたりは真っ暗だった。アニカは危険を承知で、フラッシュライトをはじめてつけなければならなくなった。

フラッシュライトの尾部のボタンを押すと、明るい光線が埃《ほこり》っぽい空間を貫いた。

そのとたんに、アニカはびっくりして悲鳴をあげ、それが周囲に反響した。

正面二〇メートルの一階上にある金属製の足場に、数人の男が立っていた。全員がライフルでアニカを狙っていた。アニカがフラッシュライトを床に落とすと、その男たちがライフルに取り付けたライトをつけ、数千ルーメンの光でアニカは目がくらんだ。

「動くな!」ひとりが英語で叫び、アメリカ英語だとアニカは気づいた。

うしろから駆け寄ってくる足音が聞こえ、すぐに武器を持った男が横に現われ、アニカの体を前に押した。

足場下に、べつの男がふたりいた。そのふたりはライフルを胸に吊っていて、左側の顎《あご》鬚《ひげ》の男が右手で拳銃を構えていた。

アニカは、右側の男のほうへ連れていかれた。

「おまえはディッテンホファーだな。おまえとちょっと話をしなきゃならない」

どういうことなのか、アニカには見当もつかなかった。ミールザーの仲間ということはありえない。アメリカ人で、体が大きく、筋肉が盛りあがっている。アニカに見えている男はすべて顎鬚を生やし、冷酷な顔つきだった。CIAだろうかと、アニカは思った。もうひとつ考えられるのは、ドラモンドを殺した男たちで、シュライク・インターナショナル・グループの謎のクライアントの配下かもしれないということだった。

しかし、それにしてもいったいなんの用があるのだろう?

そのとき、男が用件を告げたが、情況を理解するのには役に立たなかった。

「ジェントリーはどこだ?」

アニカは首をかしげた。「だれ?」

男がアニカの顔を平手打ちし、アニカは床に倒れた。

63

ザックとジェントリーは、ザックが望んでいたようなエンジン付きのボートを見つけられなかったが、廃棄された飼料工場へ行く途中にある桟橋《さんばし》で、小さな手漕ぎのボートを盗むことができた。それに乗って、ふたりはくだんの男ふたりが目指していた廃工場へ、西ではなく南から接近していた。

ふたりは霧にまぎれてレーブリン湖に漕ぎ出し、見つからないように弧を描いて進んでいった。そうすると時間がかかるが、歩いて廃工場にいる何者かに忍び寄るのは危険が大きいと判断していた。いたるところに散らばっている残骸《ざんがい》を踏んで音をたてたら、がらんどうの建物に響いて、何者かわからない敵を警戒させてしまう。

十分近くたってから、ふたりはボートを岸に向け、霧の中から出た。ザックが漕ぎ、ジェントリーはうずく左腕と二の腕を深く切られた右腕で武器を構えていた。

工場の敷地内でボートを岸につけ、ふたりは岩場の斜面を這《は》いのぼって、アスファルトにひびがはいり、蔓草《つるくさ》や低木が生い茂っている駐車場に出た。

ザックがジェントリーにささやいた。「暗視装置《NOD》があればよかった」

たしかにそうだと、ジェントリーも思った。いま暗視装置があれば、役に立つにちがいない。

「それと抗弾ベストだ。目立たないようにしたのは正解だったな、6《シックス》。ほかに名案はないか？」

「ひとつだけある。あんたをカラカスの刑務所に戻そうかと思っている」

ザックが低い笑い声を漏らしたが、照準器とその向こうにあるものから注意をそらさなかった。

ふたりとも武器のフラッシュライトは点灯しなかった。明かりを使うよりも、闇と霧にまぎれて接近するほうが賢明だとわかっていたからだ。しかし、左にある工場は六階建てで、右には二階建ての建物がある、かなり広い施設だった。どこへ向かえばいいかわからないまま、ジェントリーは先頭に立って工場を目指し、ザックが右うしろにつづいた。

ふたりともこういう作業をともに数え切れないくらいやってきたので、打ち合わせはなかった。ただ手順を進め、一体となって移動し、スタック（それぞれの視界がきくように高さを変えて折り重なる態勢）のどの位置にいるかによって、扇形の射撃区域を自動的に分担していた。ジェントリーは六時から十二時（真うしろから左半分と真正面にかけて）の方向に責任を負い、動きながらその一八〇度の範囲に目を配る。ザックは十二時から六時（真正面から右半分と真うしろにかけて）の方向に責任を負う。いまは背後が湖で、湖に脅威はないとわかっているからだった。だが、建物内にはいったら、戦術を自動的に変更する。ジェントリーが先鋒になり、九時から三時（左真横から真正面と右真横にかけて）に目を配る。ザックは後衛に転じて、三時から九時（右真横から真うしろと左真横にかけて）を射界に捉える。

　ふたりは金属製のドアを見つけて、考えた。べつの侵入経路は、建物のずっと先のあいた窓だった。駐車場がそこに向けてゆるやかな上り坂になっている。

　建物にはいるための第三の選択肢は、地下か建物の下の狭い空間に通じているとおぼしい、アスファルトの舗装面近くの破れている低い窓だった。雑草や棘《とげ》のある茂みに覆《おお》われていたが、仕事中にそういう狭いところを通るのに、ふたりとも慣れていた。

　ジェントリーは、戦術的なことではたいがいザックの意見を受け入れるようにしていた。元ＳＥＡＬチーム６の隊員で、長年ＣＩＡ軍補助工作員のチーム指揮官をつとめたザックは、たいがいの人間よりもこういうことに通暁《つうぎょう》している。

　ジェントリーは片膝をつき、サブマシンガンを構えて、正面の左右をひとしきり見た。

「はいる場所は三つ。Ａ、Ｂ、もしくはＣ？」

　ザックがジェントリーの横でひざまずき、暗いなかで精いっぱい見ようとして目を凝らした。「おれはDといいたい。その三つじゃなくて。しかし、ここまで来たんだから――」

女の悲鳴と男のどなり声が聞こえ、ジェントリーとザックはいろうとしている建物が、まさに目当ての場所だということがわかった。ザックはためらわなかった。「地下から行こう。高みを取るのはあきらめなきゃならないが、はいるまで姿を隠せる」

「了解した」ジェントリーはいい、棘のある茂みを押し分けて、地面とおなじ高さの割れた窓へ行き、這い込むためにサブマシンガンを首からはずした。

ジェントリーの姿が闇に見えなくなるまで掩護《えんご》してから、ザックがつづいて這い込んだ。

このアメリカ人たちが何者なのか、アニカにはまったくわからなかったし、ジェントリーという男について何も知らなかった。アニカが立ちあがった。顔に向けられているまぶしい光と、右側の男にまた殴られるのを避けるために、両手を目の前にかざしていた。

心底わけがわからないという口調で、アニカはきいた。「あなたたちはアメリカ大使館と関係があるの？」

アニカを殴った男がリーダーのようだった。口をきいたのは、その男だけだった。

「質問してるのはこっちだ。おまえがいまここにいるのを、だれが知ってる？」

アニカはいった。「バンにいるチームの仲間。二〇〇メートルくらい離れている」

アメリカ人がいった。「もう知っちゃいない」

どういう意味か、アニカにはわからなかったが、恐ろしくて聞けなかった。

「ほかには？ コートランド・ジェントリーはどこにいる？」

アニカは首をふった。「それがだれなのか知らない。わたしはミールザーという男を追っていた。イラン人テロリストよ。ここに彼の携帯電話があるから、てっきり――」

男が装備収納《ロードベアリング》ベストから携帯電話を出した。「これのことか？」

アニカは一瞬それを見たが、アメリカ人は肩ごしにうしろに投げた。携帯電話が、金属の階段を地下へ落ちていった。

「どうやって手に入れたの？」アニカはきいた。

「おれたちがここに持ってきた。おまえと仲間がバンで現われるまで、クロゼットに入れておいた。おまえはシュライクから休暇をとってると聞いたから、どうしてここに来たのかと思った。ジェントリーといっしょに活動してるんじゃないかと思った」

アニカはまごついていた。「わたし……ジェントリーなんか知らない。わたしがいっしょに活動している相手はルドルフ・シュパングラーだけよ」

リーダーの左側の顎鬚《あごひげ》を生やした男が、拳銃をホルスターに収めて進み出た。その男がアニカの顔を平手打ちし、アニカがまた埃《ほこり》の積もる床に倒れた。

ジェントリーとザックは、華奢《きゃしゃ》な金属製の階段を加工場に向けて地下からゆっくりと昇っていた。一階の加工場からすくなくともふたりの声が聞こえたので、できるだけ音をたてないように足を進めた。

昇るのに苦労していた。階段は急で錆《さ》びていたし、ジェントリーとザックは氷河なみの速度でかなりゆっくり進んでいたのに、男ふたりの重みでボルトがうめいた。階段が壊れるのではないかとジェントリーは心配したが、上で声が反響していたので、話し声が音を消してくれることにふたりは賭けた。

ドイツ人の女が英語で話をしているのが聞こえ、つづいてアメリカ人の男の声が聞こえた。最初はふつうの会話のようだったが、顔をひっぱたく音が聞こえたので、手荒に訊問しているのだとわかった。

アニカがアメリカ人の一団に殴られて叫んでいるのか？　なにが起きているのか、ジェントリーには推測できなかったが、バンの男ふたりのようにまた冷酷に殺されるのを見たくはなかったので、ＨＫサブマシンガンのホログラム光学照準器に目を当てて、階段をゆっくり昇っていった。

階段は四方を囲まれた階段室ではなく、工場の加工場にそのまま通じていた。加工場のまんなかに大きな開口部があり、そこが階段のてっぺんだった。ジェントリーは頭だけ出して、周囲の光景を見届けた。隣でザックがおなじようにした。

どこに動きがあるのかは、すぐにわかった。ジェントリーとザックから二〇メートルほど離れた足場に男たちがいて、ライフルのフラッシュライトで加工場を照らしている。そこで男ふたりの前に女がひとり立っていた。そのふたりは背中を向けていて、ジェントリーとザックのサブマシンガンの銃口から一〇メートルも離れていない。横のほうに男がもうひとりいた。

ジェントリーとザックが見た男たちはすべて、アーマライト《AR》系のライフルを持っているようだったので、アメリカ人らしいとジェントリーは判断した。

ザックがささやいた。「数えたところ、七人だ。それと女」

「おれも数えた」ジェントリーは、確認してからいった。「おれたちは数で優位な戦いをやったためしがない」

「ふざけたことをいうじゃないか。ターゲットだらけの環境なのに」

ジェントリーは、目の前でくりひろげられている光景を解読しようとしながらいった。

「カスター将軍も、たしかそんなことをいったはずだ」

「一度しかいってない」ザックが軽口をたたいた。

ジェントリーが女に注意を戻し、まちがいなくアニカ・ディッテンホファーだと確認したとき、アニカの前の左側にいた男が手をのばして、顔を思い切り平手打ちし、アニカが床に倒れた。

ザックが、またジェントリーに小声でいった。不安定な階段に膝《ひざ》をついているふたりの肩が触れ合っていた。「待て」

「了解」ジェントリーが答えた。自分たちより人数が多いこの部隊と交戦しなければならなくなったときには、階段から跳び出して、加工場のどこかで掩蔽物《カヴァー》を見つけるか、あるいは伏せなければならないと早くも判断していた。七対二の銃撃戦でジェントリーとザックが階段を陣地に使ったら、崩れる可能性が高い。

ザックもおなじことを考えていた。「階段から出なきゃならない」

「了解」だが、ジェントリーはすぐには身を起こさなかった。足場にいる男のライフル一挺のフラッシュライトがすこし動き、動こうとすると正面の男たちに姿を見られるかもしれないと思ったからだ。

べつの男の声が聞こえた。「どうする、ボス。この女はほんとうのことをいってるみたいだ」

アニカの左前に立ちはだかっていた男が、ちょっと間を置いてからいった。「同感だ。試してみただけだ。ジェントリーをまた狙い撃ちたいが、この女は役に立たない」自分の左に立っていた男のほうを見た。

「ソール」

「ボス？」

「殺せ」

「了解」

ジェントリーから向かって左の男が、躊躇《ちゆうちよ》せず拳銃を構えた。床に倒れてフラッシュライトの光を防ぐために目を両手で覆っていた女が、手をすこし下げて悲鳴をあげた。「やめて！」

64

ジェントリーは、拳銃をアニカの顔に向けていた男に一発撃ち込み、頭蓋骨《ずがいこつ》の基部に命中させた。男が拳銃を落として前のめりになり、アニカが膝立《ひざだ》ちになったそばに倒れた。ジェントリーはすでに敵チームのリーダーに狙いを移していたが、アニカがその向こうにいるので撃てなかった。

いっぽう、ザックは足場の四人めがけて連射し、ひとりがうしろ向きに手摺《てすり》を越えて落ちた。

あとの三人が闇のなかの銃口炎めがけて応射し、階段の周囲の床から土埃《つちぼこり》や残骸《ざんがい》が舞いあがった。

ジェントリーも足場を狙ったが、無駄玉を一発放っただけで、足場が不安定になった。

階段のザックの側のボルトが、ふたりの重み、動き、射撃の震動ではずれ、錆《さ》びた鉄の階段そのものが右に三〇センチ落ちてジェントリーはザックのほうに倒れ、ザックが階段の手摺にぶつかった。

ふたりは落ちなかったし、階段も完全に崩れはしなかったが、加工場の男たちと交戦をつづけるには、階段から這《は》い出さなければならず、そうすると身をさらけ出すことになる。

ジェントリーはいった。「荷物《パッケージ》（アニカのこと）を取りにいく！」

「行け！」ザックが叫び、ジェントリーは元チーム指揮官のザックの体を押すようにして最後の二段を昇り、フラッシュライトをつけて、アニカ・ディッテンホファーの頭の上から、物蔭に隠れようとして壁ぎわを後退している敵の動きに向けて連射した。ジェントリーはできるだけ体を低くしていた。ザックがすでに階段から出て、残骸の散らばる床に伏せ、敵が防御にまわって、掩蔽物《カヴァー》を求めて散らばるように、さかんに撃ちつづけていた。

ジェントリーがアニカのそばに行ったときには、応射が再開されていた。アニカも気丈に、いちはやくジェントリーに向けて瓦礫《がれき》の上を走りはじめていた。ジェントリーがアニカの手をつかんで階段のほうへひっぱっていったとき、ザックのサブマシンガンの弾薬が尽きた。ジェントリーとアニカが右で床に伏せているザックのそばを通ったとき、ザックは拳銃を抜き、制圧射撃をつづけた。

ずいぶん前にザックはジェントリーに、敵に命中させられないときには、せめてやかましい音をたてたほうがいいといったことがあった。ジェントリーがアニカとともにそばを駆け抜けたとき、ザックはその主義を貫いているようだった。

地下に通じている階段のそばにある崩れたシンダーブロックの壁にジェントリーがたどり着く前に、アニカが右によろけた。ジェントリーが立たせたあと、アニカが一歩ごとに右足をひきずっているのが感じられた。ジェントリーは高さ九〇センチの壁の蔭にアニカを連れていって、そこで瓦礫の上に伏せさせてから、ふりむき、ザックが身を起こして駆け戻れるように、弾倉一本分の弾丸をばら撒《ま》いた。

ザックが、おなじポイズン・アップルの資産《アセット》のジェントリーが発砲しているほうへ走った。敵銃火に向かって走るよりは安全だが、まったく安全というわけではない。ザックがシンダーブロックの壁を跳び越え、埃まみれの古い防水布の上を滑って、壁の奥に着地した。ザックがアニカの横に落ちてうずくまったとき、ジェントリーの弾薬が尽きた。

敵弾が三人のほうへばら撒かれ、三人は壁の蔭で縮こまった。

ザックのほうがアニカに近かったし、走っていたときにアニカがよろけたのをジェントリーは知っていた。「彼女が弾丸をくらってないか調べてくれ」ジェントリーがいうと、ザックが割れた石で腕に切り傷をこしらえながら、アニカのほうへ這っていった。フラッシュライトを口にくわえて、アニカの体を手探りしてから、ジェントリーのほうへ這い戻った。

「射創《GSW》、右ふくらはぎ。たいしたことはない。やつらが態勢を立て直して襲ってきたら、それよりもずっと心配しなきゃならないことがいっぱいある」

ジェントリーはいった。「銃口炎がひとつ見えた。左の壁。十時の方向、戸口の向こう」

「確認した」ザックがいった「そのドアにふたりはいるのを見た。べつのふたりが足場を伝って二階の右側のドアへ行った。十一時、上方」

「それで四人。もうひとりいるはずだ」

ザックが、すこし考えた。「おまえがひとり撃ち、おれがひとり撃った。そのとおりだ」

「そのひとりはどこだ？」

「おそらくおれたちのうしろにまわってるんだろう」

「おれならそうする」

ザックがいった。「分かれよう。おれは右へ行って、一〇メートルぐらい先のあの鉄柱を目指す。側面にまわるやつがいないかどうか、六時の方向を見張る。おまえはここでエヴァ・ブラウン（ヒトラーの愛人、ふたりが自殺する直前に結婚した）を護《まも》る、伏せて撃ちつづけろ」

ジェントリーは、弾薬を確認した。UMPの弾倉があと一本あり、HK拳銃の弾倉が二本あった。ザックも確認し、サブマシンガンの弾薬は弾倉の半分で、拳銃の弾倉は一本しかないとわかった。

「おれのUMPを持っていけ」ジェントリーはそういって、自分のUMPをザックに渡した。代わりにザックが、拳銃の最後の弾倉をジェントリーに渡した。

ジェントリーはそれを見た。「ステアーか？　おれが持っているのはHKだ」

「弾薬が必要になったら抜きとればいい。軽武装でここを攻撃するっていった馬鹿野郎はおまえだ」

ザックがしゃがんだ姿勢になって、壁の上から短い連射を放ち、右へ進んでいった。ジェントリーはHK・VP9を壁の上に持ちあげて、六発放った。

ザックがたどり着けたかどうか、見えなかった。雲が空を覆《おお》い、月光が射し込まなくなって、工場内は闇に包まれていたので、ジェントリーは叫んだ。

「うまくいったか？」

「ここにいる！」銃声のせいで、ふたりとも必要以上に大声になっていた。

加工場の三〇メートルほど離れた暗い部屋から声が響いたので、ジェントリーは驚いた。

「おい！　おい！　おまえらはアメリカ人か？」

ジェントリーは答えなかったが。数秒後にザックがどなり返した。「そういうおまえはだれだ？」

長い間があり、おなじ声が聞こえた。「おまえらはだれのために働いてる？」

ザックがまた答えた。「アメリカだ、くそったれ。おまえらはどうなんだ？」

「やはりアメリカだ」

ザックがいった。「こうしろ。おまえらは武器を捨てて、頭のうしろで手を組み、ひとりずつ、うしろ向きにこっちへ歩いてこい。そうしたら、みんなでたむろして、アップルパイやフォードのピックアップの話ができる」

向こう側の声の主がいった。「おれはGMのほうが好きだ。それに、仕事中だ。そうでなけりゃ、一晩中パーティをやってもいい」

ジェントリーが、はじめて口をひらいた。「なんの仕事にせよ、それでおまえは死ぬ」

「こっちは五人、そっちはふたりだ」

ジェントリーに所在がわかっているのは四人だった。ザックのほうを見ると、かすかにシルエットが見分けられた、工場の西側のドアから側面を襲われないように警戒して、ザックがサブマシンガンを背後で左右に動かしていたので、ジェントリーはほっとした。

ジェントリーはいった。「最初は部下が八人いたじゃないか」

「七人だ」

ジェントリーは、戦闘中のこの男たちを見たときのことを思い出した。強い直感に従ってこういった。「カラカスでおれが殺したやつは、一週間後に自分のことをチーム《T》・リーダー《L》が忘れたと知ったら、腹を立てるだろうな」

さっきよりも長い間があった。「それじゃ……おまえはジェントリーか？ カラカスでロニーを殺したのは、おまえだな？」

「名前は聞かなかった」ジェントリーは答えた。

アニカが、ジェントリーのそばでうずくまり、シンダーブロックに体を押しつけたままでいった。「どうしてあいつをよけいに怒らせるようなことをいうの？」

ジェントリーはささやいた。「相手が多いから、こっちから攻撃できない。防御するしかない。しかし、あんたをここから連れ出さなければならない。あいつが怯《おび》えて逃げるか、攻撃を仕掛けるように仕向けたいんだ」

「銃を持った五人に攻撃されたいの？」

「ちがう。家でソファに寝そべってテレビを見たい。しかし、目の前にあるのは、こういうやばい状況なんだ」

ジェントリーは、ポケットをまさぐって携帯電話を出し、ザックに電話をかけた。ふたりともイヤホンをはめているので、ザックに聞こえるとわかっていた。一〇メートルしか離れていないが、ひそかに話がしたかった。

ジェントリーは、低くしゃがんだ姿勢になり、ささやいた。「彼女を連れ出さなければならない。なにか考えはあるか？」

ザックが、自信のなさそうな声でいった。「おまえのうしろに出入口がある。そこまで二〇メートル、見通しがきく。おまえが走ってそこへ行くまで掩護《えんご》できるが、わかっている脅威が複数の方向にいて、そのうちふたりは高みを押さえてる。あとの敵はどこにいるかわからない」

それまで叫んでいた男が、ふたたびいった。「いいか、ここでやってることに、おれたちにはCIAの応援がいる」

ザックがどなり返した。「そうかい？　そんなものはいないと思ってるんだがね！」

男が答える前に、ジェントリーはどなった。「おまえらがUAEの情報部に雇われてるのは知っている。それに、UAEはここでやっていることについて、CIAの支援を受けていない」

「おい、おれのイエメンでの仕事は、CIA《エージェンシー》に承認されてた。ちがうとはいわせない」

ザックがどなった。「まわりを見ろ、天才。ここはイエメンか？」

ジェントリーは、イヤホンでそっとザックに伝えた。「理屈がわかるような相手じゃない」

ザックがいった。「頭蓋骨《ずがいこつ》に一発ぶち込めば、考えを改めるだろうよ」

闇からのどなり声がつづいていた。「おれたちはCIAが活動を承認している主体と契約してる民間軍事会社に雇われてる。おれが知る必要があるのはそれだけだ」

ザックの声が、イヤホンから聞こえた。「なんてこった、6《シックス》。この作戦はなんでもありだぞ。刺客《しかく》、傭兵、スパイ、テロリスト。くそ、刑務所にいたほうがましだった」

ジェントリーは、加工場の向こうに叫んだ。「よく聞け。おまえは信号情報局《SIA》の仕事をやっている。SIAがこのベルリンでテロ攻撃を仕組み——」

加工場の遠いほうからの銃声に、ジェントリーの言葉はさえぎられ、交渉の可能性もなくなった。目の前のシンダーブロックが欠け、ジェントリーはアニカを土埃《つちぼこり》のなかに強く押しつけた。

銃弾がまた二階からばら撒《ま》かれ、どういうことなのかジェントリーは悟った。銃撃強襲だ。仲間が撃ちつづけているあいだに、何人かが掩蔽物《カヴァー》伝いに進んでいるはずだ。

ザックの叫び声が、イヤホンから聞こえた。「いよいよ来るぞ。おれは高みを制圧する」

UMPが吠えはじめ、ザックが二階の敵ふたりに向けて撃っているのだとわかった。

ジェントリーは拳銃で加工場の敵に対処しなければならない。銃撃を浴びている壁から頭を出したくなかったので、ジェントリーは手持ちのフラッシュライトを出してつけ、ひろびろとした空間に光を向けて九〇センチの高さの壁の上に置いた。それから、ゴミと数十年分の埃の上を転がり、壁の端まで移動した。前に銃口炎が見えた戸口で、また銃口炎が光り、銃を肩付けして走ってくる男が、フラッシュライトの光線のなかに見えた。

ジェントリーはその男の脚を撃ち、男が床の堆積物の上に倒れて、起きあがろうとしたときに下腹を撃った。

銃口炎が見えたべつの戸口に向けて撃ちつづけ、二階の男たちをザックが始末するあいだ、弾薬が尽きないことを願った。いどころのわからない敵が、そのあいだに背後から忍び寄ってこないともかぎらない。

銃弾一発がフラッシュライトに当たって、加工場から光がそれ、すぐに消えた。

弾薬がなくなり、ジェントリーの拳銃のスライドが後退したままになった。ジェントリーは弾倉を落として、最後の弾倉を差し込み、スライドをリリースして、二発撃った。

ジェントリーの右方向で、銃身の下にフラッシュライトを取り付けたライフルが二階の階段から転げ落ち、床にぶつかってライトが消えた。ザックが射撃区域をきちんと護《まも》っていることがわかった。

ザックが、ジェントリーに向かって叫んだ。「二階にいたひとりを斃《たお》した」

「おれもここでひとり殺《や》った。もうひとりが十時方向にいる。だが、いどころがわからない敵が、まだふたりいる。弾薬はどうだ？」

「UMPは弾薬切れ」サブマシンガンの弾薬が尽きたことを、ザックがジェントリーに伝えた。「ステアー《ウィンチエスター》は残り五発」

そのとき、アメリカ人傭兵の声が、加工場の向こうから響いてきた。「もう弾薬が残ってないんじゃないのか」

ジェントリーはどなり返した。「おまえの部下も残っていないようだぞ。急いで人数を数えたほうがいい」

返事はなかった。広い工場内は異様に静まり返った。敵がチームと無線連絡をとろうとしているにちがいないと、ジェントリーは思った。

沈黙が一分近くつづき、ジェントリーとザックは四方の闇に目を配って、脅威を探した。ようやく、エンジンが始動して回転数があがるのが、窓の外から聞こえた。瓦礫《がれき》の上でタイヤが鳴り、エンジン音が遠ざかった。

「やつら、あまり楽しくなかったみたいだな」ザックがいった。

ジェントリーとザックは、壁の裏側で合流した。ジェントリーはいった。「全員逃げたかどうか、まだわからない。用心しろ」

「おれのことなら心配するな。着装武器《サイドアーム》はヴァージニアに帰るまでホルスターに入れない」

ジェントリーは、アニカを立たせた。「歩けるか？」

「ええ……歩けると思う。あなたは何者？」

「まあ、あの連中みたいにあんたの頭を撃ちはしないから、味方だと思ってくれていい」

アニカはショック状態だったが、それでもなんとかつぶやいた。「ありがとう」

ジェントリーは、加工場の東出入口にアニカを連れていった。ザックが暗い出入口をフラッシュライトで照らしたが、動きがなく、音も聞こえなかったので、廊下に出た。

そこで三人とも立ちどまり、アニカが驚いて悲鳴をあげた。

廊下の床に、AR-15ライフルを首から吊った男が壁にもたれて座り込んでいた。ザックが男の顔を照らし、ジェントリーが拳銃を向けたが、死んでいることがすぐにはっきりした。喉を切り裂かれ、シャツとズボンがどす黒い血に染まっていた。傭兵チームのひとりだということは明らかだった。ジェントリー、ザック、アニカを殺すために背後にまわろうとしていたことも明らかだった。

明らかではなかったのは、この男がどうしてこうなったかということだった。

闇から声が聞こえて、それも明らかになった。

「ハイ、みんな」

ザックが左の廊下をフラッシュライトで照らし、ジェントリーがその光をHKで追った。ジーンズに黒いチュニックを着たゾーヤ・ザハロワが、そこに立っていた。片手に拳銃を、もういっぽうの手に長いナイフを持っていた。

男ふたりが口をひらくまえに、ゾーヤはいった。「精力もりもりの殿方《とのがた》たちに仕事のやりかたを教えるつもりはないけど、つぎはうしろの護りを固めたほうがいいわね。わたしがいつもいるとはかぎらないんだから」

ジェントリーは拳銃をおろし、一瞬、黙って立っていた。やがていった。「ここでなにをやっているんだ？」

「二週間前、わたしはヤニスのノートパソコンに追跡装置を仕込んだ。今夜、ベルリンに戻ってきて確認した。ここに来たのは、このひとを見つけられるかもしれないと思ったからよ」アニカのほうを指さしてから、ジェントリーの顔を見た。「そして、厄介《やっかい》なことがあるたびに、例によってあなたとばったり出会う」

「どうしてベルリンに戻ってきたんだ？」

ゾーヤは肩をすくめた。「あなたの命を救うためみたいね」

「あなたはザハロワね」アニカがいった。「ロシア人でしょう。アメリカのために働いているの？」

「いいじゃない。あなたはドイツ人なのに、中東のテロリストのために働いている」

「嘘よ！」

警察車両のサイレンの音が、湖を渡って聞こえてきた。

ザックがいった。「ドイツのおまわり《ポウポウ》が来る。おしゃべりは隠れ家に戻ってからにしないか？」

ゾーヤに向かって、ジェントリーはいった。「おれたちの車は八〇〇メートル離れたところにある。きみの車はもっと近くにあるんだろう」

「湖のそばよ」

ジェントリーは、アニカの腕をつかみ、四人とも出口を目指した。

湖に面した駐車場に出ると、ポイズン・アップルの資産《アセット》三人は、壁と窓と見通しがきく場所に視線を走らせ、脅威がないことを確認した。ゾーヤの4ドアのフィアットが、低い建物のそばの暗がりにとめてあり、四人はそこへ急いで行った。

低い建物のエントランス前にくぼんだ部分があり、ザックがすばやくそこをフラッシュライトで照らした。

傭兵がひとり、ドアに寄りかかって倒れていた。額に血まみれの射入口がふたつあった。ザックがゾーヤのほうを向き、彼女の拳銃を見た。「アンセム、サプレッサーをいつはずした？」

ゾーヤが足をとめ、死体のほうを自分のフラッシュライトで照らした。

「わたしがやったんじゃない」

ゾーヤ、ジェントリー、ザックは、ほんの一瞬目配せしてから、アニカをまんなかに背中合わせになり、拳銃の狙いを左右に動かしながら、フィアットに乗った。

マクシム・アクーロフは、アーニャ・ボリショワが運転するトヨタの4ドアのリアシートにさっと乗り込んで、ドアを閉め、夜の霧を締め出して、車が猛スピードで走りはじめたとき、しばし黙って座っていた。助手席のインナ・サローキナが、アクーロフのほうをふりかえった。「なにがあったの？」

アクーロフは、ホテルの窓から跳びおりたときにぶつけた肋骨《ろっこつ》の上に触れて、顔をしかめた。「耳があるだろう？　銃撃戦だよ」

「だれとだれの？」

マクシムは肩をすくめた。「ジェントリーがいる場所に着いたとき、ザハロワを見た。

ジェントリーは見えなかったから、ふたりが車に戻ってくるのを待つことにした。そうしたら……とんでもない騒ぎになった」

「だれが撃っていたの？」

「見当もつかない。八挺か十挺くらいが撃ち合っていた。おれはザハロワの車の蔭に隠れた。一分後に、ひとり出てきた。ジェントリーかと思って、二発撃ち込んだ。ちがうとわかった」アクーロフは、前のシートを拳《こぶし》で殴りつけ、インナの体が揺さぶられた。「いったいどうなってるんだ？　おまえは情報担当官だろうが！　おれは十人もの銃撃戦に巻き込まれるところだった！　おまえ、いったいどうしたんだ？」

インナは、怒りを抑えるのに苦労していたが、数秒沈黙してから、ようやくいった。

「わたしたちはモスクワやサンクトペテルブルクから情報を受けていない。わたしたちだけがここにいて、自力でやってるのよ。あなたがジェントリーを見つけたいといったから、アーニャがシュパンダウのジェントリーの隠れ家からここまでアウディを追跡した。ジェントリーがいるということ以外、あの工場のことはなにもわかってなかった。あなたが車をおりる前に、そういったはずよ」

アクーロフが、こんどはヘッドレストに頭を叩きつけ、また肋骨の上をさすって、痛みに顔をしかめた。

「だいじょうぶだ。ジェントリーの車は、まだ動いていないか？」

「ええ。これだけサイレンが鳴っていたら、生きてるようなら、とっくに現場を離れてるでしょう。ザハロワといっしょに彼女の車で逃げたのかもしれない」

アクーロフは、警察車両がすれちがって、うしろの湖に向かうのをサイドウィンドウから見た。ようやくうなずいた。

「どこへ行けば見つかるか、わかってる」

「ジェントリーのアパートメント？」

「いや。セムがいたら、そこでやるだろう。しかし、ジェントリーの隠れ家にはあらゆる防御手段があるはずだ。べつの場所で不意打ちする必要がある。やつが隠れ家に行ってから、ザハロワを連れ出すのを待とう」

ダークグレイのトヨタは、南に向かうハイウェイに乗り、ベルリン市内を目指した。

「痛むの？」

65

ザック、ゾーヤ、ジェントリー、アニカは、午前四時三十分にシュパンダウの隠れ家に着き、戦闘、精神的重圧、早朝まで起きていたことで、疲れ果てていた。ジェントリーには、よくなりつつあるが完治していない感染症という負担もあった。

到着するとすぐに、ジェントリーはポットいっぱいにコーヒーをいれた。すぐにアニカ・ディッテンホファーを訊問しなければならず、休んでいる時間はないとわかっていた。ジェントリーは当初、荒っぽい手順でそれをやるつもりだった――つまり、ザックの手にアニカをゆだね、彼女の心理に魔法をかけて口を割らせればいいと思っていた――しかし、廃工場で信号情報局《SIA》の手先に殺されかけたのを見て、必要な情報を得るにはもっといい方法があると判断した。

ザックが、アニカのふくらはぎの浅い傷を手当てし、体を洗うためにゾーヤがバスルームへ連れていった。ふたりが出てくると、アニカは涙ぐみ、顔をトイレットペーパーで拭いた。ゾーヤは殺風景なリビングにアニカを連れ戻して、籐《とう》のソファに座らせた。アニカは縛られたり手錠をかけられたりはしなかったが、目の前の三人にはそういうことができるし、自分が脅威にはなりえないことを承知していた。

アニカが口をひらいた。「わたしがテロリストのために働いていると、あそこであなたたちはいったわね。わたしがやっていたのは、それとは正反対のことよ。イランの情報機関の工作員や不活性工作員《スリーパー・エージェント》を監視していたのよ」

ジェントリーがリビングにはいってきて、ゾーヤとアニカにコーヒーを注いだマグカップを渡した。「ブラックでいいかな」アニカがひと口飲み、マグカップを前の床に置いた。

ザックが自分のコーヒーをキッチンで注ぐあいだに、ゾーヤが訊問をはじめた。「どうして今夜、あの廃工場へ行ったの？」

アニカは、はじめは口をきかなかった。沈黙が数秒つづき、ザックがはいってきた。

「いってくれれば、6《シックス》、おれがやるよ」

ジェントリーは、片手を挙げてザックを制した。アニカが答えた。「知っていることは話すけど……でも……あなたたちが何者か知らない、なにを知っているかも」

「いいから話をしろ。うんざりしたら、省いて先をいえというから」ジェントリーは答えた。

「ベルリンに住んでいるハズ・ミールザーというイラン人がいる。彼はゴドス軍の──」

ゾーヤがさえぎった。「省いて。ミールザーのことは知っている。あなたが彼の携帯電話を追跡していたことも知っている」

アニカが、何度か息を吸ってからいった。「ミールザーの携帯電話に追跡装置を仕込んでGPS追跡《ジオトラック》した。携帯電話があの廃工場にあった」

ジェントリーはきいた。「それをGPS追跡していたのを知っていた人間は？」

アニカが、壁の一点を見つめながら考えた。「モイセス、ヤニス……殺されたとあなたがいった技術者ふたりよ。リック・エニス」目の前の三人を見あげた。「シュライクの社主ルドルフ・シュパングラー。それだけよ」

「つまり……」ジェントリーはいった。「そのなかで生きているのはひとりだけだというんだな」

三人はアニカを見つめた。アニカが首をふった。

「ちがう《ナイン》、ちがう《ナイン》。ルディはわたしにとって父親みたいなひとよ」

ザックは、暗い通りを見張るために、バルコニーの近くに立っていた。だが、ふりむいて、アニカを見た。「ああ、それならこういおう。あんたの父親はむかつく野郎だ」

アニカがザックを睨《にら》みつけたが、ジェントリーには、アニカはかなり頭がよく、自分たち三人とおなじように事情をすばやく理解しているように思えた。

それでも、アニカは自分が理性で察したことに抵抗していた。「そんなこと、信じられない。彼は——」

ジェントリーはさえぎった。「シュパングラーが、あの連中にミールザーの携帯電話を渡した。つまり、シュパングラーか、じっさいに采配《さいはい》をふっている人物が、ミールザーを支配している。いずれにせよ、あんたのボスは、今夜、あの殺し屋どもにあんたを殺させるためにあそこへ連れ出すのに手を貸した。あんたは頭がいいから、それがわかっているはずだ。ちがうか？」

アニカが、顔に大粒の涙を流しながらジェントリーを見た。数秒後にうなずいた。「理由がわからないのよ」

それに対して、ゾーヤはいった。「あなたは知りすぎている。技術者ふたりも知りすぎていた。排除する必要があったのよ」

アニカが、コーヒーをすこし飲んで、床を見つめた。「そんなに知っているわけじゃない。あいつらはあなたのことを聞いていた」非難するように、ジェントリーを指さした。

「あなたはこれにどう関係しているのよ？」

ジェントリーが答える前に、ザックがアニカの前でしゃがんだ。陰気な脅しつける声でいった。「教えてやろう、お嬢ちゃん《フロイライン》。あんたと仲間ふたりが、銃を突きつけておれの友だちをさらったときには、なんでもききたいことを質問できる。それまでは、おれの友だちが質問する側だ」

アニカが、床に視線を落とした。「ええ、わたしはゴドス軍やイラン情報省《VEJA》の人間を何人か監視していた。MeK（イランの反体制武装組織）の人間も。サイバー資産をシュライクに雇い入れた。でも、わたしがやっていたのは、情報産物《インテリジェンス・プロダクツ》を集めてルディに渡すことだけだった。ルディがその情報をどうしているかは知らないのよ」

「リック・エニスがなにをやっていたか、知っているか？」ジェントリーはきいた。

アニカが、激しく首をふった。「知らない。わたしたちの作業は区画化されていた。エニスがなにをやっていたか、まったく知らない。サイバー・チームがなにをやっていたかも知らない」

ゾーヤがいった。「エニスは、なにをやっているか、わたしに話した」

ジェントリーはつけくわえた。「クラーク・ドラモンドも、自分がなにをやっているか、おれに話した」

「あなたたちにそんなことをいうはずがない」

ゾーヤが答えた。「このあいだの夜、シュライクの活動を追跡していたときにドイツの情報機関員が殺されたことを、エニスは知っていた。それで怯《おび》えた。エニスは死んだ朝に、わたしのスイートに来て、いっしょに逃げようといった。わたしがいうことをきかなかったので、エニスはじっさいなにが行なわれているかを話した。シュライクが重罪にあたることをやっているのを、わたしに教えたかったのよ。何カ月も前から、ゴドス軍やVEJAの工作員のアパートメントに侵入して、彼らが結びついていると見られるようなでっちあげの証拠を仕掛けたと、エニスはいった」

アニカが唇《くちびる》を噛《か》み、涙をこらえようとして洟《はな》をすすった。「そんなことだろうと感じていた。ルディが、ゴドス軍工作員とイラン大使館のスパイの監視を中断するよう命じるのは、たいがい一度に二、三時間だった。どうしてかときくと、クライアントにそう指示されているからだといわれた。いま理由がわかった」ゾーヤの顔を見た。「わたしたちが監視していないときに、エニスが不法侵入《ブラックバッグ》をやっていたのよ。だとすると、ルディが指図していたにちがいない。エニスは、わたしとおなじでクライアントのことなどなにも知らなかった」

父親代わりの男が悪事に手を染めているという明確な事実を、アニカが容易に呑み込むことができないのを、ジェントリーは察した。

アニカがきいた。「でも……こういったことすべての目的はなんなの？」

ジェントリーは、アニカの前でしゃがんだ。「反政府分子も見張っていたといったね？」

「ええ《ヤー》。三人。みんな今週、殺された」

「そいつらを殺すような理由は？」

「筋道が通ることはただひとつ、クライアントがミールザーとその細胞を支援しようとしていた」アニカがまたコーヒーをひと口飲んだ。「殺されたMekの人間三人は、すべて連邦憲法擁護庁《BfV》の情報提供者だった。カムラン・イラヴァーニーは、ミールザーの携帯電話を盗聴していた。彼らを殺さなかったら、ミールザーとその細胞が攻撃を計画していることをドイツの官憲に通報されるおそれがあった」

ジェントリーはいった。「あるいは……」指を鳴らした。「ミールザーが攻撃を実行しなかったとしても、ドイツの官憲に連絡して、それを伝えたかもしれない」

ザックがいった。「どういう意味だ？　ミールザーが攻撃しなかったというのは？　やつはテロリストだろう」

ジェントリーがいいたいことを、アニカは理解していた。「テヘランのミールザーの調《ハン》教師《ドラー》が、おととい、攻撃休止を命じていたの。攻撃は許可しないし、命令に背《そむ》いたら殺すと」

「でも、命令に背いたようだけど」ゾーヤがいった。「大使館は襲撃された」ザックが首をふった。「だが、ミールザーはそこにいなかった。ミールザーは攻撃計画を立てただけだったかもしれないが、訓練を受け、経験豊富な戦闘員で、狂信者だった。ミールザーは、任務に参加できるものなら参加していたはずだ。ミールザーは黒幕じゃない。現場の戦士だ。何者か、あるいは何事かに邪魔されないかぎり、配下といっしょにいただろう」

ゾーヤがいった。「ターリクがミールザーを捕らえたとは考えられない？」

「ターリクってだれ？」アニカがきいた。

ジェントリーがその質問に答えた。「あんたの操り人形師だ。シュライク・グループに命令を下していた男だ。UAEのSIAの副長官だ」

アニカが反応しなかったので、ジェントリーはつづけた。「あんたがきのうリージェントでシュパングラーと会ったときに、いっしょにいた男だ」

アニカが、頭を壁にもたせかけた。不意に気づいたようだった。「そうよ。そういうことだった。ミールザーの住所をわたしはその男に教えた。攻撃の数時間前に」

ジェントリーが、そのことからパズルを組み合わせた。「そこでターリクは、ミールザーを捕らえた」

「でも、どういう理由で？」ゾーヤが疑問を投げた。「それに……大使館攻撃からミールザーを救いたかったのなら、どうしてミールザー抜きで攻撃が行なわれるのをほうっておいたの？　阻止できたはずなのに——」

ジェントリーにはわかっていた。手がかりを教えたのは、ハンリーだった。「なぜなら、ターリクというやつ、本名スルタン・アル＝ハブシーが、攻撃のことをみずからＣＩＡに教えたからだ。ターリクは、アメリカの誠実な友人だというのを見せつけるいっぽうで、イラン人テロリストのミールザーを使って、なにかを企んでいる」

ザックがつぶやいた。「なんていうくそ野郎だ」

こんどはアニカが質問した。「でも、もう一度きくけど、それはどういう計画？　ミールザーは独りきりよ。生き残りの細胞はほとんど逮捕された」くりかえした。「ミールザーはたった独りなのよ」

ザックが首をふった。「ありえない。やつにはべつの部隊があるんだ」

「どうしてそうだとわかる？」ジェントリーはきいた。

「ミールザーは細胞を指揮してた。そいつらは逮捕されるか、撃ち殺された。それでもやつはリーダーだ。さっきもいったように黒幕じゃないが、一匹狼でもない。自爆ベストをくくりつけて、独りで市バスに乗るようなことはやらない。やつがやろうとしてることには、人数が必要だ。おれのいうことを聞け。ほかのろくでなしをまだ発見していないからといって、ほかにろくでなしがいないとはかぎらない」

ジェントリーは、ゾーヤとアニカのほうを見た。「こういうことでは、ザックを信用したほうがいい。ザックはろくでなしの権威だ」

「正規会員さ」ザックが断言した。

アニカは、右脚に包帯を巻き、コーヒーのマグカップを両手で持って、ソファに座っていた。あとの三人は、自由に話ができるように、バルコニーに出てガラス戸を閉めた。

「これからどうするの？」ゾーヤがきいた。

「アニカといっしょにここにいてくれ。ザックとおれはハンリーと話をしにいく」

ゾーヤはまごついていた。「ハンリーがここに？　ベルリンにいるの？」

「そうだ」ジェントリーは、CIAとUAEのSIAとの関係と、ハンリーがその状況を是正するためにひそかに来ていて、ベルリンにいるのをアメリカ大使館に知られたくないと思っていることを説明した。

ゾーヤはあきれて目を剝《む》いた。「それじゃ、ハンリーはここにいないことになっているのね。ザックも。あなたたちはふたりともそうなのね。そもそもベルリンに派遣されたのはわたしだけだったのに、あなたたちがこれを解決するあいだ、ここで待機しろというの?」首をふった。「わたしはアニカといっしょにシュパングラーを探す。あなたたちはなんでもやりたいことをやって」

ジェントリーはいった。「それじゃ、おれたちがいっしょに行こう。ハンリーにはあとで説明すればいい」

ゾーヤは首をふった。「わたしたちなら、心配ない。ここで体力を回復してちょうだい。嵐が来るし、そのときにあなた抜きで対処したくはないから」

ジェントリーはそれを聞いてうなずいた。ほんとうに疲れ果てていた。感染症にかかってから、もっとも弱っていると感じていた。ジェントリーはいった。「おれはここにいて、ブルーアにこれまでわかったことを伝える。ブルーアがハンリーとベルリン支局に報告するだろう」

ザックがゾーヤのほうを向いた。「あんたらがシュパングラーを捕まえたら、おれが美貌と魅力を駆使してしゃべらせる」

ゾーヤはガラス戸をあけて、なかにはいった。「そんなことをやっている時間はないわ。拷問したほうがずっと早い」

「ずっと人道的だし」ジェントリーはジョークをいった。

66

キース・ヒューレット、コールサイン〝ヘイディーズ〟は、雇い主になにかを要求したことは一度もなかったが、ターリクという名前で知っている男にじかに会いたいと、一時間前に強く主張した。急遽《きゅうきょ》手配がなされて、アメリカ人傭兵の隠れ家近くのロイターキウにある小さな緑地ハーゼンハイデ国民公園で午前八時に会うことになった。

ヒューレットは、コート・ジェントリーと戦闘員数人が現われたために、自分の小規模なチームがアニカ・ディッテンホファーを殺すのに失敗したことを、メールでターリクに知らせた。ヒューレットの部下が全員死亡したことに、ターリクは悔《くや》みをいわず、今後の指示もあたえなかった。ただ報告を受け取ったことを伝え、会うのに同意しただけだった。

ヒューレットが徒歩で到着したとき、ターリクと護衛はすでに静かな公園の道路に車をとめていた。ヒューレットは、廃棄された飼料工場にいたときとおなじ穴のあいた汚いジーンズとブーツをはいていたが、戦闘服のシャツはグリーンのTシャツに着替え、野球帽をかぶって、バックパックを肩にかついでいた。

タ－リクは、メルセデスSクラスのリアシートに座り、ほかにEクラスのセダンが二台、近くにとまっていて、それぞれの横に護衛が三人ずつ立っていた。

ヒューレットはボディチェックされ、SIGザウアーP226とバックパックを取りあげられてから、リアシートのタ－リクの隣に座らされた。

タ－リクはいつもの調子で、ヒューレットのチームのことなど意に介していなかった。いきなり、「アニカ・ディッテンホファーはどうした？」といった。

「電話でメールを送ったときにいったでしょう。逃げた。ジェントリーと、あと何人いたかわからないが、そいつらに連れ去られた」

タ－リクが、いかにも不愉快そうにいった。「だったら、どうしてわたしと話をしている。そいつらを探すためになにをやっている？」

「なにをやっているかだと？　おれのチームがすべて戦力外になったんだぞ」

「〝戦力外〟とはどういう意味だ？」

「死んだか、使いものにならないという意味だ。今回は全員死んだ」

「代わりは用意できるが、二日くらいかかる。そのあいだ、わたしの配下が手がかりを追う。ターゲットを見つけたら電話するから、おまえが行け」

ヒューレトはただ首をふった。「くそったれ。こんなろくでもないことは、もうやめる」

「それは残念だな」

ヒューレトは、つぎの言葉を慎重に考えながら、ターリクを見た。「あんたがなにかを企んでると、ジェントリーがいってた。このベルリンで作戦をやるのに、あんたたちはCIAの許可を得ていないと。おれとチームを騙《だま》してこんなことにひきずり込んだと。ほんとうか？」

ターリクが深い溜息をついた。「おまえもいろいろな経験を積んだはずだから、こういう厄介《やっかい》な時期に、不愉快な質問をしてはいけないことぐらい、わかっていると思っていた」

「つまり、否定しないんだな」

「ちがう。これでおさらばだといっているんだ。もうおまえに働いてもらう必要はない」

ターリクが、メルセデスのドアを顎《あご》で示した。ヒューレトはむっとしたが、フロントシートの護衛が自分のほうを向いているのに気づいた。つづいて、ルームミラーごしに運転手を見て、睨《にら》み合った。

ヒューレトは、フロントシートのふたりの姿勢を見てとった。座っていて、銃を抜いてはいないが、ターリクが脅《おびや》かされたときには防げるように身構えている。

ヒューレットは顔をそむけ、ドアをあけて、ゆっくりとおりた。

ヒューレットがおりてもドアはあいたままで、バックパックと拳銃を返された。ヒューレットは一瞬、間を置いてからそっとひとりごとをいった。「どうとでもなれ」拳銃をホルスターから抜きながら、さっとふりかえった。

護衛たちは主人に対する攻撃に備えていたが、彼らの反応よりヒューレットの動きのほうが速かった。がっしりした体格の護衛ひとりが、あいたままのリアドアの前に跳び出し、もうひとりが拳銃を抜こうとしたが、間に合わなかった。

しかし、結局、それはどうでもよくなった。

木立で銃声が一度響き、ヒューレットがさっとそちらを向いて拳銃を構えたが、道路でうしろに一歩よろめいた。

二度目の銃声で、ヒューレットが狭い道路に倒れた。

ターリクの護衛たちは、四方に拳銃の銃口をふり動かしていた。

ハズ・ミールザーが、AK－47を木に立てかけ、両手を挙げて森から出てきた。護衛たちは彼が何者か知っていたし、一行が去ったあとでヒューレットを殺すために潜んでいたことも知っていたので、近づくのをとめなかった。

ミールザーが死体を見おろして立ち、つかのまようすを見てから、向きを変え、車内のターリクに目を向けた。

「あんたの戦いをアメリカ人にやらせるべきじゃなかった。やつらは信用できない」

ターリクがゆっくりとうなずいた。「もちろん、そのとおりだ」

ミールザーは、撃ち殺すのに成功したせいで大胆になっていた。「あんたは今夜、優秀な戦士の働きぶりを見ることになる」

ターリクがにやりと笑った。「おまえが優秀な戦士だというのは、いま見た。今夜、勝利をものにすると確信している。もし神が望むならば《イン・シャー・アッラー》」

「イン・シャー・アッラー」ミールザーが胸に手を当てて応えた。

ミールザーは、ターリクの車のドアを閉めて、メルセデス三台のうしろに来ていたあまり特徴のないニッサンの2ドアに連れていかれた。それで隠れ家に戻り、自律攻撃ドローンを操縦する訓練をつづけてから、ドローンをトラックに積み込み、配下に最終指示をあたえることになっていた。

スルタン・アル＝ハブシーのメルセデス三台の車列は、公園からすばやく遠ざかった。銃撃のときには、近くにだれもいなかったが、短銃身のAKから七・六二ミリ弾が発射された音は、数百人に聞こえたはずだ。

現場から安全な距離に離れると、運転手がようやくスルタンにきいた。「空港へ行きますか?」

スルタンはうなずいた。人生で最高の一日になると確信していたが、朝はひどいはじまりかただった。今夜、攻撃が開始されるときにベルリンにいて、攻撃はベルリン南西部のイラン大使館が周到に準備したものだったという証拠をアメリカに届ける予定だった。しかし、アニカ・ディッテンホファーがどういうわけかグレイマンとともに逃げたため、ルドルフ・シュパングラーがアニカを探し出して殺すまでは、ベルリンにいるのは安全ではない。

しかし、楽観する理由はあった。アメリカ人傭兵の最後のひとりを殺すのに、ミールザーが手を貸した。当然のことだが、死人はなにもしゃべらない。

ミールザーと元捕虜の部隊も、最後には死ぬ。ミールザーはそれで満足だし、スルタンにとっても申し分ない。

シュパングラーもなにもしゃべらないはずだと、スルタン・アル゠ハブシーにはわかっていた。シュパングラーはどこまでも腐敗しているし、戦争のきっかけになる残虐なテロ攻撃の共犯者になったから、なにもいえるわけがない。とはいえ、遅かれ早かれ殺そうと、スルタンは考えていた。うぬぼれが強い年老いたスパイの親玉は、後年、死ぬ間際に告白するかもしれない。それを事前に防ぐ必要がある。アニカ・ディッテンホファーとコート・ジェントリーが、最後に残された大きな危険なので、当面、安全のためにスルタンは帰国するつもりだった。

それでもいっこうにかまわない。勝利はどこにいてもテレビで見ることができる。スルタンがベルリンで考えついて監督してきた作戦が、世界中でニュースになることはまちがいない。そして、それがすべて終わったときには、息せき切ってマシュー・ハンリーに連絡し、これは組織を離叛した人間の攻撃ではなく、イラン主導で綿密に準備された攻撃だったことを示す証拠を伝える。

そのマット・ハンリーが朝のシャワーを浴びてバスルームから出たとき、隠れ家に使っている田舎家《いなかや》の正面で数台の車のドアが閉まる音が聞こえた。〈タグ・ホイヤー・モナコ〉を腕にはめたときに見ると、まだ午前七時だった。きょうは朝いちばんの会議の予定はないし、警衛は午前六時に交替したので、だれが来たのか、見当もつかなかった。ドレスシャツの袖《そで》のボタンをかけながらドアに向かったが、部屋のなかばまで行ったときに、表の廊下から足音が聞こえた。

すぐにノックがあったので、ハンリーはきいた。「クリスか？」

クリス・トラヴァーズがドアをあけた。地上班のチーム指揮官のトラヴァーズとその部下は、ハンリーの警護班を装ってドイツ入りしていた。問題が起きたときには、まずトラヴァーズに警報が届くことを、ハンリーは知っていた。

「本部長、お客さんです」

「予告なしの客？　そんなものには会えない。アポイントをとれといってやれ」

たちまち、トラヴァーズが気まずそうにしているのがわかり、ハンリーはみぞおちが重くなるのを感じた。「だれだ？」

「それが……セジウィク大使です」

「くそったれ」ハンリーは、ベルリンに来ているのをドイツ駐在大使に知られたくないと思っていた。

「書斎にいます。その……ちょっと……怒っているみたいです」

「ちょっと？」ハンリーは、疑う口調できいた。

「だいぶ、ですね」

「わかった。いま行く」

二分後、ハンリーがまだグレイのフランネルのスーツの着ぐあいを直しているときに、書斎のドアがあけられた。

セジウィクとアメリカ合衆国大統領《POTUS》はイエール大学の同窓生、法律事務所のパートナー、ゴルフ仲間で、大統領の弟がセジウィクの妹と結婚していたときは、義兄弟だった。その結婚が破綻しても、ふたりの友情は弱まらなかった。

ハンリーは信頼できる筋から聞いていたが、セジウィクが友人である大統領の引きでだれもが熱望するドイツ大使の地位に就いたのは、年末に引退する現国務長官の後任に指名される準備として、国際問題での実績を高めるためだという。

ハンリーは、笑みを浮かべて書斎にはいっていったが、暗い暖炉の前に立っている体格のいいケンタッキー人の機嫌がよくなる見込みはないとわかっていた。

「大使、お目にかかれて光栄――」

「くだらんことをいうな。たわごとは抜きにしろといわせるつもりか」

ハンリーは、ライアン・セジウィクに握手してもらう可能性は五分五分だと思っていたが、手を差し出した。セジウィクが気乗りしないように手を握ったものの、目には敵意しか浮かんでいなかった。

言葉も同様だった。

セジウィクがいった。「くそCIAの作戦本部本部長が、わたしの街のCIA《エージェンシー》の隠れ家にこもっていると聞いたのだ。きみらが礼儀など守らないことはわかっているが、不意を打たれるのは不愉快だ。というより、そういう行ないは疑わしいことが多い」

「わたしは先日の攻撃に関する情報をみずから追うために、ここに来ました」

「支局からは、きみの来独についてなんの通知もなかったんだがね」

「大使をわずらわせたくなかったからです。国家機密に関することなので、必要以上にベルリン支局を関与させるのも望ましくなかった。わたしが大使館へ行ったら、みんな動転しますよ」

ふたりは、座り心地のいいソファに腰をおろした。コーヒーが運ばれてきた。ハンリーは朝の最初の一杯だったので、むさぼるように飲んだが、セジウィクはじっとハンリーを見ていた。

大使がようやくいった。「まあ……きみは来た。きみがここにいるのを、わたしは知っている。つまり、わたしをこれから遠ざけることはできなくなった。なにをやっているのか、話したほうがいいんじゃないか」

「大使館にもう一度攻撃が行なわれるのではないかと、われわれは懸念しています」

「だれが？」

「ハズ・ミールザーというイランのゴドス軍のテロリストだと考えられます」

「おとといのケチな攻撃の背後にいた男だな？」

「そうです」

セジウィクが、腹立たしげに笑った。「本部長《DDO》が大西洋を渡ってきて、わたしがツイッターで読んだようなことを話すのか。イランのそのテロリストの親玉がまだ捕まっていないことくらい、だれでも知っている。収集されている情報が……ドイツ側の調べで、大使館がまた攻撃されるのを示していることは、だれもが知っている」

「そのとおりです。つぎの攻撃はもっと強力だろうと予想しています。最初の攻撃は、欺《ぎ》瞞《まん》だったかもしれない」

信じられないというように、あるいはどうでもいいというように、セジウィクが宙で手をふった。「海兵隊が殺したテロリストにそういってやれ。ミールザーの配下が四人死んだ。あとの三人は逮捕された。情報によれば、ミールザーには最初から細胞が九人しかいなかった。残りの堕落したふたりは、たぶんハンブルクの売春宿で、連邦警察に発見されて刑務所にぶち込まれる前に最後の一発をやろうとしているんだろう」

「われわれの情報では――」

セジウィクは、聞く耳を持たなかった。「なんの情報だ？　その情報が論理的一貫性を欠いていたから、きみはわたしの事務局に知らせず、ベルリン支局にも連絡せずに、ここに来たんじゃないのか？　いいかげんにしろ、ハンリー。わたしは馬鹿じゃない。ここできみがやっていることをわたしに知られたくないのは、知られたらやめろといわれるからだろう。以前、ＣＩＡがドイツ国内でドイツ人をスパイしていて摘発されてから、ＣＩＡは身の処しかたに気をつけろといわれてきた。アメリカ合衆国大統領《POTUS》は、二度とあんな騒ぎが起きるのを望んでいない。

わたしとＰＯＴＵＳとの関係は知っているだろう。政府部内でわたしよりも大統領と親しい人間はいないんだよ。つまり、きみはこっそりここに来て、ベルリンでなんらかの作戦をやっているのを、わたしが知らなかったとすると――」

セジウィックはしゃべりつづけていたが、ハンリーは聞くのをやめていた。じっと座っているあいだに、重大なことに気づいた。セジウィックのいうとおりだ。

ベルリンはもとよりドイツと、さらにヨーロッパにおけるアメリカの力のもっとも重要な象徴は、ライアン・セジウィックだ。

ハンリーは沈黙をつづけ、相手の話を聞き、ＣＩＡのカウボーイどもは腐り果てているという言葉にうなずいていたが、耳を貸してはいなかった。なぜなら、こめかみが破裂しそうなくらい、頭のなかで警報がけたたましく鳴っていたからだ。

マシュー・ハンリーは、ハズ・ミールザーのターゲットを突き止めていた。スルタン・

アル＝ハブシーのターゲットを。

いつ、どこで、どうやって、ミールザーがセジウィックに襲いかかるのかはわからない。だが、大統領の親友でもっとも信頼する政治顧問のセジウィック大使を暗殺すれば、アメリカとイランは確実に戦争状態になる。それがなによりも有効な手段だということを、スルタン・アル＝ハブシーは知っているはずだ。

セジウィックがCIAの〝とめどない予算膨張〟についてしゃべっているのを、ハンリーはついにさえぎった。

「大使、わたしたちはミールザー捜索に関してドイツを精いっぱい支援していますが、この脅威が去る前、しばらく大使館にとどまったほうがよいと思います」

「大使館に対する攻撃があると、さっきいったばかりじゃないか。攻撃が起きたとき、わたしにそこにいろというのか？　結構だな、ハンリー。きみが大統領の元選挙参謀を攻撃の的になる場所にいさせようとしたということを知ったら、POTUSはさぞかしよろこぶだろう」

「正直いって、ワシントンDCに帰ってもらったほうがいいでしょうね。しかし、ドイツにいなければならないのなら、海兵隊一個警備中隊に護《まも》られている場所にいたほうがいい。公邸や、レストランや、移動中の車内よりも安全です」

セジウィックが、また腹立たしげに宙で手をふり、ハンリーがいったことをすべて却下した。「大使館にいるわけにはいかない。やることがいろいろある」

「ご自分の身の安全よりも重要なことですか?」

「わたしに説教するつもりか。どこにいてもわたしは安全だ。ことにいまは。警護を倍にした。車列は装甲車だ。すべて強化した。近ごろでは、ベルリンの街を走っているのか、激戦地モガディシュの通りを走っているのか、わからないくらいだ。CIAがアメリカの権益をきちんと守れないからだ。

それから、なにが重要かというきみの質問だが、わたしは今夜、公邸で美術展を主催する。数十人の客が来る。警護は数百人になるだろう。心配いらない。自爆ベストを着けたテロリストひとりを心配してはいない。わたしが心配しているのは、アメリカの外交関係の悪化だ。CIAの本部長がわたしの縄張りに忍び込んで邪魔立てするせいで――」

ハンリーはまたしても話を聞かずにさえぎった。

「ぶしつけとは思いますが、大使。今夜のそのイベントにわたしは出席できませんか?」

セジウィックが話を中断し、ハンリーを悪の化身ではなくただの間抜けだと思っているような目つきで見た。立ちあがり、信じられないというように首をふって、セジウィックがいった。「わたしの街から出ていけ。ベルリンに戻ってきたいのなら、わたしの事務局に知らせろ。冷戦期のスパイみたいにこそこそ動きまわるのはやめろ」

それ以上なにもいわず、セジウィクは書斎を出ていった。表の車列まで送るのが礼儀正しいやりかただと、ハンリーにはわかっていたが、セジウィクが自分で出口を探すのをほうっておいた。セジウィクが大統領に一本電話をかけただけで、ハンリーは五十八歳の元スパイとして、新しい仕事を探さなければならなくなる。ベルリンでこれから一日か二日なにをやろうと、セジウィクは電話をかけるはずだとわかっていた。それでも、セジウィクのいうことをきかず、ベルリンに踏みとどまって、ハズ・ミールザーを見つけ、狙いをつけて、仕留めなければならないとわかっていた。

資産《アセット》は配置してあるし、陰謀と当事者に関する情報を得る手がかりもつかんでいる。それに、いまでは攻撃の時間と場所が、ほぼ確実にわかったつもりだった。

やらなければならないことはわかっていた。ミールザーを今夜、フィンケン通りに近づけないようにする必要がある。そして、すべての手立てに失敗したときに、トラヴァーズ、ジェントリー、ハイタワーがそこにいる必要がある。

ハンリーは携帯電話を出して、スーザン・ブルーアに電話をかけた。ロマンティックことザック・ハイタワーに連絡して、じかに話をするために隠れ家に呼び寄せる手配をした。アンセムも市内にいればありがたいが、逃走してもやむをえないとわかっていた。

67

ケヴィン・マコーミックは、アメリカ大使館五階のオフィスにいた。窓からブランデンブルク門が見える。CIAベルリン支局長のマコーミックは、二日前に屋上の海兵隊たちがテロ攻撃を阻止してから、ほとんど休みなしに働いていた。イランのラジャヴィ将軍が殺されたことで、この先しばらく仕事量は減らないだろうと予想していた。

今週の攻撃についての情報が、ぎりぎりになってアラブ首長国連邦《UAE》から伝えられたことを知っていたので、マコーミックはヒロシマ通りのUAE大使館の信号情報局《SIA》支局に謝意を伝えていた。

だが、ゴドス軍の細胞のリーダーがまだ捕まっておらず、ベルリンにいると考えられるし、この騒乱が終わっていないことをあらゆる兆候が示している。

マコーミックには、ほかにも心配事があった。支局の政治問題が大きくなっていた。だが、それを意識から追い出して、ハズ・ミールザー捜索に進展があったかどうかをたしかめるために、上級秘書官に命じて、ドイツの連邦憲法擁護庁《BfV》のカウンターパートに連絡させようと思った。

それをやるまえに、秘書がマコーミックのオフィスに首を突き出した。「支局長、ハンリー本部長からお電話です」

「ありがとう、ブレンダ」マコーミックは、溜息をついた。要職にある連中の政治だ。この電話がかかってくるのを怖れていた。ハンリーがベルリンにいるのに、ベルリン支局がその情報を大使館に伝えていなかったと知って、大使が怒り狂っていることに、マコーミックは朝のうちに気づいた。

ハンリー本部長がベルリンに来たことをセジウィク大使がどうやって知ったのか、マコーミックにはまったくわからないというのが事実だった。だからといって、ハンリーに許してもらえるはずはないし、ハンリーが来ているのを大使館側に伝えなかったのは事実なので、セジウィクにこっぴどく叱られるにちがいなかった。

電話がつながり、マコーミックはきょう二度あるはずの厄介《やっかい》な会話の最初の会話に備えて、気を引き締めた。

「おはようございます、本部長」

ハンリーが機嫌のいいときでも雑談をしないのを、マコーミックは知っていたが、いきなり叱りつけられるのには心の準備ができていなかった。「くそ、マコーミック。おれがここに来たのを、おまえが大使にいったのか？」

マコーミックはいった。「ぜったいにいってません。できるだけ秘密を守るようにあらゆる手を打ちました」

「そうか、故意ではなかったんだな。ドジを踏んだわけだ。それがおまえの弁護方針か？」

「大使がどうして突き止めたのか、わからないんです。一時間前に幹部会議をひらきましたが、全員——」

「おまえの支局のだれかが、悪意をもってばらしたか、無能だったんだ。そのほかの可能性はない」

「しかし——」

「黙れ、ケヴィン。黙っておれの話を聞け」

マコーミックは、ハンリーとは二十年以上の知り合いだった。こんなに怒っている声ははじめて聞いたので、なによりも大統領のヨーロッパ担当のトップに叱られたのが原因にちがいないと推理した。

ハンリーは解雇されるのを心配しているし、こうなったからにはマコーミックも巻き込まれるかもしれなかった。「はい、本部長」マコーミックはおどおどしていった。

「単純な質問だ。イエスかノーで答えろ。あしたの朝も仕事をつづけていたいか？」

「イエス、イエス、イエス。ほんとうに仕事をつづけたいです」

「だったら、やってもらいたいことがある。抵抗は許さん」

マコーミックは、命綱を渡され、それにしがみついた。「なんでも、お望みのことをやります」

「セジウィックの今夜のパーティの招待券を手に入れてくれ」

「パーティ？　知りませんでした」

「美術展のオープニング・パーティかなにかが、大使公邸である」

マコーミックは、すこし考えた。「ああ、そうでした。そんなことを聞いています」急にほっとした。「問題ないでしょう。わたしは招待されていません。ＣＩＡベルリン支局をセジウィックは毛嫌いしていますから。でも、本部長はだいじょうぶです。美術品を提供するギャラリーに連絡して、招待状を手に入れます」

「よし」

それだけで許されてよろこんだマコーミックはいった。「ほかにわたしにできることは――」

「ある。パスポートを二通届ける。このふたりの身分証明書が必要だ。おれの専属警護官だ。いっしょにパーティへ行く」

「わかりました。警護官のバッジを付けていれば、本部長といっしょにいて、本部長が招待状を持っているかぎり、大使公邸のどんなイベントにもはいれるはずです」マコーミックは元気を取り戻した。「人事に問い合わせて――」

「だめだ」

「どうしてですか？」

「彼らはＣＩＡ局員ではない」

一瞬、沈黙が流れた。「本部長の警護官は、われわれが雇った人間ではないのですか？」

「長い話になる。美術部に用意させろ。おまえがじかに監督し、これはおまえとおれと、美術部の信頼できる人間だけの話にしろ」美術部とは、支局の文書偽造班の俗称だった。ハンリーはマコーミックに、大使のパーティに同行するふたりにはＣＩＡが偽造したバッジを付けさせると、遠まわしにいっていた。さらに、マコーミックにこれの共犯者になれと命じていた。

マコーミックのほっとした声が、苦悩する声に変わった。「それは……じっさい、それは無理――」

「ふたりはCIA《エージェンシー》の契約工作員だ。警護官のバッジは持っていない。ふたりをパーティに行かせたいが、おれの警護班にしないとはいれない。おれの警護班にする必要がある」

マコーミックが、電話機に向かって溜息をついた。「良心に照らして、それは――」

「おまえの良心などどうでもいい！　これを実現する必要があるんだ。やってくれないのなら、プラハ支局のベンジー・ドノヴァンに電話して、伝書使で午後に届けさせる。だが、おれがプラハに電話しなきゃならなくなったら、おまえをポート・モレスビーの人事部長の助手にしてやる」

ハンリーが、声をひそめた。「いってみろ、ケヴィン、パプアニューギニアに赴任したことはあるか？　それともこれがはじめてか？」

間があったが、さほど長くはなかった。

マコーミックがきいた。「その契約工作員は、武器を持つんですか？　それには書類が山ほど必要です。ことにドイツでは。それに、DSSとRSOを通さないといけません」

国務省の法執行機関である外交保安部《DSS》は大使警護に責任を負い、地域安全保障官《RSO》はその法執行官として大使館に勤務する。「それまで偽造するのは無理でしょうね」マコーミックは作り笑いをした。「刑務所に入れられるくらいなら、ポート・モレスビーへ行くほうがましです。おわかりでしょう？」

ハンリーは皮肉をいった。「ニューギニアに行ったことがないようだな」

しばし沈黙が流れた。ハンリーは、マコーミックがズボンの下で大便を漏らしているところを想像して楽しんだ。支局のだれかが本部長がいるのを大使に教えて追い出そうとしたことに、それほど腹を立てていた。

だが、ハンリーはマコーミックに譲歩した。「武器はなしだ。手荒い仕事はDSSとRSOに任せる。おれはそのふたりをそばに置きたいだけだ」

マコーミック支局長は、すこしだけほっとした。「バッジは用意します。画像を自分で持っていって、美術部員が作業するあいだ立ち会います。とことん信頼できる人間に、すべての作業をやらせます。ほかのだれにも知られないようにします」

マシュー・ハンリーは、携帯電話を耳に当てたまま、ひとりうなずいてからいった。

「ありがとう、ケヴィン。ポート・モレスビーは損をしたが、ベルリンは得をした」電話を切り、田舎家《いなかや》の書斎に来ていたジェントリーとザックのほうを向いた。

「ヴァイオレイター、おまえとロマンティックは行けることになったが、非武装で行かないといけない」

「最悪だな」ザックがいった。

「そのイベントには、武装した男女が七十五人いるはずだ。おれはおまえたちの目と耳と頭が必要なだけだ。今夜、拳銃使いふたりは必要ない」

ジェントリーはいった。「前にも聞いたような台詞《せりふ》だ」

ハンリーは肩をすくめた。「非常事態になったら、戦場最適装備《バトルフィールド・ピックアップ》を手に入れられるようにする」

「そういう計画なんですか？」ザックが、疑うようにきいた。

「ミールザーは、ウェイターや、外国の代表団の一員か、絵についてしゃべるアーチストに化けているかもしれない。見当がつかない。やつがそこにいれば、すばやく効果的に捕まえるチャンスがあるだろう」

ジェントリーはいった。「ミールザーが、自爆ベストを付けた戦意満々のゴドス軍細胞といっしょに現われたら？　やつが独りで来ないことはわかっている。やつは戦力を大幅に増強するなんらかの手段を用意しているはずだ」

「ベルリン支局は非常警戒態勢をとっているし、パーティがミールザーのターゲットになる可能性があることを知っている。DSSもそれを知っている。ミールザーがベルリンで自由に動きまわっているのがわかっているから、ドイツ側もすでに高度の警戒態勢を敷いている。トラヴァーズと彼のチームはヘリを用意され、十五分で到着できる。たとえミールザーにべつの配下がいて、二、三十人連れていたとしても、建物内には侵入させない」

「侵入したら」ザックがいった。

「侵入したら、おまえたちがミールザーを阻止する。おまえたちふたりとおれは、公邸内にいる。攻撃が行なわれ、表の警備陣が撃退できなかったら、おれたちの出番だ」

ジェントリーは、ザックがいわずもがなのことを口にしないことを願って、ザックの顔を見た。

だが、ザックはそれを口にした。「本部長、アンセムもここにいますよ。彼女も参加させますか？」

ハンリーが、腹立たしげにジェントリーを見た。ジェントリーは腹立たしげにザックを見てからいった。「おれは嘘をついていませんよ、ボス。彼女は戻ってきました。おれたちがディッテンホファーを救い出しているときに現われたんです」

「いまどこにいる？」

「ディッテンホファーといっしょです」間を置いた。「ふたりはシュパングラーを探しています」

「トラヴァーズにおまえの隠れ家まで送らせるから、しばらくそこにいてくれ。トラヴァーズたちがディッテンホファーを迎えに行く。ディッテンホファーをここに来させて、ベルリン支局に監視させる」溜息をついた。「それからマコーミックに電話して、ゾーヤの今夜のバッジを用意させる」

ジェントリーはなにもいわなかった。ただ床を見つめていた。

「了解したか、ヴァイオレイター？」ハンリーがきいた。

ジェントリーは肩をすくめた。「しっかり了解しました、ボス」

ハンリーは、ふたりの顔に指を突きつけていった。「忘れるな。失敗という選択肢《オプション》はない」

その決まり文句を聞いて、ジェントリーは溜息をついた。「失敗はいつだって選択肢《オプション》なんだ、マット。ただ、自分で選べないだけで」

ザックがいった。「6《シックス》はまちがってない。こいつが失敗するのを見たことがある」

ハンリーはそれを聞き流して、話題を変えた。「おまえはひどい外見だ、コート。パーティの前に身だしなみを整えておけ。美術展だからな。腸チフスを撒《ま》き散らしそうなやつが歩きまわるわけにはいかない」

「ああ。そうしよう」

ジェントリーとザックは、書斎にハンリーを残して表に出て、私設車道を歩いていった。シュパンダウの隠れ家に戻るために、そこでクリス・トラヴァーズの地上班戦闘員ひとりが運転し、助手席にもうひとりが乗っているサバーバンのリアシートに乗った。ハンリーの計画にザックがゾーヤを巻き込んだことに、ジェントリーは腹を立てていたが、落ち着いて考えてみれば、そこから締め出したらゾーヤに尻を蹴とばされるだろうとわかっていた。

ザックがいった。「今夜のためにスーツとネクタイが必要だな」

「ああ」ほかのことを考えていたジェントリーは、うわの空で答えた。

「買い物に行くか？」

「いや、いい。前に買い物に行ったときに、面倒なことになった」ジェントリーは、目の前の任務ではなく、ゾーヤを護《まも》ることだけを考えていた。

ザックがうなずいて、運転席の背もたれを叩いた。「テディ。おまえとグリーアは、おれをどこかのショッピングモールでおろしてくれ。おれと6《シックス》が今夜着る服を手に入れる。それからタクシーでシュパンダウへ行く」

テディがルームミラーごしに見た。「了解した、じいさんたち」

ザックがまた背もたれを叩いてから、ジェントリーのほうを向いた。「おい、ミールザーにはべつの配下がいるだろうし、これから起きることについて、おれたちが知らないことをやつらは知ってるだろうが、非常事態が起きたとき、おれたちは適応して打ち勝つ」つけくわえた。「結局、アンセムはおれたちに必要な応援になるかもしれない。きのうの工場とおなじように」

ジェントリーはうなずいた。ザックのいうとおりだったが、ジェントリーのゾーヤへの愛が、彼女を護りたいという気持ちを強めていた。

68

ジェントリーは、シュパングラーを探しにいったが見つけられなかったゾーヤとアニカが戻ってきた直後に、隠れ家に着いた。シュパングラーはアニカのメールと電話に応答せず、自宅はひと気がなく、急いでどこかへ行ってしまったような感じだった。

シュパングラーがベルリンから逃げ出したことは、だれの目にも明らかだった。

アニカ・ディッテンホファーは、脚をひきずりながらテディやグリーアとともにサバーバンに乗ると、すぐさま、ショッセ通りのドイツ連邦情報局《BND》本部に連れていってほしいといった。

テディはすこし笑い、リアシートにアニカと並んで乗っていたグリーアは丁重な口調で、これはタクシーではないし、連れていく場所は変更できないし、文句をいってもふたりとも耳を貸さないと、きっぱり説明した。

アニカが反抗のしるしに胸をふくらましたが、ルームミラーごしにテディの目つきを見て、抵抗しても無駄だと悟った。

アメリカ人に捕らえられたのだ。

アパートメントビル三階の狭い部屋で、ゾーヤはジェントリーの腕の包帯を調べ、清潔な包帯に巻き直すことにした。ゾーヤがそれをやっているあいだに、ジェントリーはハンリーとのやりとりを話し、こう締めくくった。「つまり、ハンリーはきみがここにいるのを知っているし、今夜、来てもらいたいと思っている。おれ自身は――」

「わたし自身は」ゾーヤがさえぎっていった。「それが正しい考えだと思う」

「正しいと、おれも思う」ジェントリーは、ゾーヤと議論するつもりはなかった。どういうことになるか、わかっていた。だから、腕時計を見た。「もう二時近い。ハンリーは、七時までにリヒテンラーデに戻れといっていた」

ゾーヤはジェントリーの体を調べ、額に手を当てて、気分はどうかときいた。

「だいじょうぶだ」

「熱はないみたいだけど、皮膚がべとべとしている。きのう工場であったことのせいで、肩と腕は痛いはずよ」

「鎮痛剤を飲んでいる」

ゾーヤはうなずいてからいった。「今夜、鎮痛剤を飲むの？」批判する口調ではなかった。

「もちろん飲まない。しかし、なにが起きても、あとですぐ飲めるように持っている。なぜか、必要になるという気がする」

ジェントリーのようすを見て、ゾーヤが気に入らないと思っているのは明らかだった。

「最後に眠ったのはいつ？」ゾーヤがきいたので、ジェントリーはすこし考えた。

「三十時間くらい前かな」

「こっちへ来て」ゾーヤは、ジェントリーをバスルームに連れていった。そこに積みあげた寝具や服の上にふたりは寝た。ふたりで横になるのがやっとの狭い空間で、ふたりは抱き合った。

ジェントリーが体を動かしてキスをした。ゾーヤがキスを返したが、ほんの一瞬だった。

「どうした？」ジェントリーはきいた。

「ザックがじきに帰ってくる。あなたは休まないといけない」

ジェントリーは、がっかりしたのを隠そうとしなかった。

「あなたは病気で、怪我《けが》をしている。一日半も眠っていない。ちゃんと働くのに麻薬系鎮《オピ》痛剤《オイド》と覚醒剤《スピード》の両方を必要としている。眠りなさい。わたしが見張っているし、ザックが戻ってきたら、邪魔させないようにする」

ジェントリーは、そういう予定を押しつけられるのが嫌だった。「おれはだいじょうぶだ、Z《ジー》」

「あなたはだいじょうぶの正反対よ。ハンリーはわたしたちを借りてきたラバみたいにこき使うけど、あなたは借りてきたラバなのに勝手なことをしたり、よけいな仕事をしたりする」溜息をついた。「あなたってそこまで……」

ゾーヤが言葉を見つけられなかったので、ジェントリーは笑みを浮かべた。「自分の意志をあくまで押し通す？」

だが、ゾーヤは首をふった。「正気じゃないって、いおうとしたの」

「そうだな」

「眠りなさい」

ゾーヤにぎゅっと抱き締められ、ジェントリーは数分のあいだに眠りに落ちた。

ジェントリーは、顔をゾーヤの豊かな髪にうずめたまま目を醒《さ》ました。まったくなじみのない状況だったが、穏やかな感覚にあふれていた。

体がどこも痛くないことに、にわかに気づいた。

目が醒めてから長つづきしないはずだとはいえ、すべての痛み、死、危険がすべて、たとえ数時間でも忘れ去られていた。

　これなら耐えられる。

　この一年間、毎晩のようにゾーヤのことを思い、いっしょにいて、両腕に抱き締めて目醒めることを夢見てきた。いまそれが実現している。あとのことはすべて待たなければならないと思った。

　これを一分だけ味わいたい。

　ゾーヤがゆっくり目を醒まし、腕のなかで身動きするのを、ジェントリーは心地よく感じていた。ゾーヤが顔をあげて、まるで子供のようにまわりを見た。彼女にもなじみのない領域だというのがわかった。ジェントリーはゾーヤのうしろにいて、じきにゾーヤがジェントリーの前腕を両手で挟んでぎゅっと握った。

　ゾーヤの声はかすれていた。「ハイ」

「おはよう《ドーブロエ・ウートロ》」ジェントリーはロシア語でいった。

　ゾーヤは腕時計を見て、ジェントリーの肩に頭をあずけ、くすくす笑った。「午後六時十五分だから、こんばんは《ドーブルイ・ヴェーチェル》よ。眠ってもあなたのロシア語はうまくならないわね」

「眠ってもきみの減らず口は収まらないね」

　ふたりはしばし黙って横になっていた。ジェントリーはなにかいおうと考えたが、ゾーヤが先にいった。

「気分はどう？」

「最高だね」

ゾーヤが、ちょっと鼻を鳴らして笑った。「バスルームの床で、下着で眠っていたのに。あなたの生活がどんなふうか、察しがつくわ」

ジェントリーも笑った。「いまのところ、文句のつけようがない」

寝室のドアがギイッという音をたて、ゾーヤとジェントリーは拳銃をつかんだが、バスルームのドアから覗《のぞ》く前に、ザックの声が聞こえた。

「なまけてないで起きろ。昼寝だと？　なんだと思ってるんだ。カリブ海クルーズか？」

ジェントリーがドアを押しあけ、明るい光に目を細めると、バスルームの床で体をくっつけていたゾーヤとジェントリーにザックが目を向けた。「いかれたやつ同士、お似合いだぜ」向きを変え、寝室から出ていった。「立て。三十分後に、シャワーを浴びて服を着て、下に来い。テディがハンリーのところへ送っていってくれる。車を乗り換えて運転し、おれたちがハンリーをイベント会場へ連れていく」

わざと不真面目に大声でいった。「みんな、パーティに行くぞ。テロリストなんかどうでもいい。楽しそうじゃないか？」

69

ザック・ハイタワーは、クライウアレーとフィンケン通りの角の検問所でBMW5シリーズをとめ、サイドウィンドウをあけた。助手席に乗っていたコート・ジェントリーが証明書を出して渡し、制服警官がそれを見て携帯電話でスキャンした。ショットガンを首から吊っているもうひとりの警官が助手席側のサイドウィンドウのそばに立った。ジェントリーが目を合わせると、その警官が黙ってうなずき、車の検査をつづけた。

ゾーヤはハンリーといっしょにリアシートに乗っていて、ハンリーにIDを渡した。ハンリーが自分の側のサイドウィンドウをあけて、ふたりのIDと招待状を渡した。

警官がハンリーの招待状を調べ、ふたりのIDをスキャンするあいだに、ザックはトランクとボンネットをあけるよう指示された。警官がトランクとエンジンルームに爆発物がないことを確認し、もうひとりの警官が鏡付きの棒で車体下を調べた。

ドイツの警官は、こういったことをすべて効率的にやっていた。ベルリンでは要人が参加する外交行事が多いので、経験豊富なのだ。

とはいえ、今回のイベントの警備を担当する人間にとっては、ふだんとはまったく異なる状況だった。CIA本部はドイツ当局に、アメリカ大使公邸で今夜、なにかが起きる可能性があるという不安を伝えていた。さらに、アメリカ大使館のCIA局員はドイツ側のカウンターパートに、イベントを延期するか中止するよう大使を説得できなかったことを認めていた。こういう行事の警備はもともと厳重だったが、今回はそれを倍に強化し、ベルリン中の警官が警戒態勢をとっていた。

BMWが検問所を通されてつぎの検問所に向けてフィンケン通りを進むあいだ、乗っていた四人は自分たちが見たものについて話し合った。

「最初の検問所に市警の警官が八人いた」ザックがいった。

「わたしが数えたのとおなじ」ゾーヤがつけくわえた。

ジェントリーは、右側の公園を覗《のぞ》き込んでいた。「無線付きの車が六台、制服警官が一台にふたり乗り、道路の南側に駐車している。木立のなかにフラッシュライトが見える。徒歩のパトロールだろう」

ハンリーがいった。「逆方向にも検問所があるだろう。つまり、おれたちが見ている倍の人数が、外周の警備部隊だ」

ザックがいった。「左に老人ホームがある」

ジェントリーは茶化した。「マット、ザックがひとっ走りしてパンフレットをもらってきてもいいか？」

「言葉に気をつけろ」ハンリーがいった。「おれのほうがロマンティックよりも高齢だ」

運転していたザックがうめいた。「その暗号名が大嫌いなんですけどね」

ハンリーは答えなかった。サイドウィンドウに顔を近づけて、暗い空を見あげた。「航空班が見えない。ドイツはヘリを一機か二機出しているはずだ」

BMWが正面ゲート前の道路にある第二の検問所でとまり、黒いウィンドブレーカーを着て武装した男に、四人とも車をおりるよう指示された。道路に四人が立つと、数人のドイツ人に棒状の金属探知機で武器を持っていないか調べられた。大使館の地域安全保障官《RSO》にくわわって警備業務を手伝っている地元の公安部門の人間のようだった。

駐車係がザックからキーを受け取り、フィンケン公園の駐車場にBMWをとめにいった。四人はそのあいだに私設車道脇の警衛詰所のほうへ行き、あいているゲートを通った。

ジェントリーは通りすがりにゲートの鉄棒に手を置いて、突破しようとするたいがいの車両を阻止できる頑丈な鉄でできていると判断した。

ゲートが閉じていればということだが。

警衛詰所には、ＭＰ５サブマシンガンを携帯している制服の外交保安部《ＤＳＳ》部員六人が詰めていた。ハンリーと連れの三人は、高級な服を着た客たちの短い列のうしろに並んで待ち、三度目の招待状とＩＤ確認を受けて、私設車道を歩き、二エーカーの公邸の本館にようやく迎え入れられた。

美しく手入れされた庭のあちこちに男女の警備要員が立ち、全員がスーツ姿で、サブマシンガン、ショットガン、拳銃を携帯していた。ジェントリーは、コード付きイヤホンとベルトの携帯無線機を見て、地元警察や、公館正面のＲＳＯ、館内の大使の警護班と連絡がとれるはずだと思い、いくらか安心した。

広壮な白い館の屋根に動きが見え、ＤＳＳのスナイパーがいるとわかった。あるいは海兵隊員だろう。

四人は固まって歩いていた。ゾーヤ、ジェントリー、ザックは、ハンリーの警護班なので当然の態勢だったし、周囲に聞かれないように話をすることができた。

ゾーヤがいった。「ドイツの警察も含めて、警備はゆうに七十五人はいる。百人近いかもしれない」

「ああ」ハンリーがいった。「しかし、スルタン・アル＝ハブシーはそんなことは先刻承知だし、ミールザーはそれに備えるだろう」

ザックがいった。「ミールザーはどうやって部隊を侵入させるつもりだ？　すでに侵入していなければだが」

そのとき、警察のヘリコプターが頭上を通過し、通りの向かいの公園をスポットライトで照らしてから、飛び去った。

「航空班。プラスの展開だ」ジェントリーはいった。「地元警察だ。本来ならGSG9《グレンツシュッツグルッペ・ノイン》が空に出動し、攻撃準備をしていないといけない」

だが、ザックがそれに冷水を浴びせた。「ドイツのエリート特殊任務部隊、第9国境警備群は、世界最高の準軍事部隊のひとつだ」

四人は、九時十分過ぎに、修復された広壮な二十世紀初頭の館の正面玄関をはいり、ひそかに隠し持っていたイヤホンを耳に差し込んで、建物内のどこにいても通信できるようにした。

会場にはいり込むのに成功すると、四人は今夜の作戦のフェーズ2《ツー》に取りかかった。セジウィクや、ハンリーの顔を知っているセジウィクの部下に、ハンリーが見つからないようにしなければならない。しかも、起こりうる可能性が高いテロ攻撃に備えながら、それをやる必要がある。

フェーズ3《スリー》では、館内の人間すべてに目を光らせ、脅威の可能性があるかどうかを判断する。

そして、フェーズ4《フォア》は、テロ攻撃を阻止することだった。

長く苦しい夜になる。

ゾーヤはリビングの客たちの顔をずっと見ていて、あることに気づき、イヤホンのマイクでささやいた。「ロシア大使を発見。警護ふたりといっしょにいる。武器は持っていないみたい」

「おれたちとおなじだ」ジェントリーは茶化した。

午後九時過ぎ、ロゴもなにも描かれていない巨大なセミトレイラー・トラック二台が、クライウアレーを北上した。空は厚い雲に覆《おお》われ、その時刻でも真っ暗になっていた。連合国博物館のそばを通り、数台分の車間をとって、空いている夜の車の流れに合わせて走っていた。

大型トラック二台が速度を落とし、二車線の街灯のない森の道路に左折しても、周囲の車に乗っていたひとびとは、その二台にまったく注意を払っていなかった。トラックは低い音を響かせて、ベルリン最大の緑地であるグルーネヴァルトの森を低速で進み、クライウアレーと道路沿いの大邸宅の明かりから遠ざかって、一〇〇メートルほど奥へ分け入った。

大型トラックは二台とも速度を落とし、スイス・レストランの駐車場のすぐ手前で、できるだけ右に寄せて狭い路肩にとまった。駐車するときに、トラックのエアブレーキが空気を吐き出す音をたてた。二台目のトラックの運転台からふたりが跳びおりて、後部へ走っていった。トレイラーの後部は森とは反対側、ベルリン中心部を向いていた。厚い扉を男ふたりがあけて、なかを覗《のぞ》いたが、暗闇しか見えなかった。

だが、それは数十秒のあいだだけだった。先頭のトラックの運転台からハズ・ミールザーがおりてきて、二台目のトラックのあいた扉に向けて走ってきた。ミールザーは、胸の前で操作できるように、小さなノートパソコンを吊るしていた。横のUSBポートに小さなジョイスティックが取り付けてある。ミールザーが走るのをやめてスクリーンに目を向けた。いくつかキーを叩くと、トレイラーのなかで小さな赤いライトが数十個光った。

ライトがひとつずつ赤からグリーンに変わった。

ミールザーは、森のなかの道路と薄暗がりに沈んでいるクライウアレーのほうをふりかえった。こちらに向かってくる車が何台かあったが、自分と作戦への脅威らしきものはなにもなかった。

それに、脅威があったとしても、いっしょにいるふたりが折り畳《たた》み銃床の単銃身AK－47を薄手のジャケットの下に隠し持っている。

ミールザーは、キーボードに手をのばして、深く息を吸い、コマンドのキーをふたつ押しながら、「アッラーは偉大なり《アッラーフ・アクバル》」と唱えた。

百六十基のモーターが回転する甲高《かんだか》い音が、大型トレイラーのなかから響いた。そのうなりは、苦痛なほどけたたましかった。ミールザーはふたたび道路を確認して、支障がないとわかると、さらにいくつかキーを叩いた。

午後九時十五分、クワッドコプター型武装ドローンが一機ずつ、トレイラーの側面に並んでいる金属製のラックから自動的に離れて、後部からゆっくりと飛び出しはじめた。

幅一メートルのドローンの最初の一機が、歩くくらいの速度でミールザーと男ふたりの頭のそばを通り、おなじようなゆっくりした速度で上昇した。道路の上に樹冠があったが、よく手入れされているので、一五メートルの高さまで、大枝が道路をまたいでいる個所はなかった。

一機目のドローンがわずか一〇メートルの高さで上昇をやめ、そのうしろで水平に二〇メートルの距離を置いて、二機目がトレイラーから飛び出した。

機体のいっぽうに小さなグリーンのライトがあるだけで、暗いなかではドローンはほとんど見えなかったので、だれにも気づかれずに、通過する車の上で森の道路に沿い飛んでいった。

ミールザーは、〝目〟と呼んでいる先頭のドローンのカメラの画像を、ずっとノートパソコンで確認していた。その一機目のドローンが、ミールザーの偵察機になる。〈カルグ〉ドローンはすべてカメラを備えているが、その一機だけは編隊の上空に位置し、攻撃中に非自律型のドローンを組み合わせてもっとも大きな損害をあたえられるように、位置関係を掌握《しょうあく》するのに使う。

この時点では、ミールザーは小さなドローンをすべて操縦しているわけではなかった。一連の命令をあたえ、あらかじめ決めた経路で飛ぶように命じているだけだった。いつでも望むときに命令を変更して個々のドローンを操縦することができるが、いまはターリクの配下がインプットしたプログラムが実行されるのを見守っているにすぎない。

森を出た一機目のドローンは、左に曲がってクライウアレーの上を飛び、高度一二〇メートルまでほぼ垂直に上昇してから、時速五〇キロメートル近い速度で水平に飛びはじめた。

一機目につづいて、後続のドローンの群れが、小さなプラスティックのローターで空気をかきまぜ、水平に二〇メートルの間隔をあけて飛んでいた。

わりあい静かなこの界隈《かいわい》でも、高いところを飛ぶクワッドコプター型ドローンの音は、車の走る音にまぎれて聞こえなかった。夜の暗い雲の下なので、姿もほとんど見えなかった。

ドローン四十機――二十機編成の飛行隊二個――がラックを離れて目的地へ向けて飛びはじめるまで、二分以上かかったが、そのあとすぐに二台目のトレイラーの扉が閉じられた。運転台からおりたくだんのふたりが、扉の掛け金をかけてからトラックの前部へ行った。すぐにミールザーがふたりを強く抱擁《ほうよう》し、満面に笑みを浮かべた。

ミールザーがいった。「天国が待っている」ふたりがおなじ言葉を唱えた。

ミールザーは道路を駆け出して、一台目のトラックに乗った。二台目とおなじように、エンジンはかけたままだった。運転台には仮眠用の寝棚があり、ミールザーはそこに設置した小さなワークステーションへ這《は》い込んだ。首からノートパソコンをはずして、テーブルに置き、電源と寝棚の前の壁に取り付けたモニター三台に接続した。すぐさま、中央のスクリーンに表示されている、クライウアレー上空を飛ぶ〝目〟ドローンの画像に注意を向けた。

大型トラック二台は同時に走りはじめ、スイス・レストランの駐車場にはいって方向転換し、攻撃ドローン二個飛行隊のあとを追った。

ジェントリーはパーティのために来たわけではない――パーティのよしあしなど見分けられない――しかし、周囲の客が楽しんでいることは認めざるをえなかった。

ポインズン・アップルの契約工作員三人は、広い二階建ての館を歩きまわって握手を交わしているセジウィックを必死で避けているハンリーにくっつきすぎないようにしながら、できるだけ近くにいた。

その館は、一九二〇年代に裕福なドイツ人実業家が建て、第二次世界大戦中にほとんど破壊されたが、西ドイツの資本主義がブランデンブルク門の西側のすべてを修復したときに、再建された。南側の玄関が左右にのびる広いギャラリーに通じ、裏手、左右の翼、二階に広い居住スペースがいくつもある。部屋が広く天井が高いため、美術展にうってつけだし、セジウィック大使本人も精力的な美術後援者を自負している。

ベルリンを故郷と呼ぶアーチストや政府高官がおおぜい詰めかけ、地元の名士も多数来ていた。集まっている客たちが警備陣に気づかないはずはなかった。武装した警護官が何十人もいるのは、週はじめにアメリカ大使館がテロ攻撃されたからだと、何人もが憶測を述べているのが、ジェントリーの耳にはいった。もっとも、客たちは美術品をじっくり眺め、近くを通る給仕係の銀のトレイからフルートグラスのシャンパンを取るのに余念がなく、なにも心配していないようだった。

ハンリーは、壁やまんなかのイーゼルに展示されている絵を鑑賞するふりをしながら、長いギャラリーを歩いた。アメリカの現代のミニマリズム画家・故ロバート・ライマンの作品が中心だった。いっぽう、工作員三人は、脅威はないかと群衆に目を配っていた。

CIA作戦本部本部長のハンリーの顔を知っている人間が、セジウィク以外にここに何人もいるはずなので、ハンリーがセジウィク本人かあるいは部下のひとりにどこかの部屋に連れていかれて、出ていけといわれるのではないかと、ジェントリーははらはらしていた。だが、いまのところはだいじょうぶで、大柄なハンリーは、裏庭の夜気のなかに立って、オードブルをふた皿たいらげていた。

ポイズン・アップルの工作員三人は、なにも食べなかった――仕事中の警護官が軽食を食べるのは非常識だ。ハンリーが、絵――どれも白いカンバスに濃いグレイや薄いグレイを塗りたくっただけにしか見えない――を見ているあいだ、ザック、ゾーヤ、ジェントリーは、群衆のなかに目を配っていた。

もちろん、ミールザーを探していたのだが、攻撃前の兆候をだれかが示していないかと気をつけていた。カナッペを渡している給仕係の男、シャンパンのトレイを持って通る給仕係の女、細長いリビングやギャラリーの美術品のそばに立つ地元で雇われた警備員。

だれがこれに関与していてもおかしくない。

ザックがマイクでささやくのが、あとの三人に聞こえた。「どこに美術《アート》があるんだ?」

ジェントリーもおなじように感じていた。どの絵も埃《ほこり》のなかから回収したなにも描いてないカンバスのように見えた。だが、ジェントリーは美術評論家ではない。

ゾーヤは、ザックに腹を立てたらしく応じた。「すばらしいと思う。微妙だけど、力強い」

「おまえはどう思う、6《シックス》?」ザックがきいた。

ジェントリーは、声を殺して悪態をついてから答えた。「けっこう気に入った」オフホワイトの正方形の意味がまったくわからなかったので、嘘だったが、ザックとおなじネアンデルタール人だとゾーヤに思われたくなかった。

ハンリーは、それまでずっとやりとりを黙って聞いていた。ささやき声だったが、三人の耳に大きく聞こえた。「絵なんか見るのはやめて、ターゲットを探せ」

「ごもっとも、ボス」ザックが応答した。

ハンリーのイヤホンからビーッという音が聞こえ、電話がかかっているとわかった。ひきつづき作業をつづけろと三人に命じてから、ハンリーは小さなイヤホンを叩いた。スーザン・ブルーアからで、ドイツ側の捜査状況を伝えられた。

ミールザーの狭いアパートメントから回収したハードドライブに、ミールザーが最初の攻撃の日に書いたメモがあり、第二波も大使館に対して行なわれるとそれに書いてあったという。一〇キロメートル以上離れた大使公邸は、ターゲットではない。

ハンリーはしぶしぶ、クリス・トラヴァーズと地上班チームを大使館近くの通りで待機させるようスーザンに命じたが、公邸の警備状況が整っていることは認めざるをえなかった。攻撃へリコプターの編隊が襲ってくるのではないかぎり、百人近い警備陣が撃退できるし、ミールザーにそんなものが用意できるとは思えなかった。

テロ攻撃の可能性について、ドイツ側に警告し、CIA支局に警告し、大使にも警告した。ほかにどんな手が打てるのか、わからなかった。

ハンリーは、イヤホンを通常のチャンネルに切り換えて、ポイズン・アップルの資産《アセット》三人にいま聞いたことを伝えた。それに対して、ザックがいった。「ドイツ側が不活性工作員《スリーパー》細胞から得た情報はすべて、つぎの攻撃が大使館に対して行なわれることを示している。ここはずれかもしれない。ここにある絵とおなじで、空《から》っぽだ」

ハンリーはいった。「やつらが大使館を攻撃することを願うしかない。いま大使館はロックダウン中だ。パリ広場の大使館を攻撃しても、いるのは海兵隊だけだ。それに海兵隊にいまミールザーを片づけてもらえば、一週間後に大使館のやつらにこっぴどく叱られずにすむだろう」

「了解です、ボス」

ゾーヤが皮肉まじりにいった。「それじゃ、大使館が攻撃されるよう祈ります。それが最善の事案想定《シナリオ》なんですね？」

「そうだ」ハンリーが断言した。

「最悪の場合は？」

「注意を怠《おこた》るな。なにもかも見破ることができるかもしれない」

たしかに、シュパングラーのいどころはわからないし、スルタン・アル＝ハブシーを拘束して訊問することもできていないが、ハンリーはその失点ふたつをあまり気にしていなかった。シュパングラーは、アル＝ハブシーの計画をドイツで手伝う走り使いにすぎず、ベルリンのゴドス軍工作員が計画している攻撃の詳細はなにも知らないにちがいない。

それに、アラブ首長国連邦信号情報局《UAESIA》の作戦担当副長官を拘引《こういん》することなど、ぜったいにできるわけがないとわかっていた。スルタンはアラブ首長国連邦の首相でドバイの首長の息子なのだ、非合法施設《ブラック・サイト》に連れていって拷問で情報を吐かせるのは不可能だ。

いまのところ、自分は適切な場所で適切なことをやっていると、ハンリーは判断した。大使館が攻撃された場合に備えて、現場に戦闘員を配置している。阻止することはできず、警告しかできなかったかもしれないが、責任は果たしている。

もっと広い範囲を調べるために分かれるよう、ハンリーは三人に命じた。ジェントリーとゾーヤは館のなかに戻り、ハンリーとザックは階段をおりて裏庭へ行き、ふた手に分かれた。

70

〈カルグ〉を発進させた大型トラックは、クライウアレーを北上していた。フィンケン通りの大使公邸に通じる角まで、わずか二〇〇メートルに迫っていた。運転台のふたりにはすでに、広い老人ホームの前で道路をふさいでいる警察車両の回転灯が見えていた。ふたりは顔を見合わせて、うなずき、祈りを唱えはじめた。運転手がアクセルをいっそう強く踏みつけた。

一〇〇メートルうしろを走っていた二台目のセミトレイラー・トラックの寝棚で、ミールザーは左のスクリーンを見て、タッチパッドを使い、十カ所のターゲットを選択した。三カ所はフィンケン通りとクライウアレーの角、つぎの三カ所は大使公邸正面ゲートの警衛詰所、あとの四カ所は、通りの南の公園だった。

ミールザーは、すばやく右を向いた。興奮のあまり、顔から汗が滴《したた》った。右のスクリーンを見て、またターゲットを十カ所選択した。すべて第一飛行隊の二次攻撃のためのターゲットだった。

それが済んだとき、ミールザーが乗っているトラックの運転席の無線機から、叫び声が聞こえた。「あと三十秒！」先頭のトラックの運転手だった。ゴム出身のゴドス軍工作員で、以前の職業が引っ越し用トラックの運転手だったので、二十四時間かけて、ミールザーが大型トラックの運転を教え込んだ。

無線機のそばに座っていたミールザーのトラックの運転手が、それと同時に叫んだ。「あと三十秒」ミールザーのトラックのトレイラーに乗っていた十二人に携帯無線機で伝えるためだった。

ミールザーは、頭のなかで秒をカウントダウンし、あと二十秒になるとノートパソコンのキーを押してコマンドを発した。鼓動が激しくなり、息が浅くなったが、ゼロまでカウントダウンをつづけた。

フィンケン通りの一二〇メートル上空で、〈カルグ〉ドローンの第一飛行隊が二〇メートル間隔で長方形の編隊を組み、ホヴァリングした。衛星通信で終末攻撃命令を受信すると、そのうち十機が高度を下げ、やがてそれぞれべつの方向へ急降下した。

クライウアレーの検問所を担当していた地元警察は、コンゴ民主共和国の大使が乗るレンジローバーを通過させたところで、警察官八人が警察車両に寄りかかり、そのうちふたりがチケットを手に入れた近日中のヘルタ・ベルリンのサッカーの試合について、また話しはじめた。

だが、話はすぐにとぎれた。レンジローバーが走り去った数秒後に、警官ひとりが南のクライウアレーを指さした。「おい、見ろ《クック・マール》！」

セミトレイラー・トラック一台が、高速で接近していた。トラックが驀進《ばくしん》して巨大なヘッドライトの強烈な光がバックミラーに映ると、前方を走っていた車数台が蛇行してよけた。その一〇〇メートルうしろから、おなじ型のトラックが接近していた。

警官ひとりが無線機に手をのばし、あとの警官たちが銃を構えたが、三秒後に全員の目が大型トラック二台から離れて、暗い夜空に向けられた。どこからともなく甲高《かんだか》いうなりが聞こえ、それがどんどん大きくなると、モスバーグ・ショットガンを持った警官ひとりが、空の音の源《みなもと》に見当をつけて、とっさに発砲した。

発射されたバックショットは、かなりの速度で飛ぶ〈カルグ〉ドローンに数メートルの差で当たらなかった。そのとき、警察車両数台と警官八人の五メートル上で、ドローンの弾頭が自爆し、男女警官の群れに向けて弾子が勢いよく撒《ま》き散らされた。

バックショットの粒とほぼおなじ大きさの弾子百個は、数人を即死させただけだったが、二機目と三機目が一機目につづいて攻撃した。

二機目は一機目と同様に対人兵器を搭載していたが、三機目は高性能爆薬弾頭だった。空中で爆発するのではなく、警察車両一台に激突し、タンクのガソリンが燃えあがった。警察車両が密集してとまっていたため、いっせいに炎が噴きあがった。

「まずい」ザック・ハイタワーが、イヤホンで伝えた。

弦楽四重奏と絵についての会話で館内はやかましかったが、だれもが異様な物音を聞いていた。訓練されたポイズン・アップル三人の耳は、一度の銃声と、つぎの瞬間にたてつづけに響いた爆発音を聞き分けていた。ジェントリーはゾーヤのあとから走ったが、ゾーヤはすでにロシア大使一行に近づき、横の廊下に移動させていた。シェルターに誘導しているにちがいない。

ジェントリーはリビングを駆け抜けて、ギャラリーに向かったが、数歩進んだときに、最初の爆発よりも近い爆発が、夜の闇を揺らした。

一台目のセミトレイラー・トラックが、タイヤを鳴らして速度を落とし、九〇度右に曲がった。大型トラックの運転に慣れていない運転手は、左側のタイヤを老人ホーム前の縁石に乗りあげたが、そこでアクセルを踏み込み、燃えている警察車両四台の残骸《ざんがい》を突破した。

驀進する大型トラックの運転手は、自分の位置とターゲット——私設車道の入口の警衛詰所——のあいだの道路で自爆している〈カルグ〉ドローン七機のすさまじい爆発音を聞いた。

道路沿いにいた警官はすべて、高度五メートルで起爆する対人兵器によって体をずたずたに引き裂かれた。弾頭一個の必殺範囲は半径二五メートルに及ぶ。四〇メートル前方の左側にあるゲートにフロントグリルを向けて加速していた大型トラックの行く手にあたる、道路の公園側で、無数の弾子が警察車両、制服警官の体、葉が茂る樹木を貫通していた。ドローンの対人兵器で殺されなかった詰所の警衛たちが、巨大なセミトレイラー・トラックが敷地に突入するのを防ごうと血眼《ちまなこ》になって、鉄のゲートを押して閉めようとしていた。

フィンケン通りを護《まも》る男女がセミトレイラー・トラックに向けて放った初弾は、二十二歳の女性警官の銃から放たれた。上空の爆発によって背中に致命傷を負ったその警官は、公園の端の地面に仰向《あおむ》けに横たわっていた。彼女はふるえる手でグロック17セミオートマティック・ピストルを抜き、突進するトラックのフロントウィンドウに向けて、一発放った。

女性警官はそこで拳銃を落とし、出血多量のために意識を失ったが、その一発がフロントウィンドウを突き抜けて、運転手の右耳をかすめたため、運転席とトレイラーがくの字に折れ曲がって車首が左を向いた。大使公邸の屋根にいたスナイパーひとりが、つぎの瞬間に撃ったが、トラックの急な動きを予期できるはずもなく、きわどいところで命中しなかった。スナイパーはすばやく二発目を薬室に送り込んだが、トラックはすでに公邸の庭とフィンケン通りのあいだの木立の蔭に見えなくなっていた。

トラックはそこで石塀に沿ってとまっていた警察車両数台に激突したが、巨大な車体の前進モーメントによって、ゲートに近づいていった。

大使公邸に危険が迫るあいだ、外交保安部《DSS》のアメリカ人と地域安全保障官《RSO》のドイツ人の型も口径もさまざまな十数挺の銃が、トラックの運転台めがけて発砲し、乗っていた人間に弾丸を浴びせた。

セミトレイラー・トラックが、私設車道の前で閉ざされた頑丈な鉄のゲートにぶつかってようやくとまり、左右にふられたトレイラーが、走っていた警官ふたりをまるでアリのようにはじきとばした。そのとき、二台目のセミトレイラー・トラックが、一〇〇メートルうしろで、老人ホームの前で燃えている警察車両の残骸《ざんがい》を抜けていた。

一台目の助手席に乗っていたイラン人は、計画全体のなかでひとつの役割を果たすよう命じられていた。任務の成功はそれにかかっているので、失敗は許されないといわれていた。その男は四発被弾し、頭、首、胸からだらだら血を流していたが、死ぬ前にトラックがゲートに達することを祈って、右手に握ったデッドマン・スイッチを親指でずっと押していた。

大量に出血して朦朧《もうろう》としていたうえに、激しい銃撃で五感がおかしくなっていたので、トラックがターゲットの四メートル以内でとまったかどうかわからなかった。そのため、じっと座っていたが、額を撃ち抜かれて、脳が体に指示を下すのをやめたため、親指の力が抜けた。

先頭のトラックは、〈カルグ〉ドローン四十機を収納する背の高い金属製マガジンラックを積んでいたので、爆薬を積めるスペースが限られていたが、信号情報局《SIA》が製造して、倉庫のミールザーと新しい細胞のところに届けた燃料油と肥料を混合した爆弾は、かなり威力の大きい手製爆発物だった。五五ガロン（ほぼ二〇八リットル）のドラム缶三本に硝酸アンモニウム三〇〇キログラムとディーゼル燃料を混ぜたものを詰め込み、SIAがアルバニアで非合法に購入した雷管と導火線を取り付けてある。運転台の助手席の人間が、デッドマン・スイッチを押していた親指を離すことで、起爆過程が開始される。

警護官十数人が、銃を肩付けしてトラックのフロントウィンドウに向けて撃ちながら私設車道を走りおりていたとき、くの字に曲がっていたトレイラーが、TNT火薬一二五〇ポンド(五六七キログラム)分の威力で爆発した。

爆発で三〇メートル以内にいた男女はすべて殺され、五〇メートル以内にいて、裏庭か館内にいなかった人間はほとんど負傷した。フィンケン通りにいた人間はすべて鼓膜が破れた。

鉄のゲートが消滅し、警衛詰所と石塀二〇メートルが破壊された。通りで警察車両がひっくりかえり、爆発し、燃えた。公園の木立はすべて引きちぎられた。

高額所得者が住む住宅地は、熾烈《しれつ》な市街戦の場と化していた。

コート・ジェントリーは、美しい館の玄関の広間にいて、実情がわからないまま攻撃阻止を手伝おうとしている武装警護官たちのうしろを走っていたが、トラックが爆発すると、うしろに吹っ飛ばされて大理石の床に倒れ、仰向けに三メートル滑って、階段のそばで体を丸めてとまった。何人もが、そばに倒れた。二台目の巨大なトラックが接近する音が西から轟《とどろ》くあいだ、ジェントリーは身動きせずそこに横たわっていた。

ミールザーは、まだ二台目のトラック――いまでは唯一のトラック――の寝棚にいて、タッチスクリーンと〝目〟ドローンの映像のスクリーンを使って、ターゲットを指定していた。そのとき、運転手がトラックをクライウアレーからフィンケン通りに右折させ、体が左にひっぱられるのがわかった。攻撃第二波を開始する必要があるのはわかっていたが、一台目のトラックの爆発に対応して大多数の警護官が表に出たところを攻撃したいと考えていた。

大使公邸の庭に動きが見えた。五〇メートル四方のよく手入れされている丘の東寄りに、南に下る私設車道があるので、統制がとれていない警護隊と一般市民がそこを通って爆発から遠ざかろうとしているのだと、ミールザーは判断した。

ミールザーは、公邸の屋根に注意を向け、キーを押してコマンドを発した。数秒後、ドローン二機の弾頭がそこに配置されていたスナイパー四人の上で爆発するのが見えた。ミールザーの任務を脅《おびや》かす要素が消滅した。運転手がトラックの速度をあげるのが感じられ、数秒後にはエアブレーキをかけるとわかっていたので、ミールザーは手をのばして、小さなデスクを力いっぱい握り締めた。

ジェントリーは目をあけた。耳が鳴り、口に血の味がしていたが、自分の血なのかどうかわからなかった。ダークグレイのスーツを見おろすと、破れて血の染みがあった。煙と埃《ほこり》のなかを透かし見ると、正面の暗い玄関の広間に身動きしていない体がいくつも見えた。前進して戦闘にくわわるために、五感を駆使しようとしたが、いったいどういう戦いに巻き込まれたのか、皆目《かいもく》わからなかった。

四つん這《ば》いでいちばん近い体までいくと、スーツを着た男で、首からMP5サブマシンガンを吊っていた。ジェントリーは、男の生命兆候《ヴァイタル・サイン》を確認せず、サブマシンガンを取って、ジャケットの下に手を入れ、ベルトの弾倉入れから予備弾倉二本を抜き取った。

男ふたりが走ってそばを通った。ふたりともM4カービンを持ち、ドアと表の殺戮《さつりく》の場を目指していた。ジェントリーはよろよろと立ちあがって、あとを追おうとした。

だが、途中で脚の力が抜け、仰向けに倒れかけた。

力強い両手がジェントリーの両脇をつかみ、大理石の床に激突するのをとめてから、しっかり立たせた。

埃が立ち込めていて、引き起こしてくれた男の顔すらよく見えなかったので、大声でしゃべっているブロンドの髪の男がザックだということにジェントリーは気づかなかった。

「おまえの武器をよこせ！」

ザックは最初の一連の爆発が起きたときに裏庭にいて、トラックが爆発したときにはリビングにいたので、ジェントリーとはちがい、爆発で気絶することはなかった。いまはザックのほうがずっと戦闘能力が高いので、ジェントリーはすぐさまMP5を渡した。ザックが正面玄関へ走っていった。ジェントリーは、スーツを着てネクタイを締めた姿でよろけ、頭をはっきりさせようとしながら、攻撃を阻止するのになにかをやろうとして、煙のなかで死体を調べてべつの武器を探した。

71

ゾーヤ・ザハロワは、シェルターを探しているロシア大使とその警護班に付き添い、古い館の西翼へ向かわせた。だが、警護班が安全な場所へ大使を連れていくめどが立ったのを見てとると、向きを変えて、ジェントリーと合流することを願い、建物の正面に向かった。

そのときトラックが外で爆発し、まだ玄関とはだいぶ離れていたにもかかわらず、ゾーヤは足をとられて倒れた。立ちあがり、新鮮な空気を必死で探しながら、表から濛々《もうもう》と流れてくる土埃《つちぼこり》のなかを進んでいった。

壊れた窓があったので、首を突き出した。そこは東に面していて、道路の北側にある隣の屋敷の塀が前にあったが、右に目を向けると、木立のあいだから斜面の下のフィンケン通りの一部が見えた。爆発の場所に向けて西に突っ走っている一台の警察車両に目の焦点を合わせたとき、なにかが高速で空から弧を描いて降下するのが見えた。警察車両の上でまぶしい光が閃《ひらめ》き、車両がたちまち火球《かきゅう》に呑み込まれた。つづいて爆発音が聞こえた。車両が左に大きくそれて、縁石に乗りあげ、フィンケン公園でゆっくりと横転した。運転手は明らかに死んでいた。

ゾーヤはふりむいて、埃と煙のなかで廊下を駆け出した。

イヤホンでジェントリーに大声で連絡したが、応答はなかった。ザックからも応答がなかった。ハンリーを呼ぼうとしたとき、ハンリーのほうから呼びかけた。

「アンセム、おまえの位置は？」

ゾーヤは、裏庭に出ようとして必死で押し合っている高級な服装の男女のあいだを苦労して駆け抜けながら答えた。「正面玄関に向かっています。館内にいないとだめです。表に出てはいけない」

「なぜだ？」ハンリーがきいた。

「やつらは武装ドローンを使っています」

ハンリーがいった。「アル＝ハブシーの戦力増強策がわかった。おれは大使のところへ行く。二階のオフィスの隠し部屋《セーフ・ルーム》にいるはずだ」

「了解しました。わたしは武器を手に入れるために正面へ行きます。死んでいる警護官が何人もいますから」

ザックが正面の庭に走り出したとき、丘の麓《ふもと》の煙と炎を通して、もう一台のセミトレイラー・トラックが激しく横滑りし、真正面でとまるのが見えた。私設車道の入口、警衛詰所があったところで、一台目のトラックが燃えていたが、そのすぐ先だった。新手のトラックのトレイラーの後部扉があき、黒ずくめの男たちがいっせいに跳び出した。

火明かりがその男たちのAK－47の金属部分にギラリと反射した。武装テロリストの一個小隊のどこにミールザーがいるのか見当もつかなかったが、ザックはそれがわからないことなど気にしなかった。折り敷き、MP5の光学照準器の赤い点に視線を据えて、燃えている残骸《ざんがい》のあいだを通って石塀の壊れたところを目指している先頭の男に狙いをつけた。

だが、引き金を絞る前に、頭上から甲高《かんだか》い音が聞こえた。それが上を通過して西に飛翔《ひしょう》したので、ザックは目で追った。前方で燃えている車両の炎が、芝生上の武装したRSOの一団に向けて飛ぶ一メートル四方のクワッドコプターを照らした。つぎの瞬間、空中で爆発したドローンが、そこにいた四人全員に弾子を浴びせた。

つぎの甲高い音が、ザックの頭上を過ぎて、背後にある館の正面玄関から拳銃やライフルを持った男の一団がよろよろと出てきたときに、なにかが爆発した。

私設車道にはほかにだれもいなかったので、命拾いしたのはそのおかげだとザックは気づいた。ドローンでひとりだけを攻撃するのは無駄だから、何人も固まっているところを狙ったのだ。

黒ずくめの男たちが、ザックから二五メートル離れたところで石塀を突破し、走りながら、あまり統制がとれているとはいえないやりかたで散開した。ザックは向きを変えて、館のなかに身を隠すために全力疾走した。

ドローンが何人もの警護官を熱した金属で穴だらけにした十秒後に、ザックは玄関の階段を駆けあがった。玄関口の階段を覆《おお》うように、死体や瀕死の警護官が転がっていた。ザックは玄関口の上の死体を跳び越えて館にはいると、まだすこしぼうっとしているジェントリーが、MP5を首から吊り、明らかに死んでいる中年の警護官のジャケットの内ポケットから予備弾倉二本を出しているのが目にはいった。

ザックは、ジェントリーのそばを走りながら叫んだ。イヤホンから聞こえる声と生の声の両方が伝わった。「武装したやつが十二人くらい、芝生を登ってくる。黒ずくめだ！　やつらには、武装ドローンもある。おれは屋根に行って抗戦《こうせん》する」右腕でサブマシンガンを持ち、螺旋《らせん》階段を昇っていった。

ジェントリーは耳鳴りのなかでザックの声を聞いたが、まだはっきり聞こえなかった。

ドローン？　ドローンといったのか？「テロリストと交戦するのか？」

「ちがう。殺人ロボットと交戦する。6《シックス》、T《タンゴ》ども（テロリスト）はおまえに任せる！」

前の持ち主の血でMP5はぬるぬるしていたが、ジェントリーは薬室に一発送り込み、肩付けした。そのときまた、館の外で爆発が何度も起きた。


ハズ・ミールザーの配下は全員、うしろのトレイラーからおりた。運転台のすぐ外で彼らが発砲しているのが聞こえたが、ミールザーはそこにじっと座り、キーボードのキーをいくつか叩いてから、ノートパソコンの蓋《ふた》を閉めて、寝棚の横に置いてあったバックパックに入れた。残りのドローン二十四機は、それぞれがターゲットを識別して攻撃できるように、自律モードに設定してある。

ドローンをプログラミングしたUAEの技術者は、大使公邸の半径五〇メートル以内に公邸に向けて移動する車両があれば攻撃を行なうように、自律モードを設定していた。ミールザーの攻撃に車両で対応しようとする部隊があれば、ドローン飛行隊のコンピューターに識別されて破壊される。

ミールザーとその配下は、必要な時間を稼《かせ》いで、地上戦に集中できる。

バックパックを肩にかつぎ、ライフルを持つと、ミールザーはチェストリグにAKの弾倉が取り付けてあるのを確認してから、運転台との境の小さなドアをあけた。

運転手が座席にくずおれているのが、たちまち目にはいった。どうにか生きていたが、口から血の泡を噴いていた。運転手は自分の仕事を終えたし、ミールザーにもやるべき仕事があるので、かまけている時間はなかった。寝棚から這いおりて、助手席側のドアから跳びおり、AK‐47を肩付けした。配下がすでに私設車道を登りながら、武器を持った人間を見つけたときには撃っているのが、煙と炎を透かして見えた。

ミールザーの無線機は、ベストの肩に取り付けてあった。無線機は交信の雑音を発していたが、前進する部隊に追いつこうとして炎のなかを駆け抜けるときには、騒音のために聞き取ることができなかった。

目的はアメリカ大使だが、最初の強襲で捕らえるのは無理だと、ミールザーにはわかっていた。だが、大使と話ができるように、なんらかの手段が必要だった。走りながら、ミールザーは無線機の送信ボタンを押した。「もっと急げ、きょうだい！」

第一陣がもう正面玄関に達し、あとは東と西から突入するために分かれていた。

ミールザーは左に進み、部下数人のあとから庭を走り抜けた。館から一般市民があらゆる方向へ逃げ出していた。指示してあったとおり、ミールザーの配下は、明らかに脅威ではない人間に時間と弾薬を無駄に使わなかったし、必死でやみくもに逃げているひとびとは身を護《まも》ることもできないようだった。

拳銃を持った男が、二階の窓の奥に見えた。ミールザーはAKを高く構えて撃ち、男が奥に身を投げて逃れ、その上でガラスが砕けた。風と銃撃のせいで、カーテンが四方にふくらんだ。

だが、ミールザーは立ちどまらなかった。今夜の最終目標は大使だ。あとのことはどうでもいい。

それに、上空では残りの〈カルグ〉ドローン二十四機が、高度二〇〇メートルで滞空している。対人兵器、高性能爆薬、徹甲弾《てっこうだん》など、さまざまな装備を搭載している。それらがすべて地上を監視し、殺す相手を探している。

ジェントリーは、ザックが警告した私設車道を登ってくる男たちと交戦するために、玄関か正面の窓へ行きたかったが、急降下爆撃のドローンが正面の窓を突き破って、隣の部屋で高性能爆薬弾頭を起爆させたので、その計画を捨てた。そして、一階の北側に撤退し、東西にのびる長いギャラリーを抜けて、家の奥の広いリビングに通じる短い廊下を進んだ。

そこで片膝《かたひざ》をつき、MP5の照準器を覗《のぞ》いた。

なんにせよ死ぬにはおあつらえ向きの場所だと、心のなかでつぶやいた。攻撃陣は裏側か左右から侵入して防御陣の側面にまわるか、正面玄関をはいってからギャラリーに沿い、ジェントリーの視界にははいらない左右に進むにちがいない。だが、防御陣が連携するまでは、この位置で防御するほかに、打つ手が考えられなかった。

表の爆発は熄《や》んだようだったが、まだ公邸の正面では銃撃がつづいていた。ほかの方角から銃声は聞こえなかったが、それもすぐに変わるにちがいない。

じっさい、そうなった。ＡＫを連射で一斉射撃する音が、左から聞こえ、一分前にゾーヤがロシア大使につづいて走っていくのが見えた廊下で鳴り響いた。

数秒後に、ビジネススーツ姿の男女が廊下から広いリビングに駆け込んできた。ジェントリーは一瞬そっちに銃口を向けたが、すぐに狙いをそらした。敵は正面の広間から来るはずだとわかっていたからだ。一般市民の一団が、調理場から裏口に出ようとしてそばを駆け抜けたが、そのときだれかがジェントリーのそばでひざまずいた。

ゾーヤだった。手にした拳銃を横の廊下に向けていた。「どうして無線に応答しなかったのよ？」

ジェントリーは、ゾーヤの顔を見た。「なんだって？」

ゾーヤは気づいた。ジェントリーは耳が遠くなっているのだ。じきに治るだろうが、いまは顔に向かって叫ばなければならない。「やつらは東側の窓を突破した」

ジェントリーはうなずいた。聴覚がすこし戻り、頭の霧が晴れはじめていた。「おれでもそうする。どこで拳銃を手に入れた？」

「警護官のホルスターから抜いた。本人にはもう必要ない」

「わかった」

「表はどうなっているの？」

「十二人ぐらいいるのを見たと、ザックがいった。ミールザーは武装ドローンを使っているそうだ」

「ええ」ゾーヤはいった。「わたしたちの応援が来たら、それで撃退するつもりよ」

ジェントリーは黙ってうなずいた。ドローンが空にいるかぎり、現場に急行するものはすべて危険にさらされる。

ザックは、屋根裏部屋の窓から平らな屋根に出て、夜の暗がりに目を凝らした。ヘリコプターが旋回している。味方のようだったが、こちらに向けて撃ってくるかもしれないから、そう断定できない。

だが、ドローンのほうがずっと危険なので、その懸念を頭から追い出し、屋根の南側で身動きせず横たわっている男ふたりのほうへ行った。燃えているトラックの煙が屋根の縁を越えてひろがっていたので、そのあたりは漆黒《しっこく》の闇だったが、目当てのものをザックは見つけた。

死んだスナイパーは、自分のライフルの上に倒れていた。Ｍ１１０セ《S》ミオートマティッ《A》ク・ス《S》ナイパーシ《S》ステム。十発入り箱型弾倉を備えているライフルで、長距離射撃用の赤外線暗視照準器付きだったので、ザックはおおよろこびした。暗い空を飛ぶ小さなドローンというターゲットを、ただの望遠照準器よりもずっと容易に捕捉できる。ザックは片膝をつき、死体を転がしてどかすと、ライフルを担《かつ》ぎ、遮蔽《カヴァー》が必要になった場合に備えて、屋根裏部屋の窓近くに移動した。

一瞬動きをとめて、屋根の向こうの若者をじっと見た。おそらくザックの半分の歳だろう。外《D》交保《S》安部《S》の射撃の名人で、犯した過ちは、いた場所と時間が悪かったことだけだった。彼の弾着観測員がすぐ近くに倒れていて、意識を失いかけているらしくうめいていたが、その男の手助けをするか、空からの攻撃を鈍らせる手を打つか、どちらかに決めなければならないと、ザックは思った。

海軍ＳＥＡＬとして、ＣＩＡ特殊活動部のチーム指揮官として、こういう非情な決断をしなければならないことはしばしばあった。いまも秘密のポイズン・アップル工作員として決断した。

冷酷な決断だったが、ザックは迷いもしなかった。ライフルの機関部をあけて弾薬が薬室に収まっているのを確認し、安全装置を見てすぐに撃てる状態だとわかると、屋根裏部屋の窓に駆け戻った。

付近ではもう爆発は起きておらず、警察車両がすでにクライヴアレーを近づいてくるのが遠くに見えた。ドローン攻撃は最初の建物突入だけに使う予定だったのかもしれないと思ったが、決め込まずに夜空に目を配ろうと自分にいい聞かせた。

ライフルを頭の上に構え、暗視照準器を最小の倍率にして、夜空に目を凝らした。

そして、意外にもすぐに目当てのものが見つかった。通りの向かいにある公園の上空で、クワッドコプター一機がホヴァリングしていた。ザックの位置から、距離はほぼ一〇〇ヤードだった。

一機だけだったのは好都合だった。それに、低空を飛び、空中で停止しているのは、さらに好都合だった。ライフルの照準器は、持ち主のスナイパー——一〇メートル離れた屋根の上で死んでいる若者——に合わせて調整されているので、弾丸がどう飛ぶかは推測するしかない。だが、ザックは戦場で間に合わせの武器を使った経験が豊富なので、自分の必要に応じてこのライフルを駆使できるとわかっていた。

ライフルを安定させるためにザックは負い紐《ひも》を前腕に強く巻きつけ、ひとつ息を吸った。

半分吐いたところで、息をとめた。引き金をゆっくりと絞り、すぐに一発がライフルから飛び出した、

最初は、当たったのかどうかわからなかったが、真正面で燃えている車両の火明かりのなかで閃《ひらめ》くような動きが見え、つづいてなにかが空から落ちた。それが芝生に激突して、バラバラになった。

「簡単すぎるぜ」ザックはつぶやき、なおも空を探した。

暗視照準器で捕らえた小さな白い点は空の星ではないと、すぐに気づいた。今夜は雲がかなり出ているので、星が見えるはずがない。照準器の最大倍率の五倍にズームし、ライフルをまったく動かないように支えると、クワッドコプターを十数機あるいは二十数機捉えることができた。かなり高い。三〇〇ヤードほど上で、大きな枡目《ますめ》状に編隊を組んでホヴァリングしている。

真上三〇〇ヤードというのは、ほとんど不可能に近い射撃だった。そういう射撃の訓練を受けているスナイパーはいない。

聴覚がほぼ戻っていたので、ザックは全員に無線連絡することにした。下からかなり銃声が聞こえていたし、ハンリー、ゾーヤ、ジェントリーが生きているのかどうかもわからなかった。「1《ワン》から6《シックス》へ。受信しているか？」

ジェントリーの声がイヤホンから聞こえたので、ザックはほっとした。「聞こえる。屋根の状況はどうだ？」

「正直いって、お楽しみの要素が弱まり、嫌な要素が強まってる。おまえといっしょだと、いつもこうだ。歩哨《ほしょう》ドローンを撃ち落としたが、十五機ないし二十五機が、おれの上の空でホヴァリングしてる」

「ちくしょう」ジェントリーはつぶやいた。「ドローン群飛《スウオーム》か」

「厄介《やっかい》なのか？」

「バッテリーが切れるまで、どれくらいホヴァリングできるかな？」

「なんでそんなことをきくんだ？　おれが撃ち落とす。バッテリー切れなんか関係ない」

「見つかる前に屋根からおりろ」

「屋根裏部屋の窓の奥にいるから、すこしは掩蔽《カヴァー》がある。警察が大挙して来る前に、この群れを減らさなきゃならない。そっちの現況は？」

「アンセムとおれも敵を撃っている」

「了解した」

ゾーヤは東の脅威に向けて弾倉の半分を放ち、ひとりを負傷させて、廊下の大きなオークのチェストの蔭に釘づけにした。ザックの送信をイヤホンで聞いていて、ジェントリーのほうに身を乗り出した。

「敵にそんなにドローンがあるのに、わたしたちはここでふたりきりよ」

「ああ。トラヴァーズは近づかないほうがいい。ヘリがあっても、ドローンが空対空の脅威をターゲットにできないとはいい切れない」ジェントリーはつけくわえた。「CIAではこういうことを、味方の想像力の欠如というんだ」

「マットが聞いているわよ」ゾーヤが注意した。

「マットだけを責めているんじゃない。おれもうかつだった。ミールザーが猛攻撃するだろうと思っていたが、爆撃するとは思いもよらなかった。そういう変化球にも備えるべきだった」つけくわえた。「ここはおれが守る。後退してハンリーと合流したほうがいい」

ゾーヤは動かなかった。それを、ジェントリーは目の隅で見ていた。

「行かないのか？」しばらくして、ジェントリーはきいた。

「行かない」ゾーヤがいった。どう指示しても、危険から遠ざけようとするのだと解釈して従わないだろうと、ジェントリーは気づいた。

正面のギャラリーで、あらたな銃撃が突然はじまった。閃光は見えたが、ターゲットはまだ見えなかったので、ジェントリーはそこを動かず、注意を集中した。館内には敵だけではなく、銃を持った味方がおおぜいいることを思い出した。これを切り抜けるには、味方、敵、非戦闘員を瞬時に識別しなければならない。

ハンリーの声が、通信網からようやく聞こえた。「大使は退避区画《シタデル》（退避して長時間立てこもれる頑丈な造りの密閉された部屋）にいるから安全だ。二階、西翼の階段の上だ。おれはDSSの武装した警護官ふたりといっしょに、その外のオフィスにいる。外交官《ディップ》と要人《ヴィップ》が十数人いるが、銃はその二挺だけだ」

「トラヴァーズはどれくらいの距離にいるの？」ゾーヤがきいた。

「十分で到着する」

「マット」ジェントリーはいった。「やつらには武装ドローンがある」

「ああ、聞いた。ザックはほんとうにそれを撃墜できるか？」

ジェントリーはすこし考えた。「難しいだろうな、ボス」

屋根裏部屋のザックは、そのやりとりを聞いていたようだった。不満げな低いうなり声が、通信網から聞こえた。「信用してくれないのか」

ゾーヤが口をはさんだ。「ブルーアに連絡して、空の脅威を壊滅させるまでトラヴァーズを近づかないようにさせるわ」廊下に銃を向けたまま電話をかけ、指示を伝えようとした。

ザックがいった。「ほらな、6《シックス》。アンセムはおれを信用してるぜ」

ジェントリーとゾーヤは顔を見合わせ、ゾーヤが首をふった。

そのとき、黒ずくめの男がふたり、それぞれちがう方向から廊下に現われた。ジェントリーとの距離は六メートルで、ゾーヤはスーザンに連絡できなくなった。ジェントリーは膝射《しっしゃ》の姿勢から発砲し、ひとりの胸の上のほうに一発が命中して、広葉樹材《ハードウッド》の床に男が倒れた。もうひとりは、ジェントリーのMP5の九ミリ弾から逃れて身を隠すために、ひきかえして姿を消した。

「ひとり斃《たお》した。あと何人いるかわからない」

ゾーヤはまだ東の廊下に拳銃を向けていた。「もっとでかい武器が必要だわ」

だが、ジェントリーが答える前に、西側から銃声が聞こえ、ハンリーの声がイヤホンから伝わってきた。「敵が西翼にいる。くりかえす、敵兵が周辺防御内に侵入《ジップス・イン・ザ・ワイヤー》」

「了解した」ゾーヤが答えた。「東翼もおなじ」

「側面からの攻撃に気をつけろ」

「いわれなくてもわかっている」ジェントリーはつぶやいた。

72

ハズ・ミールザーは館に西側から侵入し、配下三人のあとからキッチンを通った。ゴドス軍工作員のもうひとり、ジャムシディという名前の三十代の男が、腹をショットガンで撃たれるのを見ていた。その男は館の壁近くの刈り整えられた灌木《かんぼく》のなかで死にかけている。絵が展示されているメインギャラリーにはいろうとしたときに玄関ホールでべつの細胞が殺されたという報告を、ミールザーは無線で聴いていた。大使が裏から逃げないようにそっちにまわったひとりも、負傷していた。その男はまだ戦えるが、脚を撃たれているので、移動できない。

いままでは館からの射撃がかなり激しくなっていたが、ミールザーは配下につづいて前進した。大使はオフィスの横にある密閉できる部屋に立てこもるはずだと、ターリクから聞いていた。そこは館の西側の階段の上に当たる。ターリクは、その隠れ部屋の詳細と、そこに取り付けられているカメラについても説明した。

ミールザーと配下三人は、大使を迅速に捕らえるために、一階での戦闘をできるだけ避けることになっていた。

四人は階段に達し、おりてくる一般市民を銃のフラッシュライトで照らして、武器を持っていないことと、目当ての大使ではないことをたしかめてから通した。だが、階段を昇ろうとすると、中二階からの銃撃を浴びた。ひとりが拳銃を持った男に背中を撃たれて倒れたが、あとのふたりがアメリカ人警護官に何発も撃ち込み、警護官のズタズタに引き裂かれた死体が手摺《てすり》を越えて一階に落ちた。

階段の上に非武装の一般市民が何人か現われ、ミールザーともうひとりは、彼らを撃ち殺してから武器を持っていないことに気づいた。彼らが動くのをやめると、イラン人三人が立ったままで弾倉を交換し、そのあいだ、負傷したひとりが一階に武器を向けて掩護《えんご》した。

ミールザーと配下三人は階段の上で、ライフルを肩付けして部屋から出てきた男ふたりと遭遇戦になった。アメリカ人たちの狙いは高すぎ、ミールザーと配下は戸口を掃射して、ひとりの膝《ひざ》と、もうひとりの腹と骨盤を撃ち抜いた。

ふたりとも倒れ、まだ生きていたが重症だった。ふたりは必死で銃を持ちあげて、ターゲットに向けようとした。

ミールザーは撃ちつづけ、弾倉の残弾すべてをひとりに撃ち込んで、その男がようやく動かなくなった。

ジェントリーは、西翼にいるハンリーのイヤホンを通じて、その銃撃戦の一部始終を聞き取った。「マット、無事か？」

応答はなかった。

「マット、受信しているか？」

なにも聞こえない。

ジェントリーは、ゾーヤのほうを向いた。「ギャラリーに出て、西翼へ行き、階段を昇らないといけない。だいじょうぶだな？」

ゾーヤは、拳銃の弾倉を抜いて、ちょっと見てからグリップに差し込んだ。「四発目まではだいじょうぶ。そのあとは絵を鑑賞するしかない」

「べつの武器を見つけよう」ジェントリーはそういってから、指示した。「そばを離れるな」

ゾーヤが、片手をジェントリーの右肩に置いた。ふたりはいっしょに身を起こし、体を密着させて、暗く煙に覆《おお》われている廊下をゆっくり進みはじめた。

マット・ハンリーは、カクテルパーティの服装の男女七人とともに、両手を挙げ、黙って立っていた。部屋にいた警護官ふたりは、設備の整ったオフィスの戸口で殺されたが、それを除けば、いまのところだれも危害をくわえられていなかった。

セジウィクが、右のクロゼット内の鋼鉄のドアの奥にいることを、ハンリーは知っていた。警護官ふたりがいっしょにいる。いまのところ大使は安全だが、自分とまわりの七人も安全だとはいえなかった。

ハンリーは武器を持っておらず、信頼できる古いコルト1911がいまここにあればと願った。

だが、ハンリーにはひとつだけ強みがあった。館のどこかにいるポイズン・アップルの資産《アセット》三人と通信がつながっている。

一階での銃撃がつづき、二階のあちこちからも銃声が聞こえた。まだ状況は流動的だが、大使のホームオフィスに到達したテロリストたちは、ドアを閉めて、小ぶりだが重い木の本棚で押さえ、大使を救出するのを実質的に困難にしようとしていた。

ドアが封鎖される前に、まず、テロリスト三人がオフィスにはいってきた。ひとりはミールザー本人だとわかり、黒ずくめの年配のふたりは、負傷していないようだった。だが、まもなくAKを持った男が血痕を残しながら這《は》うようにはいってきて、横倒しになり、銃を外の中二階に向けた。

歩けるイラン人がそのそばにしゃがみ、男の肩を叩いて、怪我《けが》のぐあいを調べた。そのあいだ、ミールザーがオフィスに集まっている男女に銃を向けていた。

やがて五人目につづいて六人目のテロリストがはいってきた。全員ここに来るよう、ミールザーが命じたようだった。つまり、大使がここのシタデルに逃げるだろうということを、ミールザーは知っていたのだ。

ハンリーとあとの七人は、武器と携帯電話を持っていないかどうか、ボディチェックされた。だれも武器は持っていなかったが、携帯電話は取りあげられ、部屋の隅に投げられた。ハンリーのイヤホンは皮膚の色とおなじなので見つけられず、左耳にはめたままだったので、携帯電話を身につけていなくても、屋根と一階のポイズン・アップルの声は聞こえていたし、連絡したければ声を出せばいいだけだった。

ハズ・ミールザーがすぐさまセジウィクのウォルナットのデスクへ行き、その奥で腰かけた。バックパックをおろしてノートパソコンを出したので、ハンリーはびっくりした。ポリマーと金属製のカラシニコフを胸に吊っていなければ、〈スターバックス〉で勉強するような感じに見えた。

ミールザーがノートパソコンの蓋《ふた》をあけて、タイプしはじめたが、すぐに怒って配下にファールシーでどなった。スクリーンに映っているものが気に入らなかったのは明らかだった。

ミールザーが興奮した理由を、ハンリーはすぐさま察した。表の状況をリアルタイム画像で伝えていた偵察ドローンを、ザックが撃墜したからだ。

ミールザーがノートパソコンを操作していた。群飛《スウオーム》のべつの一機を、最初の偵察ドローンがいた観測基準点に配置しようとしているにちがいない。

屋根にいたザック・ハイタワーは、頭上数百メートルの闇にある一メートル四方のターゲットに一発を放ったが、当たらなかった。狙いが高かったのか低かったのか、左と右のどちらにそれたのかもわからなかったので、この射撃は無駄骨だと気づいた。どうしても必要ならべつだが、あてずっぽうで発砲すべきではない。パトカー二十数台がクライウアレーを近づいてくるのが見えていたし、ベルリン警察の精鋭が撃ってくる鉛玉をくらいたくはなかった。

だが、空の監視はつづけていて、ドローン一機が編隊を離れて、まっすぐ降下してくるのが見えた。ザックがさきほど撃墜したドローンとほぼおなじ位置でそれがホヴァリングをはじめた。二十機以上いるドローンの二機目を撃墜できるかもしれないと、ザックは気づいた。

さっきとおなじように狙いすましたが、上向きの射撃とはいえ、はずれたら金曜日の夜にベルリン南部で戸外に出ていた不運な人間に当たるかもしれないということは、じゅうぶんわかっていた。

しかし、それを意識から追い出し――ザックは感情を割り切る達人だった――撃った。そのドローンも公園の地面に落ち、今回は衝撃で弾頭が爆発した。

ザックは、暗視照準器で空を見た。こういう戦いはつづけられないと、ザックにはわかっていた。だれが群飛《スウォーム》を制御しているにせよ、屋根の馬鹿なスナイパーにドローンを何機も撃ち落とされたら、頭にきてここに高性能爆薬弾頭の雨を降らせるにちがいない。

ザックはさきほど、屋根に倒れている弾着観測員がショットガンを装備しているのを見ていた。それでひとつの案が浮かんだ。ショットガンにはバックショットがこめてあり、広い範囲に散弾をばら撒《ま》くことができる。ショットガンがあれば、群飛《スウォーム》が降下して射程にはいったときに、何機か撃ち落とせるかもしれない。

それをやっているときに死ぬかもしれない。全機撃ち落とす前に殺《や》られるかもしれない。だが、ロボット兵器の攻撃を撃退しようとして死ぬのは、兵《つわもの》の逝《い》きかたとして悪くないと、自分にいい聞かせた。

ザックは、体を低くして屋根を走った。館の前の芝生から、だれかがドイツ語で叫ぶのが聞こえたが、気にしなかった。館内のすさまじい銃撃が足の下で轟《とどろ》いていたが、それも気にしなかった。ショットガンをつかみ、負傷した弾着観測員の胸に予備実包《シェル》の弾帯があるのを見て、〈ベルクロ〉を引きはがして持ち、屋根裏部屋のスナイパーの隠れ場所へ駆け戻った。

窓にたどり着いたとき、小さなプロペラ四枚の甲高《かんだか》い音が耳のなかで大きく響いたので、頭から窓に跳び込んだ。それと同時に、すさまじい爆発がすぐうしろで起きて、無数の弾子が平らな屋根に激突した。

ザックは一瞬、体を丸め、また耳鳴りが起きたが、膝立ちになって、ショットガンの実包を薬室に送り込んだ。

「くそったれ!」ザックは目を血走らせてわめいた。この瞬間のためにこれまでの人生を生き延びてきたのだとでもいうように、ザック・ハイタワーはいま、ロボット兵器と死ぬまで独りで戦う覚悟を固めていた。

73

ジェントリーとゾーヤは、死んだ警護官数人のそばを通り、使用可能で強力な武器をゾーヤは見つけた。うつぶせになって身動きしていない地域安全保障官《RSO》の首から、単純なアイアンサイトのコルトＭ４カービンの負い紐《ひも》をはずし、ジャケットを手探りして、弾倉を一本見つけた。それを拳銃の横でウェストバンドに挟んでから、Ｍ４の薬室に弾薬があり、安全装置がはずしてあるのを確認した。

壁の上のほうのまだ壊れていない非常灯だけに照らされた長いギャラリーを、ふたりはなかごろまで進んでいた。歩くあいだ、長い影がふたりの存在を暴いていた。

右のあいたドアから、数人が出てきた。ジェントリーはＭＰ５サブマシンガンを向けたが、国務省の警護官たちだとわかった。前進するよう手でうながすと、彼らはしぶしぶ沓《くつ》摺《ず》りを越えて移動した。

ゾーヤが、その連中にささやき声でいった。「表に武装ドローンがいる。表に出てターゲットにならないように気をつけて。陣地になる場所を見つけて、護《まも》りを固めたほうがいい」

数人の集団は、ジェントリーとゾーヤのそばを通って、ギャラリーを進んでいった。助言を聞き入れたかどうか、ゾーヤにはわからなかった。

ジェントリーとゾーヤは、絵や死体のかたわらを過ぎて、西翼に向けて進んでいった。投げ捨てられた料理のトレイ、シャンパンの瓶、横倒しになったアメリカ国旗があった。外交保安部《DSS》の女性警護官が、うつろな目をあけたまま、仰向《あおむ》けに倒れて死んでいた。

ギャラリーの突き当たり近くへ行ったとき、べつのドアがあき、黒ずくめの男ふたりがAKを突き出すのが見えた。ジェントリーとゾーヤは壁ぎわのアンティークのチェストの蔭に伏せ、いっしょにさっと身を起こして、チェストの大理石の天板の上から発砲した。

ゴドス軍工作員ふたりは、戸口で分かれて、ひとりが左、もうひとりが右に進んだ。ジェントリーは九ミリ弾一発を左の男の口に撃ち込み、弾丸が後頭部から射出した。うしろの壁のほとんどなにも描いてないように見える大きなカンバスに血が飛び散り、男は倒れた。

ゾーヤはターゲットに三点射を二度放ち、右の男を殺してから、片膝《かたひざ》をついて体をまわし、六時（真うしろ）を確認した。

ジェントリーは正面の戸口を銃で狙いつづけたが、だれも出てこなかったので、ゾーヤが前進した。

ドアからはいる前に、それぞれが斃《たお》したイラン人のそばへ行き、カラシニコフを拾いあげた。AKはMP5よりはるかに威力があるので、ジェントリーはMP5を吊るし、死んだテロリストのAKを持ち、チェストリグから予備弾倉を取った。ゾーヤもM4を背中に吊り、もうひとりのテロリストから短銃身のアサルト・ライフルを奪って、それを主要武器にした。

ゾーヤはロシア人なので、ユージン・ストーナーが設計したアメリカ製のアーマライトAR系のライフルよりも、ミハイル・カラシニコフが設計したAKを基盤とするライフルのほうがずっと使い慣れている。

テロリストのくずおれた死体の上の血が飛び散っている絵を、ゾーヤは見あげた。

ゾーヤはささやいた。「ああすると、ジャクソン・ポロックの展覧会みたいね」

なんのことか、ジェントリーにはさっぱりわからなかったが、きかなかった。ふたりは銃を高く構えて、戸口を通り、西の階段を目指した。

ノートパソコンで数分間作業していたミールザーは、表で起きていることにかなり焦《あせ》っているように見えた。ハンリーは、頭上で銃声が轟《とどろ》き、つづいてすさまじい爆発が起きるのを聞いた。ザックがまた偵察ドローンを撃墜し、ミールザーがザックのところへドローンを送り込んだのかもしれないと思った。

そのとき、ザックから連絡はなかったが、手が離せないにちがいないとハンリーは察した。

デスクに向かっていたミールザーは、ノートパソコンに注意を集中していたが、べつのゴドス軍工作員がハンリーのそばを通って、銃を構え、クロゼットのドアをあけた。そこに鋼鉄のドアがあり、ロックされているのを、その男が見つけた。バスルームはすでに捜索されていた。

屋根でまた爆発が起き、ミールザーが両手の拳《こぶし》を宙に突きあげてけたたましく叫んだ。ハンリーは、ザックの声を一分以上イヤホンから聞いていなかったので、ミールザーのドローンで殺されたのかもしれないと思った。

表ではサイレンの音がどんどん大きくなっていたが、ミールザーがドローンの群飛《スウオーム》をけしかけることができるあいだは、応援が館内に到達できないと、ハンリーにはわかっていた。

すでに館内にいる資産《アセット》しだいだと、ハンリーは自分にいい聞かせ、自分も資産だと思って気を引き締めた。

ザックは、口に血の味がして、右耳が鳴っていた。腕を見おろした。長い釘のために手首から肘《ひじ》まで切り裂かれ、破れた白いドレスシャツが血まみれだった。

木《こ》っ端《ぱ》と屋根板を押しのけて、ゆっくり起きあがり、目をこすった。

ドローンを制御しているのが何者にせよ、成形炸薬《さくやく》のようなもので攻撃して、屋根に野球のボール大の穴をあけ、屋根裏部屋で爆発を起こしていた。クワッドコプターを撃墜したあと、攻撃されるのを予測していたザックは、反対側の隅に移動していたので、弾頭が起爆したところから二〇メートルほど離れていたとはいえ、その程度の負傷で済んだことにびっくりした。

しかし、もう一度そういう攻撃があったら、生き延びられるかどうかわからない。

煙が晴れて見通せるようになると、ザックはまた目をこすってゴミをふり払い、血まみれの腕は意に介さず、窓の近くのスナイパー・ライフルのそばに戻って、銃身の上のレールから暗視照準器をはずした。それを、弾着監視員が持っていたレミントン870ショットガンに取り付けた。零点規正はなされていないが、空のクワッドコプターを見つけて、射程内にはいったときに撃つことはできる。

だが、ショットガンは正確に撃てる銃ではない。バックショット00《ダブルオー》の直径八・三八ミリ散弾九発が銃口から飛び出してひろがるので、スナイパー・ライフルとはちがって、一個の発射体を一点に命中させることはできない。

その反面、散弾がひろがって飛ぶので、動いているターゲットを狙わなければならない場合、当たる確率は高まる。

ザックはショットガンを肩付けして、照準器を覗《のぞ》き、また偵察ドローンがいないかと思って、公園の上空に向けた。無人機のたぐいについてはほとんど無知だったが、すべてカメラを備えているのは知っていた。ドローンを操縦している人間は、その映像を利用し、高度三〇〇メートルでホヴァリングしている一機を降下させ、こちらの位置を攻撃させることができる。ミールザーかその配下は、二度それをやった。十五機かそれ以上の数のドローンがあるのに三度目をやろうとしない理由はひとつしかない——さっきの弾頭で殺したと思い込んでいるのだ。

それがザックにはわずかに有利だったが、長つづきしないのはわかっていた。ちっぽけな機械をふたたび空から撃ち落としはじめたとたんに、この戦いでドローンを操縦している敵は、どこを爆撃すればいいかを悟る。

ベルリン市警のロゴがあるSUV一台が、ライトを消して草地の公園を猛スピードで走っていた。もう一台があとにつづいているのを見て、ドローンにとって見逃せない格好のターゲットになるはずだと、ザックは不安にかられた。

暗視照準器を目に当て、あちこちに向けると、やがて見えた。小さな点のような光――フィンケン通りでまだ燃えているトラックの炎が、クワッドコプター型ドローンの下側の球形カメラから反射している。ドローンは流れ星のように高速で降下していた。ザックの位置からの距離は一五〇メートル。警察車両にそれが激突するまで、二分の一秒もないことが、ザックにはわかっていた。

ザックは撃ち、つぎの実包を薬室に送り込んで、また撃った。

ドローンが警察車両二台の一五メートル上で爆発し、炎と残骸《ざんがい》が降り注いだが、警察車両は破壊されず、乗っていた警官も死ななかった。二台はなおも大使公邸に接近した。

「戦闘開始だ、くそったれ！」ザックはわめき、ふたたび空に視線を走らせた。

すぐに、ターゲットに向けて自動誘導しているらしいべつのドローンが降下するのが見えた。高速で飛んでいなかったので、なにを破壊しようとしているのか見届ける手間を省いたが、距離八〇ヤードで実包三発を放った。そのドローンも、どこにも被害をあたえることなく空中で爆発した。

移動しなければならないとわかっていたので、ザックは急いで立ちあがり、ふたたび屋根裏部屋の奥へ走っていって、隅に身を投げた。

ドローン四機を撃墜し、そのほかにドローン二機がザックを殺そうとして無駄に使われた。この勝負をひと晩中やるのは無理だが、すくなくともあと一機撃墜し、自分を攻撃させてさらに一機を無駄に使わせたいと決心した。

人間の心を読むのに長《た》けているマット・ハンリーは、ハズ・ミールザーがいま精神的重圧と怒りのために我を忘れているのを見てとった。ザックのせいだと思った。ザックがどこかの屋根にいて、ホヴァリングしているドローンを撃ち落としつづけているにちがいない。

この数分のあいだにはじめて、ミールザーがノートパソコンから顔をあげて、デスクを離れ、仲間のほうへ歩いていった。黒ずくめでAKを持っている四人のほかに、這《は》ってはいってきたひとりが部屋のまんなかでじっと横たわっていた。撃たれたために失血死したにちがいないと、ハンリーは思った。仲間もそれがわかっているらしく、武器を取りあげ、手当てもしなかった。

ミールザーは配下とすこし話をしてから、無線機で呼びかけたが、応答はなかった。

ハンリーはいろいろなことを考え合わせて、事態を察した。この五人だけが生き残ったのだ。それに、ミールザーがノートパソコンを操作していなければ、ドローンがザックを襲うことはない。自律モードに設定してあるとしても、人間が集中しているところや、動いている車両を攻撃するようプログラミングされているはずだから、人間ひとりの上で爆発することはない。

ベルリンのゴドス軍細胞のリーダー、ハズ・ミールザーは、配下から離れて、シタデルのドアが隠されている、閉じたクロゼットのドア近くの壁ぎわに立っていた男女の群れに近づいた。

ミールザーが、まずまずの英語でいった。「セジウィク大使は、クロゼットの奥の安全な部屋にこもっている。やつは臆病者だ。安全なところからおまえらを見守り、おまえらが悲運に見舞われるのをほうっておくつもりだ」

ミールザーが、芝居がかったしぐさで、ホームオフィスの上のほうに銃を向けた。そこにカメラがあるかどうか、ハンリーには見えなかったが、ミールザーはあると確信しているようだった。壁の一点に向けて、ミールザーがいった。「大使、出てこないと人質をひとり残らず殺す」

時間を稼《かせ》がなければならないと、ハンリーは悟った。ハンリーが進み出ると、ゴドス軍戦闘員のひとりがAKの銃口を胸に押しつけた。ハンリーはひるまずにいった。「おれの話を聞いてくれ。あんたの役に立てる」

「どうやって?」ミールザーがいった。ハンリーのほうを見ずに、ノートパソコンのスクリーンを見ていた。

「おれは大使よりも値打ちがある。おれを連れていけ。今夜のおまえたちの目標を達成するには、おれだけでじゅうぶんだ」

ミールザーは、ダークグレイのスーツを着た大柄なアメリカ人を見てから配下に目を向けて笑った。ドローンの操縦に集中しているときほど緊張していない。「おれの目標を知っているというのか?」

「知っている」

「どうしてだ?」

ハンリーがにべもなく答えた。「おれは中央情報局《セントラル・インテリジェンス・エージェンシー》作戦本部本部長だからだ」

ミールザーが驚いて目を丸くした。人質の男女もいっせいに息を呑んだ。

「嘘だ」ミールザーはいった。

「こんなときにそんなことをでっちあげるわけがない」

ミールザーは、すぐさま配下のひとりにファールシーで話しかけた。その男が携帯電話を出して、文字を打ち込みはじめた。

気づくのに一秒かかったが、グーグルで検索しているのだと、ハンリーは察した。なんてこった、と思った。

ミールザーが、イラン人の肩ごしに携帯電話を見てから、ハンリーに目を戻した。「名前は？」

「マット・ハンリー」

ミールザーが、首をかしげた。「マットというのは、マシューのことだな？」

「そうだ。マシュー・パトリック・ハンリーだ」

携帯電話を持っていた男が指でスクロールし、やがてミールザーがハンリーのほうを見た。「名前は合ってる。だが、写真がない」

ハンリーは、馬鹿にするように鼻を鳴らした。「CIAだぞ。写真はほとんど撮らない」

「嘘をついていないと、どうしてわかる？」

ハンリーはいった。「内密に話ができるところへ、おれを連れていけ。そうしたら、おまえについて知っていることを、なにもかも話す、ミールザー」

こんどはミールザーが、馬鹿にするように鼻を鳴らした。「おれの名前を知ってるのか。世界中のテレビ局が知ってる。なにも証明してない」

「ああ、だが、世界中のテレビ局は、今夜起きていることのほんとうの黒幕の正体は知らない」

困惑と怒りのせいで、ミールザーの目が鋭くなったが、ハンリーはつづけた。「ハズ……おまえがただの使い走りだというのを知っている人間は、ここにはおれしかいない」

ミールザーがハンリーめがけて突進し、AKの銃床で脇腹を殴りつけた。そして、苦痛のために体を曲げたハンリーの襟《えり》をつかんで、配下にファールシーで叫びながら、バスルームにひきずり込んだ。配下四人のうち三人がバスルームのドアを閉じて見張り、あとのひとりが銃を人質たちに向けた。

ミールザーがドアを閉めて、向きを変え、AKを構えて、引き金の上で指を浮かせるあいだ、ハンリーは黙っていた。ミールザーがハンリーのほうを向いた。「ここから生きて出られると思うな」

「おまえもおなじだ、若造。だが、おまえの場合、戦闘で死ぬのは失敗じゃなくて見せ場なんだろう。ちがうか？」

74

ジェントリーとゾーヤは、中二階に武器を向けて、階段の下に立っていた。そこでようやく、ゾーヤはCIA本部《ラングレー》に電話をかけることができた。

「ブルーア」

「アンセムよ」

「認証は？」

「やめて、スーザン。よく聞いて。トラヴァーズに連絡し、散開して徒歩で接近するよう指示して。固まっていないほうが、ドローンに攻撃される可能性が低い。ロマンティックが、ドローンが高度を下げて個々のターゲットを狙うのを防いでいる」

「わかった」

ゾーヤはなおもいった。「一階の敵は掃討したと思う。本部長《DDO》と大使は二階のオフィスにいる。DDOは人質になった。ロマンティックは屋根にいる。ヴァイオレイターとわたしは、オフィスを外から確保する。必要とあれば攻撃するけど、バリケードで封鎖されているると思う。まずいことになったら、トラヴァーズにドアを爆破してもらう必要がある」

ゾーヤは電話を切り、ジェントリーの顔を見た。「やつらはじきに人質を撃ち殺しはじめる」

キッチンに動きがあり、ジェントリーとゾーヤはびっくりして、照準器に目を釘づけにして、ふりむいた。男ふたり、女ひとりが、薄暗がりから現われた。三人とも武器を持ち、ビジネススーツを着ていた。

「射撃禁止《ホールド・ファイア》」ゾーヤはいった。「味方よ」

三人が、銃口を下げて近づいてきた。三人ともレミントンのショットガンを持っていた。

「あなたたちは何者?」アメリカ英語で、女がいった。

「わたしたちはCIA作戦本部本部長《DDO》といっしょよ。本部長は大使といっしょにオフィスにいて、あと十人くらいいる。敵の数は不明」

女が首をかしげたが、口をひらいたのは三十代の背が高い男だった。「DDOがいるのか?」

「きみらは外交保安部《DSS》だな?」ジェントリーはきいた。

「そうだ」

「ああ、ハンリーがここにいる。おれたちは彼の警護官だ」そのとき、ショットガンの激しい銃声が何度か上から聞こえた。ジェントリーは、AKでその方向を示した。「あれもおれたちの仲間だ」

「くそ」もうひとりの男がいった。「やつら、無人機《UAV》を使って、警察を撃退してる」

ジェントリーは、ゾーヤのほうを見た。「ミールザーがなにをやろうとしているにせよ、やつには時間がない。これは最初から片道任務だった」

ゾーヤがいった。「なかにはいらないといけない」

DSSの女がいった。「手伝うわ」

屋根からまたショットガンの銃声が聞こえ、けたたましい爆発音がつづいた。ドローンが館に激突したのだ。

「ロマンティック、受信しているか？」ジェントリーはきいたが、応答はなかった。

ミールザーは、激しい軽蔑《けいべつ》をこめて、アメリカのCIA幹部を見た。「おれの任務について、どういうことをいいたいんだ、ハンリーさん？」

ハンリーはいった。「おまえがずっと遊ばれていたといいたい」

「遊ばれていた？　ゲームのように？」

「ちがう。おまえは利用されているんだよ。おまえたちは利用されている。おまえの国は利用されている」

　ミールザーが、すこし笑った。

　ハンリーはなおもいった。「この館のどこへ行けば大使を見つけられるかを、おまえの主《あるじ》が正確に教えたことを、どう思う？　隠し部屋の場所と、カメラの場所を教えられたんだろう？　そいつはここに来たことがあるから、知っていたんだ。そいつはアメリカの同盟国の人間だ」ハンリーは嘲笑《ちょうしょう》した。「いやはや、おまえをいま動かしているその男は、ＣＩＡに訓練されたんだよ」

　ミールザーは、肩をすくめた。「べつに意外じゃない。だが、おれたちの目標はおなじだ。それ以外はどうでもいい」

「問題はそこなんだよ。おまえとやつの目的はおなじじゃない。ターリクの正体をおまえは知らないのか？」

「もちろん知っている」

　ハンリーが、疑うようにミールザーを見た。「スルタン・アル＝ハブシーだぞ。アラブ《U》首《A》長国連《E》邦の首相でドバイの首長の息子だ」

　目の前の男がそれを知らないことを、ハンリーは見抜いた。だが、ミールザーは平静を装い、なにもいわなかった。

ハンリーはなおもいった。「アル＝ハブシーは、イランを滅ぼしたいと思っている。それが、父親が癌《がん》で死ぬ前に自分をドバイの首長に指名するよう仕向ける、唯一の手段だと確信しているからだ」

ミールザーは首をふった。「ＣＩＡはつねに陰謀をめぐらす。いつもそうだ。アメリカ人もユダヤ人も」

「ユダヤ人？」ハンリーはいった。「ユダヤ人の話をしよう。ＵＡＥはイスラエルと平和条約を結んだ。理由を知っているか？」答を待たないでつづけた。「なぜなら、おまえたちの国が示している脅威を欧米が深刻に受け止めていないと、ＵＡＥは思っているからだ。だからほんものの反イラン勢力と手を組んだ。おまえたちの国が穏健なスンニ派諸国、ことに産油国にもたらしている危険を、ＵＡＥはなによりも問題視している。おまえの大義とやつの大義はおなじではない。おなじだと思わされているだけだ。今夜のこの行動で、おまえはイランの欧米に対抗する力が強められると思っている。だが、イランが地球上から抹殺されるきっかけになりかねないというのが、真実なんだ」

屋根からの銃声がまた聞こえた。さっきよりも大きな爆発が、かなり離れたところで起きた。ザックがドローンを撃墜しようとして失敗し、ドローンが警察車両に激突して爆発したような感じだった。

ハンリーは、自分が知っていることを、なおもミールザーに告げた。シュライク・グループのこと、ゴドス軍司令官をバグダッドで殺すのに必要な情報をアル＝ハブシーがアメリカに教えたこと。

ミールザーが、頑固に首をふった。「そんなことはどうでもいい。アメリカはイランに侵攻しない。イラクとアフガニスタンでなにがあったか、見てきたからだ」

ハンリーは、ふたたび笑った。「ベトナムでなにがあったか、われわれは見てきたが、それでもイラクとアフガニスタンに侵攻した。そうだろう？　われわれが過ちから学ぶとでも思っているのか？　われわれは何度も過ちをくりかえす。次回はちがうと思い込みながら」肩をすくめた。「わからんぞ。イランについては、われわれが正しいかもしれない。イランに侵攻し、なにもかも吹っ飛ばしたら、今度こそ変革を起こせるかもしれない。もちろん、おまえもおれも死ぬから、どうでもいいことだが、シーア派の中東での拡大は、今夜をかぎりに終わるだろう。おまえの主《あるじ》のもくろみどおりに」

「おれの主は、アッラーだけだ」

「たわごとだ！　スルタン・アル＝ハブシーが今夜、おまえのケツに手を突っ込んで、靴下人形みたいに操っているんだ」

ミールザーは怒りのあまり凶暴になり、短銃身のAKの銃床で五十八歳の男の額を殴りつけた。膝《ひざ》をついたハンリーの頭と背中を、ミールザーはさらに何度も殴った。

「ロマンティック、受信しているか？」ジェントリーはふたたび無線で呼びかけた。

数秒後、ザックが呟き込むのがイヤホンから聞こえた。屋根裏部屋にいるザックが、ようやくいった。「こういうことをやるには齢《とし》だな。あんたらの声は聞いた。おれに大使のオフィスを攻撃しろっていうのか？」

「手伝ってくれるか？」ジェントリーは聞いた。

「場所を教えろ。味方の近くは撃てないが、あんたらのためにちょっと悪さをしよう」

実包二発だ。屋根から行って、窓から突入する。こっちにあるのはショットガン一挺、ドア突破を手伝ってもらえる。そこの窓へ行っててくれ」言葉を切り、ハンリーに向かっていった。「マット、聞こえるようなら、おれたちになんとか連絡してくれ。オフィス内の位置関係について、情報がほしい」

ジェントリーはそれを聞いてうなずいた。「こっちにはDSS警護官三人の支援がある。

ハンリーは、オフィスに連れ戻され、床にほうり出されて、ミールザーに何度も蹴られた。スーツのジャケットの襟《えり》をかぶるようにして体を丸め、顔が血まみれで、髪にも血がこびりついていた。完全に受け身で、意識を失いかけているように見えた。明らかにショック状態で、ぶつぶつひとりごとをいっていた。

そのあいだに、ミールザーはシタデルにオフィスの状況を伝えているカメラを見た。

「最初にCIA本部長を殺す！」

ハンリーは呆然自失《ぼうぜんじしつ》しているように見え、血まみれの口でなにやらぶつぶついっていた。低い声だったので、だれにも言葉が聞き取れなかった。

ミールザーがいった。「壁ぎわに立たせて、撃ち殺せ！」

配下ふたりがハンリーの体をつかんで立たせた。そのときもまだハンリーは、わけのわからないことをつぶやいていた。

だが、オフィスの外では、不明瞭なハンリーの声からじゅうぶんな情報を得ていた。

「敵は五人。ふたりがドアの右、三人がドアの左。人質たちはドアの真正面。ドアは簡単なバリケードで押さえられている」

ゾーヤがそれを外交保安部《DSS》の三人にすばやく伝えた。DSSの女性警護官がショットガンをドアの下のほうの蝶番《ちょうつがい》に向け、長身の三十代の警護官が、やはりレミントンのショットガンを上のほうの蝶番に向けた。三人目はジェントリーとゾーヤとスタックを組んで先頭でかがんだ。彼が体を低くして、バリケードを力ずくで押しのけ、ジェントリーとゾーヤが突入するという手はずだった。

ザックはイヤホンで伝えた。「五からカウントダウンするか？」

ジェントリーはいった。「五からだ。五、四――」

オフィスでは、叩きのめされたマット・ハンリーが窓の横の壁にもたれるように立たされていた。ミールザーがライフルを片手に持って、その前に立った。「それで、ハンリーさん。結局、おまえの勇敢な行為は、だれも救うことができなかったな」ミールザーはにやりと笑った。

ハンリーが肩をそびやかしてまっすぐ立った。おなじように笑みを浮かべた。「しかし、ひとつだけ効果があった」

ミールザーが首をかしげた。「どんな効果だ？」

「時間を稼《かせ》いだ」

ミールザーがライフルを構えて撃とうとしたとき、真正面でハンリーのすぐ横にある窓が砕けた。同時にうしろでドアの蝶番がショットガン二挺によって吹っ飛ばされ、男ひとりが勢いをつけて本棚を部屋の奥へ押し込んだ。

オフィスにいたテロリスト五人は、その動きのほうをふりかえった。

ザック・ハイタワーが、足から先に跳び込んできた。スーツのジャケットは脱ぎ、ネクタイは肩の上でなびいていた。シャツの右袖《みぎそで》が血まみれだった。片手でロープを握り、反対の手でレミントンのショットガンを持ち、大きく強力な銃を片手で撃って、ドア近くで銃を構えようとしていた男の胸に撃ち込んだ。

デスク近くにいたテロリストがザックめがけて一発を放ったが、高くそれた。だが、ゾーヤが突入して右に進み、その男に七・六二ミリ弾を五発連射して、血みどろになった男が壁に叩きつけられた。

ジェントリーは、倒れた本棚を跳び越した。バスルームの外にいた男めがけて跳びながら発砲し、顔に一発撃ち込んだ。

ミールザーが戸口に向けて発砲し、ゾーヤのあとから突入した男が撃たれ、体をまわして仰向《あおむ》けに倒れた。その間にDSSの女性警護官がショットガンの薬室に二発目を送り込んで、バスルーム近くのゴドス軍工作員を吹っ飛ばした。

ザックも二発目を薬室に送り込んでいて、部屋の向こうの最後に残った敵を撃とうとしたが、縮こまっている人質が近くにいたので、撃てなかった。

本棚を跳び越したジェントリーが、勢いよく着地した。ミールザーがふりむいて撃ったが、高くそれた。

ジェントリーは応射して、短銃身のAKからミールザーの胸に二発撃ち込んだ。倒れたときにミールザーが自分のAKで天井に銃弾をばら撒《ま》いた。

ゾーヤは、仰向けに倒れ、胸と背中から血を流して顔を上に向けていたミールザーのそばへ行った。ミールザーのライフルを遠くへ蹴とばして、額に狙いをつけた。

うしろで女性警護官が叫んだ。「敵影《クリアー》なし！」

その間ずっと、ハンリーは壁ぎわに立っていた。死にかけているゴドス軍の工作員のそばへ行き、ひざまずいた。血まみれの唇《くちびる》でいった。「あいにくだったな、ハズ。おまえがテヘランに関与を否定されていたのは、最初から知っていたんだ。これは狂信的な離叛分子の一団の仕業《しわざ》だということになるだろうし、二日ぐらいニュースで取りあげられたらもう、おまえは忘れ去られる」

ミールザーの目が裏返り、最後の息が穴のあいた肺から吐き出されて、身動きしなくなった。

ハンリーは、ゾーヤのほうを見あげた。「聞こえたかな？」

ゾーヤは肩をすくめた。「どうでもいいじゃない」

クリス・トラヴァーズとそのチームのふたりが、ジェントリーたちの強襲の直後に到着した。戦う機会を逸したので、トラヴァーズはがっかりした表情だった。ザックがいった。

「ドローンのこと、すこしは知ってるだろう、トラヴァーズ？　頭上で十数機ホヴァリングしてる」

トラヴァーズは、心配ないというように手をふった。「バッテリーが切れたら着陸する。ターゲットがなければ起爆しない。電話をかけて、警察に近づかないよう指示する。民間人を募って、負傷者を道路の救急車まで運ばせる」

ハンリーは、退避区画《シタデル》のほうを見て、ドアがあいていないのを知った。セジウィックはたぶん朝までそこにいるのだろうと判断し、ありがたいと思った。いまドイツ駐在アメリカ大使にどなりつけられるのは、まっぴらごめんだった。

ハンリーは、ザック、ゾーヤ、ジェントリーといっしょに一階におりて、庭に出た。

「ありがとうだけじゃいい足りないが、ありがとう」

ゾーヤがハンリーの血まみれの顔を手当てしようとしたが、ハンリーは手をふって斥《しりぞ》けた。

ジェントリーはいった。「おれたちにずらかれっていうんだろう？」

ゾーヤは気づいた。「CIA支局の人間が来る前に、ここを離れないといけない」

ハンリーが、胸をふくらませた。「ザックの腕の怪我《けが》がひどい。地元の病院には行けないとおれがいっても、手当てする方法はあるだろう?」

ジェントリーはいった。「ある。おれたちがザックの世話をする」

「よし」ハンリーはそういってから、ジェントリーを指さした。「朝に空港で会おう。午前八時だ」

「わかった」

ハンリーが向きを変えて大使公邸にはいっていき、入れちがいに負傷者を運び出す民間人がフィンケン通りにあふれた。上空では攻撃ドローンが公邸から一定の距離内で走っている車をむなしく探していた。

ジェントリーは、ライフルをおろして地面にほうり投げ、死んだドイツ人地域安全保障官《RSO》の手のそばに落ちていた拳銃を拾いあげた。そのグロック19に弾薬が装塡《そうてん》されているのを確認してから、ズボンの内側に差し込んだ。あとのふたりもライフルを捨てたが、あたりにはほかに拳銃がなかったので、武装しないままだった。

ジェントリーはいった。「ザックを手当てしてから、隠れ家に戻ろう。ビールが飲みたい」

「おれもだ」前腕の傷のもっとも深い部分を圧迫しながら、ザックがいった。三人はいっしょに庭を下って石塀の崩れたところへ行き、一ブロック離れた砂利道にとめてある車に向かった。

75

ドクター・アズラ・カヤは、アパートメントから一〇キロメートルほど離れたアメリカ大使公邸乗っ取りのニュースを聞いて、自分が手当てした男がなんらかの形で関わっているにちがいないと思った。銃撃戦やテロリストについて突拍子もない話が、何日も前からベルリンでひろまっていた。あのアメリカ人が来たころからそれがはじまっていたし、アメリカ人はなにも認めなかったが、いちおうの礼儀はわきまえていて、なんらかの危険な仕事に従事して街に出ていることは否定しなかった。

彼が悪者だとは、片時《かたとき》も思わなかった。そうではなく、まちがいなく正義の側で、この三年間アズラが手当てしたべつの男たちとはまったく似ていない。だから、無事であることをアズラは願った。

アズラは、小規模な部隊を手当てできるくらいの量の医療品を用意していて、今夜それを使わなくて済むことを願っていたが、最悪の事態に備えるのが適切だと思っていた。

午後十一時三十分にコーヒーをいれ、アメリカ人が今夜来る可能性はあるだろうかと考え、もっとひどい怪我《けが》をしているかもしれないと思った矢先に、呼び鈴が鳴った。だれかが一階でアズラの部屋の呼び出しボタンを押した。一週間ずっと、アメリカ人はこのぐらいの時刻に来ていた。アズラはひどく安心したために、インターコムで確認しなかった。鍵を持ってさっと立ちあがり、駆け足で階段へ行った。

三十秒後、アズラは一階にいて、暗がりに人影が見えた。掛け金をはずし、ドアをあけた。

そこではじめて、目の前の男を見た。

アズラはがっかりしたが、落ち着きを取り戻してから、口をひらいた。「メールを受け取っていない」

この患者のことは憶えていた。一年以上前に、手を骨折してここに来た。だれかの顔の硬い骨の部分を殴ったようだった。

嫌な男で、恐ろしげだった。すこし頭がおかしいのではないかと、アズラは感じていた。

その男はロシア人だった。

「こんばんは」男がいった。「治療してほしいんだが、前もって知らせなくて悪かった」

アズラは、男のうしろの通りを見て、アメリカ人が来るかどうかをたしかめた。さらに気落ちしていった。「いいわ。ついてきて」

ザック・ハイタワーは腕に圧迫包帯を巻いていたが、車内で血を流しつづけていた。失血で死ぬおそれはなかったが、すこし朦朧《もうろう》としていて、いつもならしゃべりつづけるのにおとなしいので、ゾーヤとジェントリーは驚いた。

ドクター・カヤのアパートメントの裏の駐車場のスペースに、バックで車をとめた。ゾーヤとジェントリーは、ザックに手を貸してリアシートからおろし、アパートメントビルのメインエントランスへ行った。

正面ドアまで行ったときも、遠くからサイレンが聞こえ、南西のほうでヘリコプターが旋回していた。ジェントリーは、メールを送っていなかったので、ドクター・カヤの部屋の呼び出しボタンを押した。

ゾーヤがいった。「毎晩、ここに来ていたの？」

「ほとんど」

「それじゃ、このひとと親しいのね」

ジェントリーは首をかしげた。「話しただろう。おれが民間セクターで仕事をやっていたときに使ったサービスの一員なんだ」

ゾーヤはまだ疑っているようだった。「それで、彼女は……あなたの手当てをしたのね？」

「医者なんだ。それが仕事だよ」ジェントリーは、もう一度呼び出しボタンを押した。

ジェントリーは、ザックの腋《わき》に頭を入れて支えているゾーヤのほうをふりかえった。「どうしたんだ？」ゾーヤがその話をするわけが、よくわからなかった。

ザックが沈黙を破って、弱々しくいった。「あんた、彼女は妬《や》いてるのさ」

「ちがうわよ」ゾーヤが弁解した。

「妬いてるロシア人は危険だぞ」ザックが、かすかな笑みを浮かべていった。

「このひとがどういう人間なのか、確認しようとしているだけよ。そうすれば――」

ドアのロックが遠隔操作で解除された。奇妙だとジェントリーは思った。ジェントリーは、規則性を認識して、それを信頼するようにしていた。ドクター・カヤのアパートメントを訪問するときはいつも、彼女が下におりてきてドアをあけていた。

ジェントリーはドアをあけてから、ためらった。

ゾーヤがいった。「どうしたの？」

確信がなかったので、ジェントリーはいった。「きみとザックはロビーにいてくれ。ロックをかけておけ。四階に行って確認してから、おりてきて、エレベーターでザックを運ぼう」

ゾーヤはいった。「ザックには手当てが必要なのよ。いますぐに」

「一分くれ。すぐに戻る」

ゾーヤがエレベーターの横の床にザックを座らせ、ジェントリーは階段を昇っていった。

ドクター・カヤのアパートメントへ行くと、ドアが細めにあいていた。それも奇妙だったので、ジェントリーは拳銃を抜き、脇に構えた。

そっとノックし、ドアから離れて、廊下に立った。

ドクター・カヤのかすれた声が聞こえた。「どうぞ……はいって」

ようすがおかしい。ジェントリーは拳銃を構え、照門に照星が重なるようにして、足でゆっくりドアを押しあけた。キッチンにはいり、リビングにはだれも見えなかったので、拳銃を前に構えたまま数歩進み、廊下の奥の寝室を見た。

廊下の先にある寝室の奥に、ほとんど闇に包まれて、ベッド脇のナイトスタンドのそばに立つ人影があった。女性の体の形だったが、うしろに男が隠れていて、彼女の顔の横で銃を握って銃口を顎《あご》に押しつけていることが、シルエットからわかった。

この暗さと距離では、男の頭を精確に狙い撃つことはできない。男の体の一部が見えていたが、男を撃てば人質にされている女の体に至近距離で当たってしまうだろうと、ジェントリーにはわかっていた。

泣き声とドクター・アズラ・カヤの声が聞こえた。「ごめんなさい」アズラがいった。「ほんとうにごめんなさい」

ジェントリーは、拳銃を高く構えたままでいった。「なにも謝ることはない」銃を持った男を見た。「どういう計画だ、あんた？」

アズラを押さえている男が、ロシアなまりの英語でいった。「どういう計画じゃないか、教えてやる。今回、窓から跳びおりるつもりはない。それだけは約束する」

四日前にアドロン・ケンピンスキーの四階の窓から真っ逆さまに跳びおりた男だと気づき、ジェントリーはグロックの銃口を数センチ下げた。驚きをこめていった。「マクシム・アクーロフか？」

「おれのことを知ってるのか。うれしいね」

「どうして生きているんだ？」

「何度も自分に質問したよ。もっと重要な問題のことも考えた。なぜだ？　おれが生きてるのはなぜだ？　だが、その答がようやくわかった」

「教えてくれ」ジェントリーはいった。

「おれが生きてるのは、グレイマンを殺すためだ」ジェントリーはいった。「どうでもいいが」

「そっちもおれのことを知っているんだな」ジェントリーはいった。

一秒の沈黙後にいった。「ほんとうに、どうして生きているんだ？」

アクーロフが、馬鹿にするような笑い声を漏らした。「決まってるだろう。空を飛べるからだ」

ジェントリーは、アクーロフの前のアズラのシルエットに注意を向けた。「アズラ、だいじょうぶだ。きみの身になにも起こらないようにする」

アズラが洟《はな》をすすって泣いた。「信じるわ」

ゾーヤが一階にいるが、ゾーヤもザックも武器を持っていないし、ザックは失血で戦える状態ではない。アクーロフがアズラの顔から拳銃を遠ざけたときに撃って、それがまぐれで命中するほかに、目の前の謎を解く方法がジェントリーにはわからなかった。

アクーロフがいった。「ザハロワはどこだ？」

ジェントリーは答えた。「ブラジルにいると聞いていた」

「嘘だ。通りにおれの部下がいる。ザハロワを含めておまえたち三人が、五分前にロビーにはいるのを確認した。この女は渡してやる。生かしておく。ザハロワをここによこせば、この女は殺さない。ザハロワを呼べ」

ジェントリーはいった。「それはできない、マクシム」

「だとすると、おれたちのうち非戦闘員ひとりが今夜死ぬ。おまえの世界はいつもそんなふうじゃないのか、ジェントリー？　おれたちは生きていつかまた殺す。おれたちのまわりでなんの罪もない人間が、生贄《いけにえ》の羊みたいに死ぬ」

ジェントリーは、歯を食いしばった。「また空を飛べるように祈ったほうがいい、くそったれ。今夜もおまえを窓から投げ落とす」

それを聞いて、アクーロフが笑った。「祈る？　おれは神を信じてない」

ジェントリーは肩をすくめた。「どうでもいい。おまえの行くところで、神に出遭うことはないだろうし」

アクーロフはそれにも笑い声で応じた。「ああ、そうだな。わかってる。たぶんおれは悪魔に殺《や》られるだろう」

「その前におれが殺る」

「最高の射撃をやってみろ、ジェントリー」

じきにそうしなければならないとわかっていたので、射撃に影響がある緊張をすべて体から追い出すために、ジェントリーは精いっぱいのことをやった。暗がりに目がしだいに慣れたが、アクーロフはアズラにぴったりくっついて彼女を楯《たて》にしていたので、ジェントリーが撃ってもうまくいく見込みは薄かった。

だが、ジェントリーは完全に自信を持っているような口調で言った。「最高の射撃は、それにふさわしい相手のためにとっておく。おまえを斃《たお》すのは、いつだって簡単だ」

ジェントリーは、拳銃を両手で握り、両腕をのばして照準を合わせ、銃口をアクーロフに向けていた。

ジェントリーはいった。「無関係な医者を殺したくはないだろう。おまえが殺したいのはおれだ。彼女をいま撃ったら、おまえをその場で撃ち殺す。そうしたら、なんにもならないだろう?」

「的はずれなことをいうな、ジェントリー君。おれを脅しても無駄だ。おたがい、おなじ稼業についているんだぜ。おれの運動機能を瞬時にとめるように撃つのは不可能だ。つまり、おまえがおれを撃ったら、おれはこの女を撃つ。おまえもおれもわかってることだ。プロフェッショナルとして、おたがいに敬意を示そうじゃないか」

ジェントリーは肩をすくめた。「その女のことは、よく知らない」

数秒の沈黙があり、アクーロフがようやくいった。「だったら、とっくにおれを撃ってるはずじゃないか?」

アクーロフは頭が切れるし、目の前の戦術的情況がはっきりわかっている。ゾーヤがここにいないのが残念なのだ。ジェントリーにしてみれば、そのほうがよかった。ジェントリーはいった。「まだ撃っていないのは、できることならなんの罪もない人間を死なせたくないからだ。おまえがどんな人間でも、やはりそうじゃないか」

「攻め口をまちがえているぞ、ミスター・カウボーイ。おれは男でも女でも子供でも殺してきた。戦闘員も無辜《むこ》の民もおなじように殺した。自分の行動を疑問に思ったり、そういうことが頭にまとわりついたりすることもあるが、それでもやめなかった。おれはこの女を殺してから、おまえを殺す」

ジェントリーは、しぶしぶゆっくりと拳銃をおろして、ジーンズに突っ込んだ。「わかった。おまえのやりかたでやる。おれと正面切って対決しろ。女の頭から銃を遠ざけて、こっちを狙え。これをすべて、たったいま終わらせようじゃないか」

アクーロフがそのとおりにすると、アズラが悲鳴をあげた。

アクーロフが歯をむき出して笑った。最後の一分に頭のなかで計算して、ほぼ答が出たようだった。

「おまえに銃を向けたぞ。ザハロワを呼べ」

「そうはいかない、マクシム」

突然、オープンキッチンの横の廊下から声が聞こえた。ゾーヤだった。「あなたの計算には欠けた部分があるわ、マクシム」

あらたな興奮をこめて、アクーロフがいった。「そうとも、別嬪《べっぴん》さん。おまえが欠けていた。おれはジェントリーじゃなくて、おまえを殺すためにここに来た。とにかく、おれたちの共通の友人のインナは、そういいつづけてる」

ジェントリーは、語気鋭くゾーヤにいった。「出ていけ。これはおれがやる」

ゾーヤは聞いていなかった。「マクシム、よく聞いて。あなたの望みをかなえてあげるわ」

「どうやって？」

「ドクターを離して。わたしが代わりになる。任務の目標は重要でしょう？　それとも、もっとも危険な敵と対決するために、こういうことをやっているの？　あなたはプロフェッショナルでしょう？　それともグレイマンのファンだからここにいるの？」

ジェントリーは耳を疑った。「ゾーヤ。だめだ。こっちに来たら、ふたりともやつが望んでいるターゲットになる。そこにいてくれ。頼む」

だが、ジェントリーが懇願《こんがん》したにもかかわらず、ゾーヤは廊下からキッチンにはいってきた。アクーロフの視界で、ジェントリーと並んで立った。両手は頭の上に挙げていた。

ゾーヤがはいってくると同時に、ジェントリーはジーンズの前に突っ込んであった拳銃を目にも留まらない速さで抜き、ふたたびアクーロフに向けた。だが、アズラの頭に当たる可能性が高いので、撃つのは依然として不可能に近かった。

ゾーヤがいった。「こうすればいい。彼女を離して、わたしを人質にとるのよ。あなたとジェントリーは、わたしをあいだに挟んで撃ち合えばいい。今夜、あなたが目的を達成できる確率は、かなり高くなるはずよ」

アクーロフがうなずいた。「こっちへ来い。この女を離す」

「寝室の奥から廊下ごしだと、かなり視界が狭いはずよ。彼を撃ったら、わたしは横に身を投げてあなたの照準線からそれる。わたしは銃を持っているし、あなたのところへ行くまで銃を捨てない。それに、わたしが近づくときにわたしを撃ったら、彼があなたを殺す」

「それからおまえの死体に小便をぶっかける」ジェントリーはいった。ゾーヤに腹を立てていたが、アクーロフに怒りをぶつけた。

アズラが、すすり泣いた。

「さあ！《ダヴァーイ》」マクシムがどなった。

「だめだ、ゾーヤ」ジェントリーはいったが、ゾーヤは歩きはじめた。ジェントリーは悪態をつき、とまれともう一度いったが、ゾーヤは進みつづけた。ジェントリーがアクーロフを照準に捉えつづけられるように、ゾーヤは廊下の壁を伝って進んだ。暗い寝室にはいると、ベッドをまわって奥の隅へ行き、アクーロフの隣で立ちどまった。

信じられないような速さで、アクーロフがアズラを押しのけ、ゾーヤの首をつかんで、こめかみに銃口を押し当てた。体を探り、銃を持っているのは嘘だったと知った。

ジェントリーの手はふるえていた。「ドクター、こっちへ来てくれ。だいじょうぶだ」

波打つ髪が目にはいり、顔を涙が流れていたが、アズラはいわれたとおりにした。アズラがキッチンでそばを通り、廊下に出ていったが、まだそこにいるのをジェントリーは察した。「アズラ。表に出るんだ」

だが、アズラはいうことをきかなかった。泣いてはいたが、力強い声でいった。「ここにいるわ。そのひとを撃ったとき、医者が必要になるでしょう」

ジェントリーは、狙いを安定させ、落ち着くために二度呼吸した。内心とは裏腹に強がっている声でいった。「やつを撃ったときに必要になるのはモップだ」

マクシムが、にやりと笑った。「おまえは速い。戦闘中のおまえを見た。だが、今夜、おれが目的をふたつとも達成するのを食い止められるほど速くはない」

ゾーヤが泣き出し、いかにも弱そうな感じに見えた。

アクーロフは、窓近くの奥の壁へゾーヤをうしろ向きにひっぱっていった。移動しながらゾーヤが悲鳴をあげた。つぎにアクーロフは、彼女のこめかみに銃口を強く押しつけた。

ジェントリーはいった。「ゾーヤ、おれたちはこれをなんとか——」

ゾーヤがさえぎった。「コート、ごめんなさい。最後のお願いがあるの」

「もちろん、なんでもいってくれ」ジェントリーの両手が、また細かくふるえていた。感情が昂《たかぶ》っているためでもあり、長いあいだ銃を相手に向けているために腕が疲れていたからでもあった。まして、今夜はその前にたいへんな目に遭っている。

ゾーヤが一瞬すすり泣いてから、顔をジェントリーに向けた。ゾーヤが頭をかすかに右に動かし、アクーロフの拳銃の銃口に強く押しつけていることに、ジェントリーは気づいた。

すすり泣きがとまり、ゾーヤが力強い声でいった。「お願いはひとつだけよ」

「なんでもいってくれ」ジェントリーはくりかえした。

「わたしをむしゃくしゃさせないで《ドント・ゲット・イット・イン・マイ・ヘア》（〝わたしの頭に当てないように気をつけて〟と伝えようとしている）」

ゾーヤが一拍、間を置いたので、アクーロフはまごついて彼女のほうを見た。そのとたんに、なにが起きようとしているかを悟った。

「約束できない」ジェントリーが部屋の向こうからいい、それと同時にゾーヤが目にもとまらぬ速さで頭を下げて、首に巻きついていたアクーロフの腕を押した。それにより、アクーロフの顔の一部がさらけ出された。

だが、アクーロフはゾーヤの急な動きから立ち直り、彼女のこめかみにまた銃口を押しつけた。

そのとき、夜の闇に一発の銃声が響き、ドクター・アズラ・カヤが廊下で悲鳴をあげた。ジェントリーのグロックから発射された一発が、キッチンとリビングと廊下の空気を灼《や》き、寝室に飛び込んで、アクーロフの左眼球に命中した。目を貫通して肉を裂き、眼窩《がんか》の骨を抜けて脳に達し、髄質《ずいしつ》を貫いた。

アクーロフの体の運動機能が十分の一秒で停止し、体をのばしたまま倒れた。拳銃は発射されず、ガタンという音をたてて床に落ちた。

ゾーヤはその場に立っていた。ジェントリーは銃口を下に向けてゾーヤに駆け寄り、ふたり闇のなかで抱き合った。

つぎの瞬間、ドクター・アズラ・カヤが部屋にはいり、バスルームの医療キットのほうへ走っていった。寝室に戻ってきて、アクーロフのようすを見ようとした。

ジェントリーはいった。「そいつはほうっておけ。一階にいるおれの仲間が、ひどい怪《け》我《が》をしている。助けてやってくれ。おれたちもすぐにおりていく。いっしょにここを離れよう」

「わたしも行くの？」

「いまはそのほうがいい。じきに警察が来る」

アズラは医療キットを持ってドアに向かったが、ふりむいてゾーヤの顔を見た。「わたしのために命を危険にさらした。どうしてそんなことをするの？」

「このひとを信頼しているからよ。わたしたちは力を合わせて働いている。脅威を始末してあなたをこれから助け出すことができると、わたしたちにはわかっていた」

アズラがもう一度アクーロフの死体を見てから、向きを変え、階段へ走っていった。

ジェントリーはいった。「マクシムが、下に仲間がいるといっていた」

ゾーヤは窓ぎわへ行き、通りから見えないようにカーテンごしに窓をあけた。「死体を持ちあげるのを手伝って」

「なにをするんだ？」

「マクシムが空を飛べないことを、仲間に証明してみせるのよ。リーダーが死んだとわかったら、インナも支援スタッフも逃げるでしょう」

ジェントリーとゾーヤは、アクーロフの死体を窓から押し出した。四階下へ落ちていった死体が、歩道に激突して大きな音をたてた。

通りの向かいで黒い4ドアがエンジンをかけ、ヘッドライトをつけて猛スピードで走り去った。

ゾーヤがいった。「さようなら《ダスヴィダーニャ》、インナ」

ジェントリーはゾーヤと長いキスをしてからいった。「ザックに手を貸して、さっさとここから離れよう」

ゾーヤは肩をすくめた。「おとなしいザックのほうが好き」にっこり笑った。「でも、そうしたほうがよさそうね」

76

午前八時、小雨が降るなかで、ジェントリーはブランデンブルク空港の駐機場で美しいガルフストリームの機体の外に立っていた。乗ることにはならないという、強い確信があった。ゾーヤは駐車場の車に残っている。ハンリーはこの会合にゾーヤを呼ばなかったので、ジェントリーだけあらたな任務を命じられるのだろうと、ジェントリーとゾーヤは解釈した。

すぐに自分にも任務があたえられるだろうと、ゾーヤは判断した。

ハンリーのユーコン二台の車列が到着した。ハンリーがうしろの車からおりて、クリス・トラヴァーズとそのチームに囲まれた。その一団が歩きはじめ、地上班チームがガルフストリームの貨物室にバッグを積み、ハンリーがジェットステアの下でジェントリーと向き合った。

ハンリーがきいた。「ザックはどうだ?」

「だいじょうぶだ。手当てを受けさせてから、ドレスデン行きの列車に乗せた。いまはホテルにいる。面倒をみてくれる友だちがいる。女医だ。ザックの隣の部屋にとまっている。彼女のベッド脇でおれがある男の頭を吹っ飛ばしたから、アパートメントにいるよりもそのほうがいい」

「賢明だな」

ジェントリーはいった。「ここで起きたことの余波は、どれくらいひどいんだ？」

「きのう、四十七人が死んだこと以外に？」

「ああ」

「帰着したらすぐに来いと長官にいわれた……あまりかんばしくない」

「すみません、ボス」

「避けられないことだった。アル＝ハブシーのくそ野郎」

「やつはこれをどれくらい前から計画していたんだろう？」

ハンリーは首をふった。「それは皆目《かいもく》わかっていないが、おれたちはこう憶測している。もともとは、シュライク・グループを使って、イランの信用を損ねるために、EU域内のイランの活動の情報を得る計画だった。厳しい経済制裁をつづけさせたかったんだ。ヨーロッパが制裁を緩和すると、アル＝ハブシーはシュライクが収集した情報を一手に握って、作戦のあらたな段階に進むのにそれを利用することにした。

テヘランとミールザーを結びつけ、ミールザーをけしかけて、ドイツ国会に対して大胆不敵な攻撃を行なわせる計画だった。そして、テヘランが罪を被《かぶ》せられ、EUの制裁がふたたび強化される」

「ところが、ラジャヴィ暗殺が起きた」

「そうだ。ラジャヴィがひそかにイラクへ行くという情報をたまたまつかんだアル＝ハブシーは、われわれにそれを教えた。それとともに、ラジャヴィがまもなくアメリカに対するテロ攻撃を行なう予定だとする偽情報も伝えた。政府は動かざるをえなかった。アル＝ハブシーの思惑どおり、われわれはラジャヴィを殺した。

だが、それでも戦争にはならないことを、アル＝ハブシーは知っていた。イランが正規軍でアメリカを攻撃することはありえない。そこで、当初の計画を使い、アメリカがイランのシーア派政権を倒すきっかけになることを願い、ミールザーが攻撃を実行する段取りをつけた。ターゲットをドイツ国会から、大使館などのドイツ国内にあるアメリカの象徴に変更すればいいだけだった。攻撃が残虐で、アメリカに大きな損害をあたえることができ、テヘランが非難されれば、まちがいなく戦争になるはずだった」

ジェントリーはいった。「それで大使がターゲットに選ばれた」

「アメリカ合衆国大統領《POTUS》の親友のひとりで、アメリカの象徴だからな。アル＝ハブシーは陰謀に長《た》けている」

「そうだな。やつは逃げた」

ハンリーは肩をすくめた。「そうかな？」

ジェントリーは首をかしげた。「そうじゃないのか？」

ハンリーは、駐機場の向こうでエジプト航空の７２７が着陸するのを眺めた。「おれがアル＝ハブシーやＵＡＥをどうこうすることはできない。ＣＩＡが公《おおやけ》に信号情報局《SIA》の信用を失墜させることもできない。おれたちに、アメリカに、跳ね返ってくる。中東での諜報活動に悪影響がある。湾岸諸国の経済的同盟が打撃を受ける。大統領命令に違反したとホワイトハウスがＣＩＡを叱責《しっせき》し、おれたちはシャッターをおろして、第一線から撤退するはめになるかもしれない。アル＝ハブシーはアメリカとＣＩＡを手玉にとっていて、それを承知している」

ハンリーにほかにもいいたいことがあるのを察したジェントリーは、ひとりごとのようにつぶやいて、それをいい当てた。「しかし、ＣＩＡ《エージェンシー》とは無関係の人間――民間の契約暗殺者――が、スルタン・アル＝ハブシーを競技場から排除すれば……アメリカにとって利益になる」

ハンリーがいった。「世界的なリーダーを暗殺するのは、たいへんな仕事だぞ、ヴァイオレイター」

ジェントリーはゆっくりうなずいた。「やつはまだ世界的なリーダーになっていない」

この会話ではじめて、ハンリーがジェントリーと目を合わせた。「おれはやつと会うためにUAEに行ったことがある。二度。やつは宮殿には住んでいない。とにかくいまのところは。自宅はドバイのパーム・アイランドだ。窓がいっぱいある」

「窓？」

「そうだ。湾を見晴らす窓だ。パーム・ホテルが水路の向かいにある。いいホテルだ。高級で、静かで、はいり込みやすい」

ハンリーは、抜け目なく、直截《ちょくせつ》なことはなにもいわずに、ジェントリーに作戦の指示をあたえていた。だが、仮説としてしゃべっていた。

「どうやってそのホテルにはいり込めばいいのかな」

「船がパーム・アイランドの邸宅やホテルに近づくと、UAEの沿岸警備隊が乗っている人間を調べにくる」

ジェントリーはうなずいた。「つまり、UAEの官憲に調べられたくなければ、臨検中は船内で隠れているか、あるいは――」

「あるいは」ハンリーがいった。「バーレーンへ行ってもいい。ヘリのパイロットを見つける。貨物船や海上油田からひとを運んでいるヘリだ。妥当な金額を払えば、アル＝ハブシーの家の向かいのパーム・ホテルのヘリパッドに送り届けてくれるだろう。そのヘリパッドからは最高の照準線だ」

ジェントリーはうなずき、もうひとつ純然たる仮説の話をしようとしたが、ハンリーがジャケットの胸ポケットからボールペンと小さなメモ帳を出したので、口を閉じた。ハンリーが携帯電話でなにかを調べてから、メモ帳に書き留め、その一枚を破って半分に折り、メモ帳とボールペンを胸ポケットに戻した。

「ところで」それをやりながら、ハンリーがいった。「おまえは給料を上げてもいいだけの働きをした。キプロスに民間ダミー会社があって、おまえのアンティグアの口座にけさ百万ドル送金した。必要になったらそれを使え」

ジェントリーはうなずいた。作戦資金だ。

ハンリーが、ジェントリーと握手した。「よし、ヴァイオレイター。おれは帰って長官のお叱りを受けなきゃならない。いろいろありがとう。会えてよかった」

ハンリーがうなずき、向きを変えるときにメモ用紙を舗装面に落として、ジェットステアを昇った。トラヴァーズが、ジェントリーと握手をしてからあとにつづいた。

ジェントリーは驚いてすこし目を丸くしたが、ひざまずいて小さなメモ用紙を拾った。ひらくと、国番号が973の電話番号が書いてあった。

ジェントリーはちょっと考えた。バーレーン。UAEの隣国の島国。

その下にハンリーはもう一行書いていた。AW139。

ジェントリーはうなずいた。アグスタウェストランドAW139は、中型ヘリコプターだった。

ハンリーは、侵入の指示をあたえ、スルタン・アル＝ハブシー暗殺に青信号を出した。あるいは黄信号かもしれないと、ジェントリーは自分をいましめた。ジェントリーがなにをやろうと自分は関与したくないということを、ハンリーははっきりさせていた。しかし、それが通常の作戦手順だし、ジェントリーはそれに慣れていた。

ちょっと旅をするとゾーヤに伝えるために、ジェントリーは車のほうへひきかえした。

77

八日後

パーム・ジェベル・アリは、アラブ首長国連邦《UAE》ドバイの椰子《やし》の木を象《かたど》った人工島パーム・アイランドふたつのうちのひとつだった。椰子の葉《フロンド》が二十本近く指状にひろがり、北側に突き出しているフロンドJの通りの奥に広壮な屋敷があった。ゲートがあり、つねに警備されていたが、きょうは以前よりもずっと警備員の数が多い。

その屋敷の主《あるじ》は、まもなくドバイの首長になるし、宮殿に移るまで、この屋敷が宮殿なみの扱いを受けるはずだった。

スルタン・アル＝ハブシーは、六時間ほど前の午後三時に父親の死を電話で知らされた。だいぶ前から予想されていたことだったとはいえ、オマーン人の医師団は、あらゆる手立てを講じて延命させていたと断言した。

だが、スルタンはそれをろくに聞いていなかった。二日前に病院で父親と会っていた。ラシード・アル＝ハブシーは、苦しげに喉《のど》をぜいぜい鳴らし、呼吸困難に陥りながら、ドイツでの任務は失敗に終わったが、自分の死後、おまえをドバイの首長にすると告げた。だが、それはUAEの首相になることを意味していない。UAEには六つの王家があり、いずれも首長国を代表している。しかも、スルタンにとって耐えがたい侮辱だったのは、父親がUAE評議会に、アブダビの首長を自分の後継者としてUAEの首相に推薦したことだった。

そして、そのとおりに決まった。スルタン・アル＝ハブシーは、自分の王家と首長国の指導者になるが、UAEの指導者にはなれない。

今夜、ディナーをひとりで食べながら、スルタンはその裏切りについて考えていて、父親が死んだことなど頭になかった。

ベルリンのことも考えていた。ミールザーがテヘランに関係を否認されていた証拠をドイツ当局が示していた。他のテロリストの死体が元ゴドス軍工作員だったことが明らかになったとはいえ、彼らはドイツへの不法入国者で、ミールザーが勧誘して洗脳し、ほんもののゴドス軍に見せかけたのだという推理が、事実として成り立っていた。

トルコ製ドローンは、ミールザーが働いていた運送会社から横領した金で買って改造したとされていた。自分が買ってトルコから密輸したスルタンは、当然ながら、それがドイツ側の偽情報だということを知っていた。

ドイツ当局がすべてを隠蔽《いんぺい》しようとしていることは明らかだった。ドイツかアメリカ、あるいは両国とも、イラン以外の当事者が作戦全体を周到に準備したことを突き止めたにちがいない。

アメリカはこちらに手出しできないので、ほんとうの首謀者をかばうことで、自分たちをかばおうとしているのだと、スルタンは判断した。

それでも、スルタンは無用の危険を冒さないようにした。前の日にルドルフ・シュパングラーが、アテネでタクシーをおりてホテルにはいるときに、背中を刺された。刺客《しかく》の信《S》号情報局《IA》工作員が、シュパングラーの財布を奪ってイリソス川に捨てた。

シュパングラーは黙っていたかもしれないが、あとで後悔するより念を入れたほうがいいと考えて、スルタンは決断した。

スルタンが紅茶を飲み、夜のアラビア湾の黒い水面を見やったとき、召使いがはいってきた。「殿下、ＣＩＡのマシュー・ハンリーから電話がかかっています」

長い歳月、両者は協力してきたので、ハンリーはスルタン・アル＝ハブシーの携帯電話の番号を知っていた。だが、なぜか自宅の固定電話にかけてきた。

説教でもくらうのだろうかと、スルタン・アル＝ハブシーは思った。今回の行動について叱責されるかもしれない。あるいは、自分のほうが強い立場であることをハンリーは強調し、もっと大量の情報を提供するよう脅したり、ベルリンの件について知っていることを付け込む材料にしたりするつもりかもしれない。

だが、ハンリーが事情をすべて知っているかどうか、スルタンには見当がつかなかった。

スルタンはナプキンをテーブルにほうり出して、窓ぎわのデスクへ行き、受話器を取った。デスクの奥に立ち、夜の闇に顔を向けて、電話がつながるあいだ、水路の向かいのパーム・ホテルの明かりを眺めた。

一機のヘリコプターが海上を北から近づいてきて、ホテルの屋上のヘリパッドにみごとな操縦ぶりで着陸した。すぐに横の昇降口があくのが、かなり離れていたスルタンに見えた。

スルタンは電話に向かっていった。「マシュー？　元気ですか、友よ？」

「元気いっぱいだ。いや、最高だよ」

いつも気難しいハンリーが軽口をたたいたので、スルタンは驚いた。笑みが浮かんだ。

なにか知っていると思ったのはまちがいで、ＳＩＡの関与をハンリーはほんとうになにも知らないのだろう。そうでなかったら、よっぽど演技がうまいのだ。

ドバイの新首長のスルタンはいった。「よかった。先週、あなたの国がヨーロッパでたいへんな災難に遭ったのは気の毒でしたね。もう攻撃がないことを祈ります。今夜、なにかお役に立てることはありますか？」

そういいながら、スルタンはヘリコプターを見ていた。エンジンを切らず、着陸したときとおなじ速さでローターを回転させている。

電話に沈黙が流れ、ハンリーはしばらく返事をしなかった。

「マシュー？」

ようやくハンリーがいった。「おっと、失礼。おれのためになにかやってくれるといったのか？」

「そうです」

「こうしてくれると助かる……スルタン……身動きせず、じっと立っていてくれ」

三〇〇メートル離れたヘリコプターのキャビンでスナイパー・ライフルの銃口炎が光ったとき、スルタン・アル＝ハブシーが精確にそこを見つめていた可能性は、百万分の一だっただろうが、スルタンはたしかに閃光を見た。それとハンリーの奇妙な頼みを瞬時でも考え合わせていたら、スルタンは物蔭に身を投げたにちがいない。

だが、考えなかった。なにもいわなかった。筋肉ひとつ動かさなかった。六・五ミリロ径クリードモア弾が正面の窓ガラスを砕き、心臓のすぐ上に命中するまで、スルタンはじっと立っていた。仰向《あおむ》けに吹っ飛ばされたスルタンは、デスクの上を越え、ぐったりした体が床に落ちた。

スルタン・アル＝ハブシーがドバイの首長だったのは、六時間強だった。

三〇〇メートル離れたところで、ヘリコプターの昇降口が閉じて、空に向けて上昇してから、水面に向けて急降下し、最大速度を出して低空飛行で北に向かいはじめた。

マット・ハンリーは、ヴァージニア州ラングレーのＣＩＡ本部の駐車場にあるゴミ容器に、プリペイド式携帯電話を投げ捨てた。逆探知されることはないとわかっていたが、どのみちその携帯電話はいらなくなった。

ＣＩＡ長官との会合の時間には間に合わないが、ヴァイオレイターが狙撃できるように、スルタン・アル＝ハブシーを窓ぎわのデスクのそばでじっと立たせることができてよかったと思った。

ここまではきわめて順調な一日だと、心のなかでつぶやいた。

ＣＩＡ本部に戻ったときに、長官と会ったが、ベルリンに関する問題の大部分は解決したと自信を持っていた。興味はすぐによそに移るものだし、ミールザーとその配下の行動にイランが国として関与していないことを、ドイツが精力的に証明した。

きょうハンリーは、アメリカ大使の身を護《まも》ったことで、公式に褒章《ほうしょう》がもらえるだろうと期待していた。

十分遅れて長官室に案内されると、禿《はげ》をごまかす髪型がうまくいっていない、がっしりした体格の長官は、ハンリーに勲章を授与する予定がまったくないことを、すぐさまはっきりさせた。

「座れ」長官がいった。握手はなかった。ハンリーがいわれたとおりに座ると、長官が正面で腰をおろした。

「ヨーロッパへ行った理由をいえ」

「それは……先週申しあげたとおりで、それが真実です。なにか問題がありますか？」

「もう一度話せ」

「大使館攻撃後のハズ・ミールザーの捜査で、手がかりを追いたかったんです。通常のチャンネルをわずらわせず、できるだけ早く現地へ行けば、事件について迅速に理解できると思ったので」

長官がうなずいた。「じつにおもしろい話だ。一〇〇パーセントでたらめだが、それでもじつにおもしろい」

「長官？」

「わたしは局内調査を行なった。きみがドイツへ行くのに使ったガルフストリームが、ベルリンに向けてロナルド《D》・レーガン・ワシントン《C》・ナショナル空港《A》を離陸したのは、大使館攻撃の一時間前だった。ＵＡＥからの情報は、きみが出発する十一分三十四秒前に届いた。きみはＤＣＡに向かっていて、ガルフストリームに乗る直前に、スルタン・アル＝ハブシーが情報をきみに伝えた。

攻撃のことを事前に知らなかったと、わたしの顔を見ていえるか？」

ハンリーはがっかりした。「はい。最初の攻撃のことは具体的には知りませんでした。しかし、攻撃があることはわかっていました」

「きみの秘密プログラムによって？」

ハンリーは、冗談でまぎらそうとした。試合終了直前の、一か八かのロングパスだった。

「わたしが長官に話したら、秘密プログラムではなくなりますよ。ちがいますか？」

ロングパスは、エンドゾーンでむなしく場外にそれた。「捜査により、きみがＵＡＥに対する情報活動を行なっていたことが明らかになった。わたしはまちがっているかね？」

自分の経歴を台無しにせずにすむ答はないと、ハンリーにはわかった。そういう答があれば、たとえ真っ赤な嘘でもポーカーフェイスで口にしていただろう。

だが、ハンリーは真実を告げた。「アメリカを戦争に誘い込もうとする信号情報局《SIA》の陰謀を、わたしは暴きました。現在のアメリカの対UAE政策にかかわらず、握りつぶしてはいけないことでした」

「SIAか。ラジャヴィ将軍の首を皿に載せて差し出した組織だ。ミールザーの大使館攻撃について、われわれに警告した組織だ」

「そうですが、それはわたしたちに手を貸すためではなく、害をあたえるためでした。最初の行動は、イランを刺激するためだった。つぎの行動は、ハズ・ミールザーの第二次攻撃前に、自分たちの信用を高めるためだった。その攻撃は、スルタン・アル＝ハブシーが一部を立案し、資金をすべて提供したと、わたしは確信しています」

「ドバイの新首長のことか？　大学生だったのをわれわれが訓練して、われわれのもっとも親密な国の情報機関の副長官に仕立てあげた男のことか？　きみは自分がなにをいっているか、わかっているのか？」

「わかっています。それが真実です」

長官は唇《くちびる》を嚙《か》んだ。「汝《なんじ》らは真理を知り、真理は汝らを自由にする」

聖書のヨハネによる福音書八‐三二のその言葉は、CIA本部のメインエントランスのロビーで左側の壁に刻まれている。いまハンリーがいる部屋の七階下に当たる。だが、長官が害意のない理由でそれを口にしたのではないと、ハンリーは察した。

その危惧《きぐ》が的中した。

長官はいった。「きみを赦免《しゃめん》してやる、マシュー。配置換えする。ただちに。このワシントンDCで後始末をするのに何日かいるだろうが、きみのような……人材を、ある海外支局が早急に必要としている」

くそ、とハンリーは思ったが、口には出さなかった。だが、わかりきっていることを質問した。「どこへ配置されるんですか？」

長官が馬鹿にするように鼻を鳴らし、じっくり考えているかのように左右を見まわした。ハンリーは騙《だま》されなかった。ようやく長官がいった。「大胆に活動しているきみのことだから、あちこちを旅していて、ポート・モレスビーという美しい街も訪れたことがあるんじゃないか。パプアニューギニアにある。白状するが、わたしは行ったことがない。正直いって、地球儀で探さなければならなかった。地球という惑星のケツあたりにあるようだ。きみにぴったりだな」

ベルリン支局長のケヴィン・マコーミックをハンリーが脅したときとそっくりだった。マコーミックが長官に告げ口したにちがいない。

ハンリーはいった。「当ててみましょう。兵站《へいたん》担当支局長補になるんでしょう?」

長官が驚いた顔をしたが、すぐに立ち直った。「滅相《めっそう》もない。支局長になるんだよ」意地の悪い顔になった。「わたしが見つけることができたもっともちっぽけで、もっとも汚い僻地《へきち》のくそ溜まりに、もっともでかい魚を入れるわけだ」

ハンリーは、立ちあがってニューギニアへの配置転換なんかその肥《ふと》ったケツに突っ込めと長官にいいたかったが。そうはしなかった。仕事人生でこういう障害にぶつかることは、これまでに何度もあった。たしかにこれほどひどくはなかったと、内心で認めた。ここまで落ちぶれたことはない。だが、自分にとっての競技場は、アメリカのインテリジェンス・コミュニティしかない。打撃もくそも受けとめるつもりだった。

「どういう職務であれ、お望みのもので国のために尽くします。長官」

「よし。さあ、わたしのオフィスから出ていけ。ある女性と昇進について話をする予定がある」

ハンリーは、七階の長官室の待合室に出ていった。スーザン・ブルーアが、タブレットを持ち、豪華なソファに座っていた。ハンリーがスーザンを見て驚いたのとおなじくらい、ハンリーを見て驚いたようだった。

秘書がデスクで電話を受け、スーザンのほうを見た。「長官がお待ちです、マーム」

スーザンが立ちあがった。

ハンリーは度肝を抜かれていた。「ブルーア、おまえもか《エッ・トゥー》（カエサルが議場で刺殺されたときに、ブルトゥスの裏切りをなじったとされる言葉）」

スーザンが、困惑して目を細めた。「これはどういうことなの、マット？」

「しごく単純だ。おれは下降し、きみは上昇する」

「わたし……よくわからない」これが進められていたのをスーザンがまったく知らないようだったので、ハンリーはどういうわけか元気になった。

ハンリーはスーザンの肩を叩き、ハグするふりをして身を乗り出したが、彼女の耳に口を近づけてささやいた。「おめでとう。しかし、忘れるな。ポイズン・アップルはおれだけじゃなくてきみも傷つける」

口を閉ざしていろと注意したのだ。

スーザンがうなずき、一瞬ショックをあらわにしたが、すぐにはっきり悟ったようだった。

「ごめんなさい、マット。わたしにできることはある？」

心からそういっているようには聞こえなかったが、ハンリーは強いて笑みを浮かべて答えた。「ポート・モレスビー支局のカフェテリアを改善する命令にサインしてくれると助かる」

ハンリーは、とまどった表情のスーザンを残して出ていき、元上司の姿が見えなくなるとすぐに彼女が心得顔でにやにや笑ったのを見ることはかなわなかった。

エピローグ

コート・ジェントリーは、UAEでの暗殺の翌日、ドイツのドレスデンでゾーヤ・ザハロワと落ち合った。当然ながら、ドバイの首長になったばかりの人物が殺されたことは、世界中のニュースで報じられた。ドバイの王家で内紛があったのだろうとほのめかす筋が多かったが、現時点ではすべて憶測にすぎなかった。

ジェントリーは、ゾーヤの隣に部屋を取った。その隣がドクター・カヤ、さらにその隣がザック・ハイタワーだった。ザックが体力を回復するまでの数日、四人ともおなじホテルに泊まり、それからポイズン・アップルの資産三人は民間航空でアメリカに戻る予定だった。

ドクター・カヤは、ザックだけではなくジェントリーも治療していて、感染症はほぼ治ったと告げた。数カ月分の経口抗菌剤を渡し、治療をじゅうぶんにつづけたので、もう点滴の必要はないといった。

ドクター・カヤはまもなくベルリンに戻り、アパートメントの外で死んでいるロシア人は知らない人間で、なんらかの治療を求めて病院からあとを跟《つ》けてきたのだと、官憲に話すつもりだった。そこへべつのロシア人が現われて殺した。恐ろしくなってベルリンから逃げたが、ようやく大好きな街に戻ってきて、天職をつづける決心がついたのだ、と。

現実よりもずっと単純な筋書きだし、警察は信じるだろうと、四人の意見は一致した。

ジェントリーは楽しんでいた。集団で旅をしないのが鉄則だったが、仲間と――なかでもゾーヤと――連れ立っているのはいい気分だった。敵の血飛沫《ちしぶき》を美術品に降り注いだり、敵の死体を窓から転げ落としてロシア人暗殺チームを追い払ったりするようなことが減って、こういう機会がもっと増えるかもしれないと思いかけていた。

ただの夢だが、もっと平和な暮らしぶりもありうるかもしれない。

四人がゾーヤの部屋でルームサービスの食事をともに食べていると、ジェントリーの〝シグナル〟アプリが着信音を鳴らした。ジェントリーは自分の部屋に戻りながら電話に出た。

「もしもし」

「ヴァイオレイターか？　マットだ」

「ヘイ、ボス。どうしたんですか？」

「きのうの仕事はみごとだった」

なにか問題があるのが、ハンリーの声からわかったので、ジェントリーは問いかけるように返事をした。「ありがとうといっていいのかな？」

ハンリーがつぎに口をひらくまで、気まずい間があった。「だが……おまえはすべて正しいことをやり、おれが命じたことをすべてやったが、ひとつだけ頼みがある」溜息をついた。「でかい頼みだ」

つぎの任務をあたえられるのか。仲間と離れて、独りで行かなければならないのは悲しかったが、軟弱になっているとハンリーに思われたくなかったので、ジェントリーはその感情を隠した。「いいですよ、ボス。いつでも行ける」

「やってほしいのはこれだけだ……行ってくれ」

「どういう意味ですか？」

「逃げてもらいたい」

「逃げる？」

「すまない。長官がおれのアル＝ハブシーに対する作戦の一部を暴いて、おれを降格させた。アル＝ハブシーがほぼ同時に暗殺された。グレイマンだけがその標的殺害《ターゲッテド・キリング》と結びつけられるだろうし、おれはアル＝ハブシーが死ぬのを望んでいたから、おれはおまえの行動に関与したと思われる。おまえは生きた手榴弾《しゅりゅうだん》だ。おれはおまえを動かしている現場を押さえられるわけにはいかない」

「出世が台無しになるから？」ジェントリーは、蔑《さげす》むようにいった。

「おれの出世はもう終わった。そうじゃない、おれがおまえを動かしていたことがばれたら、CIA《エージェンシー》に被害が及ぶからだ。おれたちはいろいろ有益なことをやってきたが、本部長がドバイの首長を暗殺するのに契約資産を雇ったことが明るみに出たら、それも水の泡になる……まいったよ、コート。どういうことになるか、おまえにもわかるだろう？」

ジェントリーはベッドに仰向《あおむ》けになり、天井を見つめた。「それじゃ、おれは国家の敵になったというのか。またしても」

「おれはこっちでおまえのために干渉するなんらかの方法を見つける。だが……そうだ。アル＝ハブシー暗殺後、CIA《エージェンシー》はまたおまえを付け狙うようになるだろう。だれもがおまえを付け狙う。隠れろ。時間がたてば、すべて丸く収まる」

「いつの話だ？」

「おまえに嘘はつけない」

「そうかな。毎日嘘をついているだろう」

ハンリーが鼻を鳴らした。「知ったことか、ヴァイオレイター。いまおれは局内で自分の問題をいろいろ抱えている。これを解決するために、やれることをやるが、そうするには力が必要だ。その力が、いまのおれには払底《ふってい》している」

「なるほど」

「おまえには力があり、国のためにそれを使っている。おまえの国はつねに、おまえにくそを浴びせる方法を見つける」

ジェントリーは歯を食いしばった。「正直いって、マット、おれはそれに慣れているんだ」

「もう切らないといけない。ニューギニア行きの荷物をこしらえなければならない」間を置いた。「ニューギニアに行くのには、なにを持っていけばいい？」

ジェントリーはうわの空で答えた。「前に行ったとき、ものすごく暑かった。半ズボンを持っていったほうがいい」そこでつけくわえた。「それと銃。街は物騒だ」

「ありがとうよ。これが終わりじゃない、ヴァイオレイター。おれはまた上に登って、おまえを煉獄《れんごく》から連れ出す」

「しかし、それまでは……」

ハンリーはいった。「しかし、それまでは……逃げろ」

ジェントリーは電話を切った。ゾーヤの部屋とのあいだの壁を見つめた。笑い声が聞こえ、ジェントリーは溜息をついた。

インナ・サローキナは、午前中にロシア連邦保安庁《FSB》本部を出た。モスクワに戻ってきた目的のひとつを、ようやく手に入れていた。ルビャンカ広場の雨のなかを歩いて、タクシーを拾い、パトリアルシェ・プルドゥイのアパートメントへ行くよう指示した。

運転手が番地をきき、インナはつかのま考えて思い出した。モスクワの自宅に帰ることはめったにない。

タクシーが走るあいだ、この数週間の波乱万丈の旅のことを考えた。ベルリンのことではない。ベルリンのことはできるだけ脳裏から追い出そうとしていた。だが、ベルリンを出てからずっと、答を探し求めていた。マフィアのところへ行き、対外情報庁《SVR》へ行ったが、だれも役に立たなかった。そこで、インナは三日前からルビャンカ広場のFSBに詰めて、国内情報から手がかりを得ようとした。

ベルリンの一件について答を求めて、作戦系統を上にたどり、何度もおなじ質問をくりかえして、そのたびにべつのだれかに話を聞くよういわれた。

だが、ついにきょう実現した。〝非合法〟部門S局の副局長が、一対一で会うことに同意し、彼のオフィスを出る前に、インナは必要なものを手に入れていた。

インナは小さな紙切れを渡され、それに秘話メッセージ・アプリを使った電話番号が書いてあった。SVRは、ベルリンでゾーヤ・ザハロワの所在についての情報をそこから得ていた。

インナが手にしているこの電話番号の相手は、ザハロワとなんらかの形で密接な関係にあり、彼女を罠にかけ、暗殺させようとしたのだ。

シュライク・グループの人間にちがいないと、インナは確信していた。その人物がいまもゾーヤの位置を知る立場にあり、なおかつ彼女の死を熱望していることを祈るしかない。

激しい雨が窓に叩きつけるあいだ、インナはアパートメントでメールを書いた。エンドツーエンドの暗号化なので、どこへ送られるのか、受信される場所の時刻が何時なのか、知るすべはない。ベルリンだろうと、インナは推測した――つまるところ、中心はベルリンだった――だが、確信はなかった。

応答があるかどうかもわからなかったが、試してみるしかないと判断した。何者かがザハロワの居場所を知らせることで、インナとそのチームを電動ノコギリに投げ込んだ。チームのために、せめて何者がやったのかを突き止める義務があると思った。

メールを書きあげるのにしばらくかかったが、できばえにインナは満足した。

［彼女の居場所を教えて。わたしは彼女を殺《や》れる。あらたなチーム、もっとましなチームを集める。また彼女を追わせて。わたしは彼女を知っている。どう考えるかを知っている。わたしが指揮する。彼女の位置さえ特定できればいい］

インナはメールを何度も読み返して、書き足そうかと思ったが、そのままにした。送信ボタンをタップすると、〝シグナル〟が暗号化のプロセスを開始した。一秒後には、メールが送られたことが確認された。

インナ・サローキナは、携帯電話を置き、両手で顔をこすってから、やれやれというように小さな溜息をついた。

まだ終わっていない。アクーロフがジェントリーを殺したかったのとおなじように、インナはザハロワを殺したかった。ちがいは、自分が正気で、衝動的ではないことだと、インナは心のなかでつぶやいた。自分のほうが物事を順序立ててじっくりとやり、賢明だと思っていた。

ザハロワがどこで潜伏しているか、手がかりになる情報を含めた応答があれば、インナはみずから殺し屋を雇って、探しに行くつもりだった。

応答を待つほかにやることはなかったので、まだ午《ひる》過ぎだったが、テーブルからウォトカを取ってベッドに行った。

ワシントンDCは、晩夏の暴風雨で目醒《めざ》めた。空は鉛色で、くすんだ夜明けの気配が訪れたときから、雨が降りつづけていた。ひとりの女が傘をさして、きびきびした足どりでデュポン・サークルを通っていた。バッグとヨガマットを背中から吊って、決然とした表情を浮かべていた。

まだ午前六時をまわったばかりで、それと雨のせいで、きょうはまだ人通りがすくなかったが、ジョギングやウォーキングをやっているほんの数人につづいて彼女は歩道を歩き、側溝からあふれ出す雨水をまたいで、マサチューセッツ・アヴェニューとコネティカット・アヴェニューの交差点に出た。

車が来ないのを確認したときに、バッグのなかで電話が鳴った。雨が傘を叩く音のなかで、ほとんど聞こえないくらいだった。

コネティカット・アヴェニューを横断しながら空いているほうの手をのばして、iPhone12を出した。だが、それを見たとき、バッグのなかで鳴っているのはべつの電話だと気づいた。

女は歩度をゆるめて、通りのまんなかで立ちどまった。クラクションを鳴らされて、また歩き出した。

向かいの歩道へ行くまで、女はもう一台の携帯電話を出さなかった。そこで立ちどまって、片手で傘を持ったまま、空いた手でまたバッグのなかを探った。iPhone10を出した。唯一のインストールされているアプリ――秘話メール・アプリ――を立ちあげ、暗号化されたメールが一通だけ届いているのを見た。

気を静めようとしながら、メールを読んだ。もう一度読み、さらにもう一度読んだ。唇《くちびる》を噛《か》み、早朝の雨のなかで、一瞬、虚空《こくう》を見つめた。

選択肢をいろいろ考えた。

数秒後、また歩きはじめた。

その女――スーザン・ブルーア――は、歩道の端へ行って、くるぶしの深さの水が勢いよく流れ込んでいる格子蓋《こうしぶた》のそばでしゃがみ、iPhone10をそこに投げ込んだ。それがあっというまに水に呑み込まれて見えなくなり、ゾーヤのドイツでの活動をスーザンがロシアに密告した証拠は消え失せた。

立ちあがると、スーザンはジョージタウンのヨガスタジオに向けて、規則正しい足どりでまた歩きはじめた。

独りきりで、暴風雨のなかを。

シリーズ十作記念にして、最高傑作！

小説家
真山仁

一体、グリーニーはどこまで進化するんだ！

シリーズ作品を書くと、常に劣化との闘いに晒《さら》されるものなのに、マーク・グリーニーは、天井知らずの進化を続けている。

同業者の端くれとして、嫉妬を超えて驚嘆するばかりだ。


〝遠い朝の空の閃光が、ランドローヴァーを運転していた血まみれの男の注意を惹《ひ》いた。〟


第一作となる『暗殺者グレイマン』の一行目だ。

そこから始まる物語は、息をつく暇を与えないまま、一瞬の緩《ゆる》みもなく結末まで疾走を続ける。

本書を読み終えた時の衝撃は、今でも忘れられない。

それは、フレデリック・フォーサイスの『ジャッカルの日』を読んだ時の衝撃に近かった。しかし、暗殺者の主人公でシリーズを続けるのは、難しい。所詮《しょせん》は、ターゲットをいかに始末し、逃げ切るかの物語になりがちだからだ。

だが、第二作の『暗殺者の正義』が、第一作よりも複雑かつ面白かった。これはもしかしたら、稀世《きせい》の天才の登場かと期待が膨《ふく》らんだ。期待は確信となり、十作目を迎えた現在まで、裏切られたことはない。

グリーニーが素晴らしいのは、毎回新しい試みに挑戦するところにある。

例えば、暗殺と言えば、その対象は政治的な要人、情報機関の幹部、テロ集団のトップなどがお決まりのパターンだが、メキシコの麻薬カルテルと闘ったり、国際的な性的人身売買の組織壊滅に挑んだりと、予想を良い意味で裏切る。

描かれる事件や、主人公が巻き込まれていく過程に無理がなく自然なのも、小説の面白さを支えている。

また、「視点」の扱いも巧みだ。

小説には、視点を持つ登場人物が存在する。その人物の目を通して場面が描写されるだけでなく、内面の苦悩や内的独白なども描かれるため、読者は、その人物に感情移入して読み進めていく。

ハードボイルド小説などのように、主人公の「私」が一人称で書かれている場合は、視点が一つだ。一方で、海外ミステリなどは、視点登場人物が、複数存在する作品が多い。それによって、物語に様々な価値観を織り交ぜることができるし、ミステリの場合は、真犯人を隠蔽《いんぺい》しやすくもなる。

英国のミステリの女王、アガサ・クリスティーはその達人だし、日本でも連城三紀彦の視点の使い方の巧みさは「神業」だ。

スパイ小説や謀略小説で多視点の手法を生かすと、例えば、KGBとMI6双方の国家の思惑を、読者に的確に伝えることも可能になる。

グリーニーは視点の活用法に長《た》けていて、作品を追うごとに視点登場人物の数は増え、その利点を有効に用いている。また、第九作の『暗殺者の悔恨』では、主人公の〝グレイマン〟だけを一人称で語らせるという挑戦も行った。

エンターテインメント小説でも、作品には書き手の筆致がしっかり現れ、いずれ「文体」と呼ばれるようになる。

作品ごとに技巧を変えたり、凝りすぎると、文体がブレて迷走してしまう危険をはらむ。

しかし、グリーニーの場合、その心配はない。新しい試みをしていても、どの作品も冒頭からラストまで、圧倒的な緊迫感があって、それが緩まないのが最大の特徴だからだ。

何より、読者を飽きさせず、シリーズとして大成功している理由は、主人公〝グレイマン〟ことコート・ジェントリーの人物造形にある。

第一作の冒頭では、「目立たない男」にグレイマンとルビが振られている。彼は、群衆に溶け込み、プロたちにすら暗殺者だと見破られない〝才能〟を有する。現実のスパイや暗殺者には、必須の条件なのだが、ジェイムズ・ボンドを筆頭に、スパイは、かっこ良いというイメージが強い。スティーヴン・ハンターのスナイパー小説の傑作シリーズの主人公ボブ・リー・スワガーも、いかにもアメリカのカウボーイ的な風格がある。

だが、ジェントリーには、存在を隠してミッションに徹するプロの「仕事師」の匂いがあり、そこに読者は、リアリティを感じるのだ。

その一方で、この暗殺者には、困った点がある。

人を殺すのを生業《なりわい》にしているくせに、やたらめったら正義感が強く、それが自身を常に窮地に追い込んでいくのだ。

この矛盾が、暗殺者という冷酷無比な職業を持つ男を魅力的にする効果を与えている。

こうした人物造形は、いかにもアメリカ人的で、諜報小説や謀略小説では圧倒的な優位を保っていた英国の作品とは、一線を画している。

また、シリーズを重ねていくにつれて、グリーニーは、作品を単なる「暗殺物」にせず、スパイ小説の要素を着実に取り込むようになる。元々《もともと》、ジェントリーはCIAの非合法活動を行うエージェントだったので、必然といえば必然なのだが、その移行を焦《あせ》らず、徐々にスパイ小説ファンを喜ばせるまでに至ったのだ。

さらに、第六作の『暗殺者の飛躍』で、禁じ手に踏み込んだ。グレイマンを恋に落とすのだ。007シリーズのような「色事」ではない。あるいは、主人公に家庭的な小世界を与えるのでもない。プロ同士の愛に至る恋を用意したのだ。

恋愛を作品に持ち込むという挑戦は、第三作の『暗殺者の鎮魂』で試されている。だが、この時は、結局、回避してしまう。時期尚早と感じたのか、丁寧《ていねい》に造形してきた〝グレイマン〟のイメージを壊すのを懸念したのかは分からない。

だが、案の定挑戦を続ける著者は、『暗殺者の飛躍』で、禁断の果実を、〝グレイマン〟にかじらせる。

孤独を友とし、職業に相反する揺るぎない正義感を植え付けた主人公に、さらなる足枷《あしかせ》をかける――。

この辺りから私は、グリーニーのチャレンジ精神の背後に、シリーズを書き続ける覚悟を感じた。

この『飛躍』で、「暗殺物」と「スパイ小説」の融合に成功しただけでなく、主人公を深化させ、〝グレイマン〟という唯一無二のブランドを獲得したのだ。

グリーニーは、ただ者ではない。そう確信した。

以降の作品でも、趣向を凝らす労を厭《いと》わず、特に世界規模の時事問題や危機感についてのアンテナの感度が良くなって、迫真性も高まった。

その結果、新作が常に「最高傑作！」と言えるレベルを維持し始めるのだ。

そんな〝グレイマン〟シリーズの記念すべき第十作が、本書『暗殺者の献身』だ。

解説の役目として、あらすじが必要なのだが、可能な限り読者諸兄には、先入観を持って欲しくないので、簡単に述べておく。

舞台の中心は、スパイの聖地、ベルリン。

オールスターキャストの上に、敵も三作は書けるぐらいの強者が並ぶ。

その上、現在の中東情勢や、国際政治に弱くなった欧米の体《てい》たらくぶり、世界紛争の中で、小国がどうやって生き残っていくのかのアイデアまで織り込まれた豪華版だ。

これまで以上に、〝グレイマン〟の満身創痍《まんしんそうい》度は高くなり、一方で、人間臭さも増した。癖のある仲間、非情さ極まる上司、曲者《くせもの》揃いの敵もバージョンアップしている。しかも、視点の数は、過去最高に多いし、展開のめまぐるしさも半端《はんぱ》ない。こんなに大風呂敷を広げて、大丈夫かと心配する読者の不安を裏切り、見事な収斂《しゅうれん》を見せてクライマックスを迎える。

本作は、過去九作で試み、自家薬籠《やくろう》中の物とした様々な技術を遺憾《いかん》なく発揮している。その上、ラストに用意した事態で、次作以降、更なる高みを目指さざるを得なくなるよう自らを追い込んでいる。

果たして、グリーニーは、どこまで進化するのだろうか。

第十一作が待ち遠しい限りだが、それまでの間、改めて一作から読み直し、グリーニーの進化の過程を研究することにした。

二〇二一年八月

訳者略歴　1951年生，早稲田大学商学部卒，英米文学翻訳家　訳書『暗殺者グレイマン』グリーニー，『レッド・プラトーン』ロメシャ，『無人の兵団』シャーレ（以上早川書房刊）他多数

HM=Hayakawa Mystery
SF=Science Fiction
JA=Japanese Author
NV=Novel
NF=Nonfiction
FT=Fantasy

暗殺者《あんさつしゃ》の献身《けんしん》

〔下〕

〈NV1486〉

二〇二一年九月二十日　印刷
二〇二一年九月二十五日　発行
（定価はカバーに表示してあります）

著者　マーク・グリーニー
訳者　伏《ふし》見《み》威《い》蕃《わん》
発行者　早川浩
発行所　株式会社　早川書房
郵便番号　一〇一‐〇〇四六
東京都千代田区神田多町二ノ二
電話　〇三‐三二五二‐三一一一
振替　〇〇一六〇‐三‐四七七九九
https://www.hayakawa-online.co.jp
乱丁・落丁本は小社制作部宛お送り下さい。
送料小社負担にてお取りかえいたします。

印刷・中央精版印刷株式会社　製本・株式会社明光社
Printed and bound in Japan
ISBN978-4-15-041486-3 C0197

本書は活字が大きく読みやすい〈トールサイズ〉です。